LA PEUR DU REJET

KC Burn

LA PEUR DU REJET

KC Burn

Publié par
DREAMSPINNER PRESS

5032 Capital Circle SW, Suite 2, PMB# 279, Tallahassee, FL 32305-7886 USA
www.dreamspinnerpress.com

La peur du rejet
Copyright de l'édition française © 2015 Dreamspinner Press.
Titre original : Cast Off
© 2013 KC Burn.
Première édition : septembre 2013
Traduit de l'anglais par Ingrid Lecouvez.

Illustration de la couverture :
© 2013 Reese Dante.
http://www.reesedante.com
Les éléments de la couverture ne sont utilisés qu'à des fins d'illustration et toute personne qui y est représentée est un modèle

Édition imprimée en français : 978-1-63533-513-2
Première édition française en papier : janvier 2017
Édition e-book en français : 978-1-63476-400-1
Première édition française : mars 2015
v 1.1
Édité aux Etats-Unis d'Amérique.

REMERCIEMENTS

COMME D'HABITUDE, je dois remercier mon équipe de supportrices : Alex, Dottie et Chudney. Je ne serais pas ici sans vous. Je voudrais également remercier le « *Mantastic Book Club* » pour m'avoir prêté une oreille attentive et m'avoir écouté pleurnicher. Mesdames, vous êtes fabuleuses ! Et Dolorianne, merci pour le brainstorming supplémentaire.

I

FRONÇANT LES sourcils, Rick Haviland passa une main sur ses abdominaux. Oui, le tee-shirt rose était aussi moulant que les vêtements qu'il mettait pour sortir en boîte, mais il était passé, miteux comme tout et quasiment en train de partir en lambeaux. Enfin bon, il se rendait seulement chez son ami Davy pour les aider, lui et son nouveau petit ami Kurt, à peindre leur maison, et bien qu'il n'ait absolument aucune intention de couvrir de peinture ses vêtements de tous les jours, il voulait aussi paraître à son avantage.

En partie parce que c'était ce que ses amis attendaient de l'éternel clubbeur qu'il était, et en partie – bêtement peut-être – à cause de Kurt.

Kurt était un flic à tomber, qui malheureusement appartenait – lèvres, queue et cul – à Davy. Cependant, même s'il l'avait dragué plutôt de manière plutôt agressive avant qu'il se mette en couple avec Davy, Rick n'aurait jamais couché avec l'inspecteur sexy, peu importait la fréquence avec laquelle il apparaissait dans ses fantasmes. À la seconde où il avait posé les yeux sur Kurt, il l'avait étiqueté comme un 'coup d'une vie'. Rick ne couchait pas avec les coups d'une vie. On ne pouvait pas faire confiance à un homme si sérieux, de même qu'un homme sérieux ne pouvait pas lui faire confiance. Il savait combien les relations sentimentales pouvaient détruire les gens et il était déjà suffisamment perturbé sans y ajouter un cœur brisé, ou pire.

Cependant, cela ne voulait pas dire qu'il n'aimerait pas que Kurt lui jette un regard appréciateur ou deux. Peut-être irait-il jusqu'à un rapide pelotage. Davy ne lui en voudrait certainement pas pour ça. Kurt avait été récemment blessé dans l'exercice de ses fonctions et le scénario intégral du héros blessé avait bien fonctionné pour lui. Cependant, durant le séjour de Kurt à l'hôpital, Rick avait eu trop peur pour son ami pour même flirter. Il ignorait comment Davy pouvait supporter de construire sa vie avec un homme ayant un travail si risqué. Le seul fait de se trouver dans une relation sérieuse était déjà bien assez dangereux.

La sonnette retentit, le tirant de la contemplation de sa tenue. Il dévala les escaliers, même si c'était probablement pour se faire embarquer dans une discussion théologique avec ces charmants garçons que les mormons s'obstinaient à envoyer pour 'répandre la bonne parole'. Rick ne devrait jamais leur ouvrir cette satanée porte, mais il se régalait à engager la conversation avec de jeunes hommes qui avaient à peine l'intelligence de débattre correctement, et il ne semblait jamais avoir la force de fermer la porte avant que les deux parties soient extrêmement frustrées. Cette fois-ci, avec un tee-shirt si serré que ses mamelons déchireraient probablement le tissu s'ils durcissaient, peut-être réussirait-il à séduire l'un d'eux jusqu'à le faire entrer dans son antre.

Rick ouvrit la porte en grand, la hanche rejetée sur le côté, la meilleure position pour exposer son bas ventre.

— Rick, souffla Oscar, son regard plongeant exactement à l'endroit où il l'avait espéré, même si Oscar n'avait pas été la cible visée.

— Oscar. C'est une surprise.

Rick cilla. Ils avaient couché ensemble la nuit précédente chez Oscar et Rick était parti peu après minuit. Qu'il se montre sur son perron moins de douze heures plus tard était pour le moins inhabituel. Mais là encore, en tant qu'interne en médecine, ses horaires étaient aménagés bizarrement.

Oscar avança jusque dans l'espace personnel de Rick, puis chercha à obtenir quelque chose de bien plus personnel de ses fesses en les lui agrippant d'une main ferme.

— Ne t'ai-je pas épuisé la nuit dernière ? demanda Rick.

Le sexe dur pressé contre son ventre et les lèvres sur son cou étaient une réponse en soi, et la réponse était un non clair et définitif.

Oscar ondulait contre lui et le souffle de Rick se fit plus court.

— Tu aurais dû rester la nuit dernière, murmura Oscar.

Le souffle chaud fit frissonner Rick, mais les mots déclenchèrent un frémissement qui remonta le long de son dos. Il ne donnait pas dans les nuits complètes. Il ne laissait aucun de ses coups rester chez lui non plus, qu'importait leur degré de fatigue.

Pourtant, les lèvres et la langue talentueuses d'Oscar sabotèrent sa détermination à ne pas arriver en retard à la 'partie de peinture', et Rick décida d'ignorer les mots. Oscar connaissait les règles du jeu. Rick avait fait très attention à lui expliquer que leur relation serait d'ordre purement sexuel.

La main d'Oscar se fraya un chemin vers le devant de son jean, prenant en coupe son érection bourgeonnante, ses doigts se tortillant sous ses testicules.

Saisissant le cul ferme d'Oscar, Rick envoya ses bonnes intentions dans les flammes brûlantes de sa libido. Il serait définitivement en retard à la partie de peinture de Davy et Kurt. Pour la meilleure des raisons : être baisé par un mec qui savait ce qu'il faisait.

— Ou j'aurais pu venir ici hier. Et rester toute la nuit.

Oscar termina sa phrase avec une morsure ferme sur le lobe de son oreille.

Rick se figea. Oscar essayait certainement d'instiller de l'érotisme dans ses paroles de manière maladroite ; il ne pouvait s'agir de son seul plan cul qui se transformait en coup d'une vie devant ses yeux.

Oscar continua à le caresser, gardant sa queue intéressée, ce qui convenait à Rick, même s'il n'était pas sûr que ce soit une bonne idée.

— Euh, Oscar…

Rick poussa contre son épaule sans conviction.

Redressant la tête, Oscar fixa Rick d'un regard intense.

— Nous devrions emménager ensemble.

Cette réflexion totalement inopportune donna à Rick la force de s'écarter.

Nom de Dieu ! En temps normal, Rick avait un nombre de potes réguliers avec lesquels il s'amusait, tous attentivement sélectionnés pour être bons au pieu, prudents avec leur santé sexuelle et contre l'idée d'une relation durable. Oscar était le seul mec avec qui il couchait régulièrement à l'heure actuelle après qu'il eut mis un terme au statut 'plan cul' d'Ivan. Ivan, au moins, avait reconnu que Rick n'était pas capable de s'attacher émotionnellement, mais à l'inverse de la plupart des réguliers de Rick, ils étaient restés amis. Oscar ne prenait pas ce chemin. Certainement pas avec cet assaut frontal.

— Oscar, nous n'allons pas emménager ensemble. Je ne donne pas dans les relations sérieuses. Tu te souviens ?

Il avait des règles qui empêchaient que cela arrive. La plupart du temps, il perdait des gars parce qu'ils décidaient qu'ils voulaient finalement s'installer, mais c'était rarement avec lui. Rick ne rencontrait jamais leur famille et s'assurait toujours d'avoir un moyen de locomotion s'ils se rencontraient quelque part.

L'homme essaya de l'attraper avec ses bras comme des tentacules, mais Rick exécuta un léger pas de côté pour leur échapper.

— Allez, Rick. Je sais que tu ne vois personne d'autre à l'heure actuelle. Nous sommes déjà pratiquement dans une relation.

Les sourcils de Rick se haussèrent haut sur son front. Il se pouvait qu'il n'y connaisse pas grand-chose en relation de couple, mais ce n'était pas parce qu'aucun d'eux ne voyait quelqu'un d'autre que cela signifiait automatiquement qu'ils étaient dans une relation exclusive. C'était exactement la raison pour laquelle il était énervé. Plus il vieillissait, plus il était difficile de trouver des mecs adéquats pour faire un roulement. Et maintenant, il allait se retrouver dans la regrettable position de... devoir auditionner. Il devrait probablement être plus enthousiaste à cette idée, mais pour l'instant, il en voulait férocement à Oscar de le mettre dans cette situation en devenant non seulement un mec prêt à s'engager, mais en plus un mec qui voulait garder Rick.

— Tu es fou ? Il faut plus que quelques baises et un manque de concurrence pour faire une relation. Tu dois t'en aller.

Oscar lui adressa un regard blessé qui devait vraisemblablement se vouloir attendrissant, mais Rick en avait fini.

— Rick, bébé. Nous pourrions être si bien ensemble. Et le sexe était épique.

Comment un mec qui parlait comme un surfeur défoncé avait-il réussi l'école de médecine ?

— Non. Dehors. Ne m'appelle pas. Pas d'attaches, pas de relations. Tu dois partir.

Rick carra les épaules et croisa les bras, espérant avoir l'air aussi fermé que possible.

Les yeux d'Oscar s'agrandirent, et ses joues rougirent.

— Mais... je pense que je t'aime.

Rick leva les yeux au ciel.

— Ridicule. Si tu veux un petit ami, sors et va en chercher un. Tu es vraiment canon, tu ne seras pas célibataire longtemps, mais je ne suis pas ce mec.

Amoureux de lui ? S'il vous plaît. Il poussa Oscar hors de chez lui et claqua la porte, tirant les verrous. S'appuyant contre elle, il attendit les inévitables coups qui signifieraient qu'Oscar n'avait pas laissé tomber. Il n'eut à attendre que quelques secondes, mais ce fut malgré tout un choc suffisant pour faire battre son propre cœur un peu plus fort.

Oscar appela son nom, cajola, supplia. Le portable de Rick sonna et sonna encore. Il gémit. Si Oscar l'obligeait à changer son numéro, il serait vraiment très énervé. La première chose qu'il allait faire serait de bloquer son numéro de téléphone.

Dix minutes passèrent et Rick commençait juste à se demander s'il devait appeler la police quand les pneus de la voiture d'Oscar crissèrent finalement dans l'allée. Rick allait avoir besoin de se calmer un peu avant de rejoindre Davy et Kurt. Il glissa sur le sol, attendant que son pouls revienne à la normale.

Il devrait se dépêcher s'il ne voulait pas être trop en retard. Être en retard l'obligerait à donner des explications. S'il avait été retardé parce qu'il s'était fait baiser, cela aurait été une chose, mais il ne voulait pas expliquer ce fiasco à ses amis. Ils lui auraient probablement suggéré de lui laisser une chance, mais il n'y avait aucun moyen que cela arrive.

LE PETIT pavillon bien entretenu n'était pas hanté. Ce n'était pas un refuge de tueurs en série ni un lieu infesté de cafards. Cependant, Ian O'Donnell avait l'estomac noué et ses paumes étaient moites à la pensée de sonner à la porte. La seule chose effrayante à l'intérieur de cette maison était son petit frère, Kurt, qui était tombé amoureux d'un dénommé Davy, et qui avait choqué toute la famille en révélant son homosexualité à sa propre putain de fête d'anniversaire.

Personne n'avait été contrarié ou en colère ou odieux. Personne sauf Ian. Il avait quitté la fête, évitant Kurt et le reste de la famille pendant des mois. Ce n'était pas la première fois que Ian avait pensé que le bébé de la famille menait une vie plus facile que le reste d'entre eux, mais c'était la première fois qu'il avait laissé ses sentiments insidieux interférer dans sa relation avec son frère. Ensuite, son stupide frère s'était fait tirer dessus dans l'exercice de ses fonctions et les sentiments blessés de Ian avaient cessé d'importer. Tout ce qui comptait, c'était d'arranger les choses avec Kurt, si seulement il savait comment faire.

Jetant un coup d'œil aux voitures dans l'allée alors qu'il arpentait le trottoir, il se demanda s'il serait plus facile ou plus difficile de parler à Kurt si d'autres personnes étaient présentes. Il avait conduit jusque chez Kurt des douzaines de fois depuis qu'on l'avait laissé sortir de l'hôpital et, aussi tentant que cela soit de rentrer chez lui et d'attendre un autre moment, c'était la première fois aujourd'hui qu'il avait été capable de se persuader de sortir de la voiture.

Kurt devait lui pardonner, même si Ian avait été un idiot égoïste et égocentrique. Si Ian avait altéré de façon irréparable sa relation avec son frère, cela laisserait un vide dans sa vie qu'il ne pourrait jamais combler, et il ne pourrait blâmer que lui-même.

Avec une profonde inspiration, il remonta l'allée à grandes enjambées et sonna à la porte.

Un homme mince et débraillé le fit entrer dans la maison, le menant à Kurt.

Il y avait d'autres hommes dans la pièce, et l'odeur de peinture fraîche était lourde dans l'air, mais il le remarqua à peine.

— Que fais-tu ici ?

Son petit frère se leva et fut immédiatement flanqué d'un homme aux cheveux sombres et d'un blond. L'un d'eux devait être Davy.

Ian ne savait pas comment répondre à cette question posée sur un ton presque agressif. Il voulait juste prendre Kurt dans ses bras mais ne savait pas si le geste serait bien accueilli ou même douloureux. Ian était allé à l'hôpital, mais il n'était entré dans la chambre que lorsque Kurt était endormi, incapable d'affronter son frère et sa propre honte.

Les rides légères de chaque côté de la bouche de Kurt lui indiquaient qu'il endurait toujours la douleur et cela le tuait de voir souffrir son frère.

Kurt avait l'air… en meilleure forme qu'il l'avait été à l'hôpital, mais considérant qu'il avait été bien plus grand et plus musclé que Ian, le poids qu'il avait perdu après avoir été blessé le faisait paraître presque frêle. Ian avait envie de tourner les talons et de s'enfuir mais il ne pouvait pas.

— Oh mon Dieu, Kurt ! C'est l'un de tes frères ?

Le ton incrédule dirigea brièvement l'attention de Ian vers le petit homme blond debout à côté de son frère. Ian ravala sa surprise. L'homme était absolument adorable. Le tee-shirt élimé rose pâle s'étirait sur un torse et des abdominaux bien sculptés. L'homme n'était en aucun cas bardé de muscles, mais il avait l'air fort et ferme, comme un danseur de ballet. Il y avait un petit trou dans le col de son tee-shirt et Ian voulut y faufiler un doigt et tirer dessus d'un coup sec pour le déchirer et dénuder la peau dorée. Le jean taché de peinture et quelque peu lâche pouvait s'avérer plus problématique, mais il y avait une déchirure en haut d'une cuisse qui suggérait toutes sortes de choses à Ian.

— S'il te plaît, dis-moi qu'il est gay lui aussi !

L'intérêt dans sa voix et ses yeux ne prêtaient pas à confusion, et malgré la tâche qui avait amené Ian ici, il ne put s'empêcher de soutenir le regard du blond. S'ils avaient été dans un club, cela n'aurait été qu'une question de minutes avant qu'ils se retrouvent dans les toilettes, la backroom, ou la ruelle. À moins, bien sûr, qu'il s'agisse de Davy, l'homme avec lequel son frère avait emménagé. Dans ce cas, il espérait que l'homme n'était pas le genre à suivre la promesse qui filtrait dans ses yeux.

— Il est hétéro, dit Kurt avec à peine une inflexion dans la voix.

Nous y voilà. Déjà. Le moment de vérité. Ian avait envie de vomir.

Mais la vérité était tout ce qu'il pouvait offrir. La seule chose qui pouvait combler la brèche. La vérité qu'il n'avait jamais dite à personne sauf aux hommes qui ne connaissaient pas son vrai nom, tout comme il n'avait jamais avoué en quel super héros il aimait se déguiser quand il était enfant.

— En fait, non.

Le blond poussa un cri aigu et afficha une expression enthousiaste empreinte d'excitation qui présageait une bonne baise, mais sa queue devrait prendre un ticket le temps qu'il règle les choses avec son frère. Le même frère qui le regardait d'un œil noir comme s'il pensait que Ian lui faisait une plaisanterie particulièrement cruelle. Les lèvres de Kurt s'étrécirent, son visage sévère de flic en étant une preuve évidente, et il agrippa Ian par le bras, le guidant vers la porte menant au sous-sol. Kurt relâcha sa poigne de fer et indiqua d'un geste de la main à Ian de le précéder dans les escaliers.

Ian descendit dans les ténèbres, comparant le grincement des marches à la bande originale d'un film le menant à sa mort certaine.

— Hé, tu ne m'emmènes pas en bas pour me tuer, n'est-ce pas ?

Kurt grogna.

— Je devrais, espèce d'idiot.

— Un sol en terre pour enterrer mon corps ?

Ian ne pouvait s'empêcher de tirer sur la corde.

— Tu es très loin du compte. C'est notre salle de gym personnelle.

Son frère alluma les lumières, éclairant une pièce entièrement équipée d'appareils de musculation. Pendant un moment, il fut distrait. Faire du sport n'était pas son activité préférée – Kurt était le dingue de musculation dans la famille – mais il pouvait facilement se voir travailler dans une pièce pleine d'appareils hauts de gamme comme celle-ci.

— Oh mon Dieu, Kurt. C'est incroyable.

Davy était-il aussi un allumé de musculation, ou cette pièce était-elle uniquement celle de Kurt ?

— Arrête de tergiverser. De quoi est-ce que tu parles ?

Seigneur, n'en ai-je donc pas déjà dit assez ? Est-ce que je vais devoir l'épeler à haute voix et faire des schémas ?

7

— Sérieusement, Ian, que voulais-tu dire là-haut ?

Kurt avait l'air assez en colère pour le frapper. Même sa récente blessure par balle ne l'empêcherait probablement pas d'amocher Ian s'il choisissait de le faire.

Schémas et épellation, donc. Ian commença à faire les cent pas, essayant de choisir le meilleur point de départ.

— Je… je suis gay.

Kurt fronça les sourcils.

— Et toutes ces filles ? Ces strip-teaseuses ?

Sa famille entière pensait qu'il était un coureur invétéré. Se jetant sur tout ce qui portait une jupe – du moins en leur présence. La réalité était qu'il enchaînait véritablement les conquêtes mais que si ses proies n'étaient pas munies d'une queue, il passait son chemin.

— Je pourrais te poser la même question. Tu as eu des petites amies.

Mais Kurt avait eu le courage de faire ce que Ian n'avait jamais pu, et ce dernier n'avait pas pu s'empêcher de détester son frère, juste un peu, pour cela.

— Donc, tu viens juste de t'en apercevoir ?

La légère nuance de scepticisme dans le ton de Kurt informa Ian qu'il n'avait pas arrangé les choses, pas encore. Kurt continuait de penser qu'il pouvait être la victime d'une plaisanterie, comme quand ils étaient gosses. Ils avaient cinq autres frères et sœurs, mais seulement les trois plus jeunes – Kurt, Dylan et lui – avaient toujours semblé avoir une fascination sans fin et prendre un malin plaisir à se tourmenter les uns les autres. Cependant, ce sujet n'était pas celui à choisir pour plaisanter. Ian le savait mieux que quiconque et il ne ferait jamais ça à Kurt, donc il fut peiné que Kurt ne lui fasse pas confiance.

— Non, je m'en suis rendu compte il y a un moment. Des années. Les femmes étaient juste une couverture.

Cela faisait maintenant presque vingt ans qu'il cachait sa sexualité, effrayé de laisser quiconque, même les personnes les plus proches de lui, connaître ce noir secret. Quand Kurt était sorti du placard auprès de leur famille – sans aucune répercussion – cela avait brisé Ian de l'intérieur. En plus d'une myriade d'émotions négatives qui avaient émergé parce que garder sa sexualité secrète était complètement superflu, il en avait voulu à mort à Kurt. Il avait laissé sa jalousie et sa colère submerger tout son bon sens et, maintenant, il ne lui restait plus que sa honte et sa culpabilité.

— Des années ? Tu es sérieux ? Mais pourquoi, bon sang ?

— J'avais peur. Je pensais que je perdrais tout le monde. Alors, je l'ai caché. Quand tu me l'as dit, tout… content de toi… et confiant, je pensais que tu l'avais découvert et que tu te moquais de moi. Ensuite, quand j'ai réalisé que tu disais la vérité et que tout le monde l'avait accepté sans aucun problème, j'étais en colère contre toi.

Ian baissa les yeux sur le sol, incapable de faire face au reproche qui devait se trouver dans le regard de Kurt. Son petit frère avait été le plus courageux des deux, ouvrant la voie pour lui, et il avait quand même été un putain de lâche.

— Viens ici.

Kurt l'attira dans une étreinte. Ian ne méritait pas le pardon de Kurt mais il le prendrait. Il s'accrocha aux fortes épaules de son frère, ses yeux le brûlant. Il ravala un sanglot et enfouit son visage dans la chemise de Kurt. Il s'était senti très seul en restant à l'écart de sa famille, mais ne pas parler à Kurt et Dylan régulièrement avait été presque insupportable.

Son frère l'encouragea à se diriger vers un banc couvert de vinyle, et ils s'assirent en silence pendant un moment, le temps que Ian se reprenne.

— Est-ce que tu vas le dire à tout le monde ?

— Ouais. Faire semblant est en train de me tuer. Je n'arrive pas à croire que tu as eu le courage de l'avouer à ta propre fête d'anniversaire.

Dès qu'il avait retrouvé ses couilles, où qu'elles aient disparu, Ian avait décidé qu'il était temps de faire le ménage. Kurt était seulement le premier arrêt. Leur mère préparait un dîner de famille tous les dimanches. Tous ses frères et sœurs et leurs enfants ne se montraient pas chaque week-end, mais Ian se fichait de savoir qui serait là. Ses parents étaient les prochains sur sa liste. Après cela, les cinq autres frères et sœurs devraient être une promenade de santé.

— Eh bien, j'avais une très bonne raison de le faire. As-tu vu mon petit ami ? demanda Kurt avec un grand sourire.

Ian sourit en réponse et essuya ses yeux humides.

— Le mignon petit blond avec le tee-shirt rose ?

Le blond avait été l'homme le plus sexy dans une pièce remplie d'hommes canons, il était donc normal que Kurt l'ait déjà revendiqué.

— Tu as un petit ami ?

— Non, juste beaucoup d'aventures sans lendemain.

Beaucoup. Il ne savait absolument pas ce que cela représentait d'être en couple.

— Eh bien, viens là-haut. Laisse-moi te présenter Rick.

— Rick ?

Le blond ne ressemblait pas beaucoup à un Rick, mais ce serait un nom facile à crier pendant qu'il s'enverrait en l'air.

— Le mignon petit blond avec le tee-shirt rose. Mon Davy est le grand aux cheveux sombres.

— Allons-y. Je vais rester et vous aider, si tu veux bien.

RICK ENVOYA un rouleau trempé de peinture frapper le mur, causant un léger retour de fines gouttelettes. Seigneur, quel idiot ! Il passa le rouleau de haut en bas jusqu'à ce que toute la peinture qui le couvrait soit utilisée, puis le reposa sur le plateau avant d'essayer d'essuyer les éclaboussures jaune citron sur ses bras. Il réussit seulement à étaler le jaune le long de ses avant-bras.

Il ne savait pas pourquoi il avait été si désinvolte avec Ian. Lui, mieux que quiconque, savait à quel point cela pouvait être difficile de sortir du placard. Bien sûr, cet homme devait se douter de la façon dont sa révélation serait reçue, étant donné que la révélation en question était faite à un frère gay qui avait emménagé avec son petit ami. Davy lui avait dit que Kurt et son frère s'étaient éloignés ces derniers mois, et que cela était sûrement dû à l'annonce de Kurt concernant son homosexualité, mais Kurt était une personne très privée et Rick n'avait rien entendu de plus. Pour ce qu'il en savait, les frères avaient pu s'éloigner pour une raison totalement différente. Leurs histoires de famille ne concernaient pas du tout Rick, bien qu'il puisse faire une exception dans le cas de Ian.

En supposant que Ian ne le déteste pas d'avoir agi comme un idiot superficiel. Rick avait affiché son côté clubbeur-qui-ne-pense-qu'au-cul dès qu'il avait vu Ian, et agi avant d'avoir réalisé la signification des mots de Ian pour le reste du monde et non pas seulement sa queue.

Rick avait toujours eu un petit faible pour Kurt, avec son extérieur de flic sévère et ses muscles gonflés. Mais Ian était comme une version plus alléchante, raffinée et polie, avec des cheveux noirs au lieu de bruns et des yeux bleu pâle au lieu de bleu foncé, très bien foutu.

— Hé, Rick.

La voix profonde de Kurt le fit se retourner et, comme si ses pensées l'avaient conjuré, Ian était là.

— Euh, salut.

Non, il ne ferait pas de miracle avec cette oraison extraordinaire.

— Rick, je te présente mon frère, Ian. Ian, voici mon ami, Rick.

Les yeux de Ian soulignés de rouge et la timide vulnérabilité dans son expression réveillèrent quelque chose au plus profond de Rick. Même si Ian était un coup d'une vie, comme l'était Kurt, il ne pouvait se résoudre à le négliger. Pas après son manque de considération un peu plus tôt.

Il tendit la main.

— Ravi de te rencontrer, Ian.

Ian prit sa main.

— Heureux de te rencontrer également.

La chaleur était de retour, la chaleur qu'il aurait juré avoir vue plus tôt quand Ian avait promené son regard sur Rick de la tête aux pieds, et plus particulièrement sur un endroit précis entre-deux. Ian tint sa main plus longtemps que la coutume l'exigeait et frotta l'intérieur du poignet de Rick avant de le relâcher. La chair de poule s'étendit le long du bras de Rick au contact révélateur, et pourtant subtil.

Ian se tourna vers son frère.

— Je pense que je vais rester ici, aider Rick.

Kurt leva les yeux au ciel et partit. Le cœur de Rick se mit à battre plus vite quand il réalisa qu'ils étaient seuls.

— Alors, je suis presque sûr que la peinture est supposée être étalée sur le mur.

Ian sourit de toutes ses dents et la timidité disparut en un éclair alors qu'il tendait la main et passait un doigt sur la joue de Rick, descendant le long de son cou jusque sur sa clavicule.

Le sang se répandit sous sa peau, le réchauffant et faisant gonfler son sexe. La combinaison d'embarras et d'excitation soudaine et violente était déconcertante, mais pas complètement déplaisante.

— Peut-être que tu devrais me montrer comment faire.

La voix de Rick était devenue grave et la dilatation des pupilles de Ian, rétrécissant l'anneau d'un magnifique bleu iris, lui indiqua qu'aucun d'eux n'était vraiment emballé par l'idée de peindre. C'était une bonne chose que l'agacement de Rick un peu plus tôt l'ait incité à travailler vite… la cuisine était presque finie.

Ian glissa un doigt dans un trou du tee-shirt de Rick et le contact inattendu de la peau sur sa poitrine fit palpiter son sexe, le mettant dans un état d'excitation totale.

— Peut-être que je le devrais. Parce que, à mon avis, tu as ruiné ce tee-shirt.

Les mots de Ian furent accompagnés d'un bruit de déchirure alors qu'il poussait son doigt à l'intérieur. Il n'alla pas loin, et le trou n'était pas beaucoup plus gros qu'avant, mais Rick se sentait presque nu. Un coup d'œil à l'entrejambe de Ian lui confirma qu'ils étaient bien sur le chemin d'un plaisir mutuel. Rick voulait ouvrir le jean de Ian d'un coup sec et le sucer, juste là, dans la cuisine de Davy. Mais si Davy ne les tuait pas, Kurt ne se gênerait probablement pas pour leur faire sérieusement savoir ce qu'il en pensait. Il avait beau être un magnifique morceau de flic gay, Kurt était d'une pruderie alarmante.

Une fois qu'ils seraient seuls, Ian déchirerait-il simplement son tee-shirt ? Ce n'était pas aussi facile qu'il y paraissait dans un porno, mais Rick frissonna à la pensée qu'on le lui fasse.

Ian s'approcha davantage et empauma sa queue. Rick grogna et ses hanches tressautèrent contre la pression chaude et bienvenue.

— Veux-tu que nous partions d'ici ? demanda Rick en copiant le geste de Ian et en étant récompensé d'un gémissement.

— Oui, mais je lui ai promis que j'aiderai.

Ian fronça les sourcils et recula, les séparant.

Non, cela ne fonctionnerait jamais. Le sexe de Ian avait semblé être une œuvre d'art lorsqu'il s'était trouvé dans la main de Rick. De celles que Rick était tout à fait prêt à vénérer.

— Il ne reste qu'un seul mur à peindre dans la cuisine. Et il y a au moins quatre autres gars qui travaillent dans la maison avec Davy.

Les lèvres de Ian se courbèrent en un sourire féroce qui coupa le souffle de Rick.

— Dans ce cas, trouve-moi un rouleau et finissons ce mur.

ILS FINIRENT ensemble de peindre la cuisine et de nettoyer les rouleaux en un temps record, et ce malgré les nombreux pelotages et tripotages. Rick était prêt à exploser, et il était certain qu'aussitôt que Ian et lui seraient seuls, le premier orgasme serait extrêmement rapide. Puisqu'il avait l'intention d'en avoir plus d'un avec cet homme ce soir-là, la rapidité du premier n'avait pas d'importance.

— C'est parfait.

Ian ne regardait pas les murs en disant cela, alors Rick ne put s'empêcher de se pavaner, juste un peu, sous son regard admiratif.

— Prêt à partir d'ici ?

12

— Oui.

Le mot unique de Ian était sincère et empathique. Rick n'était pas certain d'avoir déjà été aussi excité ou prêt à tout pour un homme. Bien sûr, Oscar l'avait échauffé un peu plus tôt, mais il ne l'avait jamais désiré avec cette intensité. Cette luxure était entièrement pour Ian et Rick voulait passer des heures à la calmer.

— Où ça ?

Rick n'était pas prêt à proposer de se rendre chez lui ; Ian avait intérêt à ne pas avoir de colocataires.

— Chez moi.

Parfait.

Ils se faufilèrent par la porte arrière et contournèrent la maison sans tomber sur quelqu'un. Rick fixa sa voiture avec consternation. Il s'était fait prendre en sandwich, ce qui ruinait leur volonté de s'esquiver sans dire au revoir. Aucun d'eux n'avait envie de faire face à quelque taquinerie que ce soit qui leur serait adressée parce que ni son érection ni celle de Ian n'avaient désenflées. Tous ses amis sauraient où ils allaient.

— Tu veux m'envoyer ton adresse ? Je te rejoindrai dès que j'aurai récupéré ma voiture.

Ian le pressa contre la voiture de... quelqu'un. Rick était trop concentré sur Ian pour prêter attention à la couleur, la marque ou le modèle.

— Tu n'as qu'à venir avec moi. Je te ramènerai ici plus tard.

Pour appuyer ses paroles, Ian ondula des hanches et le sexe de Rick tressauta. Il ne faisait jamais ça. Il ne se rendait jamais quelque part sans son propre moyen de locomotion, mais c'était le frère de Kurt. Il plongea son regard dans les yeux bleus hypnotiques de Ian, inexplicablement tenté de l'embrasser. Il pouvait bien faire une exception, non ? Pour le transport. Embrasser n'était toujours pas au menu, cependant. Embrasser impliquait une intimité qui conduisait les hommes à devenir des mecs sérieux.

— D'accord, allons-y.

Étrangement, il n'eut aucun regret avoir brisé sa règle sur le moyen de locomotion, mais ils devaient partir d'ici avant qu'il en brise une autre.

D'UNE PRISE ferme sur son fessier, Ian guida – ou poussa pratiquement – Rick dans son appartement. Il le voulait nu et dans son lit, tout de suite.

— Bel endroit que tu as là.

Le souffle de Rick était court et il mentait sans état d'âme parce que Ian n'avait même pas allumé en entrant.

— Merci.

Ian lui mordilla la nuque et fut récompensé d'un gémissement.

— Montre-moi ta chambre.

Ouais, comme si ça se discutait, pensa Ian. Il possédait un canapé qui pourrait s'avérer confortable pour baiser, mais comme il avait toujours dissimulé son orientation sexuelle, il ne s'était jamais senti à l'aise à l'idée de ramener un mec chez lui, par peur que l'un de ses nombreux frères ou sœurs ou même un collègue le découvre. Il était si dur à la pensée d'avoir Rick nu dans son lit, dans ses draps, qu'il aurait pu déchirer sa braguette de la seule pression de son sang pulsant dans sa queue.

Il enroula ses deux bras autour de Rick, par derrière, une main sur la bosse couverte de denim causée par l'érection de Rick et l'autre se faufilant sous son tee-shirt pour trouver la peau chaude et duveteuse de son ventre. Un cri de désir animal s'échappa des lèvres de Rick et le contrôle déjà bien entamé de Ian vacilla. Sans le lâcher, Ian réussit à les conduire jusqu'à sa chambre.

Une fois qu'ils arrivèrent près du lit, Rick se libéra de l'étreinte en se tortillant et se débarrassa de son tee-shirt.

— Déshabille-toi, Ian, pour l'amour du ciel. Ça fait des heures que tu me rends dingue !

— Toi aussi.

Cela ne faisait pas des heures, mais leurs préliminaires 'peinture' avaient duré plus longtemps qu'ils en avaient tous les deux l'habitude. Ian enleva son propre tee-shirt, certain d'avoir entendu une couture craquer dans son empressement, mais saisit Rick par la taille avant qu'il ait eu le temps d'ouvrir le premier bouton de son jean. Ian porta ses deux mains à cet endroit pour le débarrasser de son pantalon. Les mains de Rick sur sa braguette rendirent les siennes instables, mais quelques secondes plus tard, il repoussait son jean jusqu'à ses genoux, libérant un sexe de bonne taille.

Ian enroula ses doigts autour de lui et le caressa. Il glissa la main plus bas et prit en coupe une paire de testicules imberbes. Il voulait sa bouche et ses mains partout sur lui, mais il voulait aussi écarter les jambes de Rick et s'enfoncer profondément en lui. Il voulait le faire hurler de plaisir. Faire trembler les murs et brûler les draps de l'intensité de leur débauche.

La maladresse de Rick qui se trémoussait pour essayer de retirer son jean et ses chaussures tout en baissant le pantalon de Ian fut probablement la seule chose qui empêcha Ian d'exploser de plaisir au contact des doigts forts de Rick sur la peau nue de son sexe.

— Allez, allez !

Rick ne s'embêta même pas à baisser le jean et le caleçon de Ian plus loin que ses fesses avant de saisir sa queue à deux mains.

Le gémissement étouffé qu'il laissa échapper aurait pu être embarrassant, mais tout ce qui comptait était de se retrouver en Rick, tous les deux ruant vers la ligne d'arrivée. La prochaine fois, ils pourraient y aller plus lentement et cela donnerait à Ian plus de temps pour l'explorer.

— Sur le lit.

Si Rick n'avait pas eu une prise ferme sur son sexe, Ian l'aurait tout simplement poussé en arrière comme un homme des cavernes.

Rick obtempéra sans protester. Il recula jusqu'au milieu du lit tandis que Ian attrapait le lubrifiant et des préservatifs dans le tiroir de sa table de chevet. Il les jeta vers Rick qui s'empara du lubrifiant.

— Couvre-toi, mon chou. Je m'occupe du reste.

Ian fut confus jusqu'à ce que Rick enduise deux de ses doigts du liquide huileux et se les enfonce en lui. Dans tous ses états, il pressa la base de son sexe pour se retenir de jouir. Rick se tortillait et gémissait alors qu'il s'étirait lui-même et Ian déroula un préservatif avec des mains tremblantes, craignant de manquer la fête s'il ne s'y joignait pas très vite.

Le contact de ses mains sur les cuisses de Rick fut comme un signal. Rick retira ses doigts et écarta les jambes en grand en guise d'invitation, remontant les genoux vers sa poitrine.

Ian ne perdit pas plus de temps pour presser son sexe contre le petit trou de Rick qui rendit les armes à l'intrusion sans même lutter. Il glissa sur toute sa longueur, profondément, et frissonna. Rick était si étroit et chaud !

— Bouge, bon sang, bouge !

La demande de Rick fut accompagnée d'une poussée de reins et Ian n'eut pas la force de se retenir.

Vite et fort, il pilonna Rick, le claquement de leurs peaux lui faisant l'effet d'une bande sonore érotique qui l'encourageait.

— Merde, merde, merde, gémissait Rick tout bas.

Il saisit sa queue et se caressa deux fois. La vue de l'éjaculation de Rick et la contraction de son cul autour de lui envoyèrent surfer Ian sur son propre orgasme. Ses muscles se serrèrent, ses hanches tressautèrent et des flashs de couleurs voilèrent sa vision alors qu'il se vidait dans le préservatif.

Incapable de faire quoi que ce soit, Ian se laissa tomber sur Rick et la petite part de son esprit encore en état de penser se réjouit de la sensation de la semence d'un autre homme sur son ventre. Être en contact peau contre peau sur toute la longueur de son corps fut presque suffisant pour le recharger complètement. Toute cette peau nue d'homme et aucune inquiétude à avoir sur le fait de se dépêcher ou de se cacher. Il était déjà impatient de recommencer.

Les mains de Rick caressaient son dos et, par-dessus le battement effréné du cœur de Ian, la respiration haletante de Rick lui parlait d'un orgasme qui rivalisait avec le sien.

Après un petit moment, les muscles de Ian obéirent finalement aux ordres de son cerveau. Il sortit, avec regret, du corps de Rick, jeta le préservatif dans la corbeille et attrapa son tee-shirt pour nettoyer les fluides collants de leurs deux corps.

Les paupières tombantes, il s'installa en cuillère derrière Rick et le serra contre sa poitrine comme s'il l'avait fait toute sa vie, puis il pressa ses lèvres sur sa nuque. Entre sa lassitude post-orgasmique et sa journée émotionnellement stressante, son épuisement le submergea. Il n'eut que le temps de regretter de ne pas pouvoir rester éveillé pour un second tour avant que le sommeil le gagne.

II

RICK SERRA ses baskets contre sa poitrine et s'adossa contre la porte la plus proche. Il était trop tôt pour qu'un voisin de Ian soit par monts et par vaux. Ce n'était pas son genre de faire cela. Il ne se rendait pas chez des hommes au hasard. Mais bizarrement, Ian l'avait atteint sous sa cuirasse. Assez pour que lorsqu'il avait ouvert les yeux à ses côtés – encore quelque chose qu'il ne faisait pas – il songe à le réveiller pour un autre tour. Ses amis pouvaient bien penser qu'il était une salope finie, mais il était rare qu'il aille jusqu'au bout avec quelqu'un qu'il venait juste de rencontrer. Une masturbation ou une fellation en boîte n'était… pas grand-chose et ne comptait pas vraiment.

Il regrettait parfois de ne pas pouvoir profiter des parties de sexe matinales. Il avait entendu de bonnes choses à ce propos, mais ce moment précis était le plus proche qu'il ait jamais été de passer toute une nuit avec quelqu'un. Quelque chose chez Ian retenait son attention.

Le problème, c'était qu'il ne savait pas comment étiqueter Ian. Pouvait-il l'ajouter à sa liste d'amants réguliers – non exclusifs – ou ressemblait-il trop à Kurt ?

Avec un dernier regard à la porte de Ian, Rick enfila ses baskets et se dirigea vers l'ascenseur.

Dehors, l'aube qui pointait rendait le ciel brumeux et l'humidité commençait déjà à rendre ses vêtements inconfortablement collants. Rick maudit sa queue. Il n'y avait aucune autre raison pour expliquer qu'il se soit laissé conduire jusqu'ici par Ian. Les belles mirettes bleues de Ian avaient convaincu sa stupide queue de briser une de ses foutues règles.

Rien que pour cela, Ian était dangereux. Rick descendit la rue avant de se poser à un arrêt d'autobus pourvu d'un banc. Il tira son téléphone ultra fin d'une de ses poches très serrées et appela un taxi. Au moins, il y avait un abribus à cet arrêt, ce qui rendait l'étincelant lever de soleil presque supportable. Il grimaça légèrement quand il entra en contact avec l'aluminium gelé, un rappel inconfortable qu'il était allé jusqu'au bout avec un homme qu'il venait à peine de rencontrer. Mais Ian était vraiment bon au pieu.

La nuit précédente, il n'avait pas tout de suite réalisé que Ian avouait son homosexualité à son frère. Une fois qu'il s'en était aperçu, la timide vulnérabilité de Ian avait tiré sur sa corde sensible, autant que sur un autre organe plus proéminent. Il n'avait cependant pas fallu longtemps pour que la timidité de Ian disparaisse, et la dichotomie laissait Rick incertain quant au fait qu'il soit un coup d'une vie, ou non. Rick espérait que non. Parce que Ian ferait un fantastique plan cul.

C'était probablement trop demander que Ian ait une carrière qui requérait le port d'un uniforme, comme Kurt. Rick aimait vraiment les uniformes, bien qu'après l'épreuve traversée par Kurt, il ne sache pas s'il mettrait un mec comme lui dans son petit carnet ; il n'était pas certain de pouvoir supporter que l'un de ses hommes soit blessé dans le cadre de son travail. Ian et lui n'avaient pas passé beaucoup de temps à parler. S'il le revoyait, il finirait par découvrir ce qu'il faisait dans la vie.

Le taxi s'arrêta et Rick maudit encore sa faiblesse. Si seulement il s'en était tenu aux règles, il aurait eu sa propre voiture et il serait déjà chez lui. Il tapota ses poches et grogna.

Merde, non.

Rick frappa à la fenêtre.

— Attendez une minute.

Le chauffeur de taxi obéit avec un grognement indistinct qui aurait pu – ou non – être un véritable mot. Rick ferma les yeux et réfléchit une seconde. Kurt et Davy n'avaient pas exactement eu la main lourde avec la bière à leur partie de peinture la nuit précédente, et aucune brume alcoolisée ne planait sur les souvenirs de Rick. Il avait pu caler son téléphone et son portefeuille dans la poche de son pantalon, mais ses clés n'y seraient pas rentrées. Il les avait emportées chez Davy et Kurt et les avait posées sur une étagère. Et ne les avait jamais récupérées quand il s'était éclipsé dans le sillage de Ian.

Merde.

Il était bien trop tôt pour aller chez Davy et il ne pouvait certainement pas sonner chez Ian pour lui demander de le laisser revenir. Il y avait bien ce loquet cassé sur la fenêtre du sous-sol de chez lui. Il avait envisagé de le faire réparer, mais son quartier était tellement sûr que cela ne lui avait pas paru important. Maintenant, il était content de ne pas l'avoir fait. La fenêtre du sous-sol serait un passage très étroit, même pour quelqu'un d'aussi mince que lui, mais il pouvait le faire, et il n'aurait pas besoin de subir sa *marche de la honte* à une heure tout à fait humiliante de la journée.

— C'est bon, allons-y.

Rick monta dans le taxi et donna l'adresse de chez lui. Heureusement, il avait son portefeuille, sinon il aurait atterri dans un resto qui ne fermait pas la nuit, à traîner avec une bande de jeunes enivrés en train de ronfler. Il avait peut-être l'air d'un éternel clubbeur, mais il regardait du mauvais côté des trente-cinq ans, avait un boulot respectable et une maison. Toutefois, sa réputation de fêtard était celle dont ses amis avaient l'habitude et celle qui lui permettait de baiser dans les conditions qu'il aimait. Révéler son statut 'mature' amènerait plus de mecs sérieux à lui tourner autour, et cela ne lui conviendrait jamais.

RICK PAYA le chauffeur et sortit du taxi. Il était toujours en train de s'admonester de ne pas avoir pris sa voiture et de s'être endormi chez Ian, mais il n'arrivait pas à regretter la soirée. Pas entièrement. Écarter les jambes pour Ian avait été facile et cela avait collé entre eux, mieux qu'avec tous les hommes qu'il avait connu jusqu'à présent. Mais briser toutes ses règles ? Ce n'était pas sage, pas du tout. En fait, la chaleur qui pétillait dans son ventre quand il se rappelait les yeux bleus intenses de Ian et la façon dont il avait submergé Rick de désir… Ces règles n'existaient pas seulement pour prévenir les coups d'un soir de devenir des coups d'une vie. Elles protégeaient Rick de ressentir trop de choses. Des choses qui conduisaient à des relations. Et une relation, pour Rick, était tout à fait impossible.

Il leva les yeux de sa sobre contemplation du trottoir en béton vers sa porte d'entrée et s'arrêta net. Oscar était avachi là, endormi, avec un énorme bouquet de différentes variétés de fleurs blanches à côté de lui.

La bizarrerie de la veille était déterminée à déteindre sur cette nouvelle journée. Bon sang. Il avait eu assez de mal à réconcilier sa panique d'avoir brisé ses règles avec l'euphorie d'avoir vécu une magnifique – bien que brève – partie de jambes en l'air. En fait, il pouvait probablement blâmer Oscar pour tout ça. Rick avait été si ébranlé, avant d'aller chez Davy et Kurt, qu'il avait été bien trop conscient du sex-appeal de Ian.

L'irritation supplanta toutes ses autres émotions confuses. Rick gravit les marches du porche d'un pas décidé et tapota l'épaule d'Oscar.

— Réveille-toi. Qu'est-ce que tu fais ici ?

Oscar cligna des yeux d'un air fatigué et lui sourit. Était-ce supposé être mignon ? Parce qu'il n'avait vraiment qu'une envie et c'était de ramper par la fenêtre de son fichu sous-sol – sans avoir à le faire devant un public –

et de prendre une douche. Sans ses clés, il ne serait pas facile d'échapper facilement aux stupidités malencontreuses qui avaient amené Oscar sur le pas de sa porte à… eh bien, il ne savait pas quelle heure il était sans vérifier sur son portable, mais il était bien loin de sept heures du matin quand il avait quitté l'appartement de Ian.

Bien trop tôt pour recevoir des visiteurs, quels qu'ils soient.

— Rick, bébé.

Rick grinça des dents.

— Oh, mon Dieu, ne m'appelle pas comme ça. Qu'est-ce que tu fais ici ?

Levant le bouquet de fleurs, qui était assez gros pour plier sous son propre poids, Oscar sourit, ignorant complètement l'irritation de Rick. En fait, la nature plaisante d'Oscar avait été l'une des raisons pour lesquelles il l'avait fait entrer dans son circuit de rotation, mais en cet instant, cela le faisait paraître délibérément insouciant ou simplement stupide. Aucun de ces traits de caractère ne le rendait attachant pour Rick.

— Je ne sais pas ce qui s'est mal passé la nuit dernière mais je déteste la façon dont nous nous sommes quittés. Je suis désolé.

Vaillamment, Rick réfréna son envie de lever les yeux au ciel. Simplement stupide, ce devait être cela, puisque Rick avait été clair sur ce qui n'avait pas été. Mais c'était un geste attentionné.

— Merci, Oscar.

Rick tendit la main vers le bouquet, pas vraiment certain d'apprécier d'être apaisé avec un tas de fleurs comme s'il était une fille, mais il ne pouvait nier qu'elles étaient magnifiques.

D'un mouvement inattendu, Oscar déplaça le bouquet sur le côté et se pencha pour un baiser. Rick l'esquiva mais faillit basculer en arrière sur les marches de son porche et l'agacement se transforma en une colère véritable.

— Qu'est-ce qui te prend, Oscar ? C'est terminé. Il n'y a plus rien. Pas d'emménagement. Plus de baise. Plus de coups de fil. Terminé. Tu comprends ?

Le visage d'Oscar tiqua à ses paroles.

— Je viens de dire que j'étais désolé. Nous ne sommes pas obligés d'emménager ensemble. Nous pouvons juste reprendre les choses là où elles en étaient. S'il te plaît.

Aussi soudainement qu'elle était apparue, sa colère s'envola, ne laissant que de la tristesse à la place.

— Oscar, je suis désolé. Mais je ne peux plus te voir. Je t'ai dit que je ne donnais pas dans les relations durables, et si tu as commencé à tenir à moi de cette façon, il n'y a aucune chance pour que nous puissions revenir à ce que les choses étaient avant. Ce n'est juste pour aucun de nous.

— S'il te plaît, Rick. Donne-moi une autre chance. Nous ferons comme tu l'entends.

— Pas de seconde chance. Et je t'ai dit ce que je voulais.

Oscar fronça les sourcils.

— Est-ce que ce sont les mêmes vêtements que tu portais hier ? Est-ce que tu vois quelqu'un d'autre ?

Malgré la colère injustifiée qui rayonnait inopinément d'Oscar, un rire nasal échappa à Rick. Aucune personne saine d'esprit n'appellerait ce qu'il avait fait avec Ian la nuit précédente 'voir quelqu'un'. Mais il était indéniable qu'il avait pris son pied et même le léger pincement dans le bas de son dos était suffisant pour le faire sourire, peu importe qu'il ait été partagé sur le fait de briser ses règles.

— Ce ne sont pas tes affaires.

Le seul fait de penser à la nuit fantastique qu'il avait passée avait suffi à adoucir le ton de sa voix et le froncement de sourcils d'Oscar se transforma en air renfrogné. Non, penser à Ian ne lui rendrait aucun service.

— Tu devrais partir maintenant. Aller dormir un peu.

Euh, en y réfléchissant, Oscar avait peut-être été sous l'influence de l'alcool quand il avait eu cette Grande Idée. Rick n'en savait rien, mais le mec pouvait toujours être bourré.

— Est-ce que tu as conduit jusqu'ici ?

Pas que Rick soit en position de lui offrir de le déposer chez lui.

— Je pourrais appeler un taxi.

Oscar grogna et jeta les fleurs à Rick.

— Va te faire foutre.

Sans autre mot, Oscar courut pratiquement jusqu'à sa voiture, monta à l'intérieur et s'en alla promptement.

Rick grimaça. Ça ne s'était pas bien passé, même si Oscar semblait avoir compris son message cette fois. Il posa les fleurs à côté de la porte, prêtes à être ajoutées à son compost, mais plus tard. Maintenant, il avait rendez-vous avec la fenêtre cassée de son sous-sol et une douche. Dans ce putain d'ordre. S'il n'avait pas eu besoin de récupérer à la fois ses clés et sa voiture, il aurait été tenté d'éteindre son téléphone et de se planquer avec un livre ou trois pour le reste du week-end. Il avait besoin de temps pour réfléchir et savoir si Ian ferait un pote de baise convenable ou s'il le troublait trop, mais ce qui était sûr, c'est qu'il n'avait pas besoin de prendre une décision à l'instant.

La lumière du soleil ruisselait sur le visage de Ian, illuminant l'intérieur de ses paupières d'un rouge translucide au lieu du noir absolu qu'il préférait à cette heure matinale. Il roula loin de la chaude clarté et entrouvrit un œil, essayant de se concentrer sur son radio réveil.

Seigneur. Il ne pouvait même pas le voir à cause de l'éclat nucléaire qui se déversait à travers sa fenêtre. Comment avait-il pu oublier de fermer ses doubles rideaux la nuit précédente ? Les lumières de la rue étaient intolérablement lumineuses pour dormir et le soleil du matin était – dans son souvenir – détestable.

Oh, oui. Le sexe. Le sexe fabuleux. Il avait été bien plus déterminé à s'enfouir dans ce corps masculin souple et magnifique qu'il l'avait été à fermer ses rideaux. Au moins, il n'était pas facile d'espionner par les fenêtres de sa chambre, ou quelqu'un aurait profité d'un spectacle gratuit. Mais il ne faisait aucun doute que Ian était seul au lit maintenant. Il s'assit, scrutant la chambre à la recherche de l'homme qui aurait dû toujours se trouver au lit avec lui. Avisant son réveil, il gémit. Il n'y avait aucune bonne raison pour être debout à six heures un dimanche matin.

Il ne restait aucun signe de l'aventure d'un soir de Ian, mis à part le préservatif froissé qui pendait à moitié sur le bord de la poubelle comme la mue d'un serpent.

Désormais complètement éveillé, les yeux ajustés à la lumière, Ian se laissa retomber contre les oreillers. Un léger parfum de musc chatouilla ses narines lorsqu'il froissa les draps, rappelant à sa personne et à son érection matinale une nuit exceptionnelle. Qu'il aurait répétée avec joie ce matin par des activités athlétiques si seulement il ne s'était pas réveillé seul.

Il s'étira et se pelotonna à nouveau dans le lit. Il n'avait nulle part où aller avant le début de l'après-midi. Peut-être pouvait-il dormir pour faire passer sa déception.

Malheureusement, le rappel de la mission capitale à venir chez ses parents un peu plus tard emporta les restes de son sommeil. L'inquiétude n'était probablement pas nécessaire, mais il était en train de se dépeindre des parallèles malvenus : les types en tee-shirt rouge qui accompagnaient le Capitaine Kirk ou les pauvres inconscients qui se battaient contre le

Minotaure avant que Thésée s'y attaque. Ceux qui essayaient et échouaient et se faisaient manger par les monstres pour leur peine. Peu importait qu'il se rappelle à lui-même que son imagination faisait des heures supplémentaires, il devenait de plus en plus nerveux.

Il avait besoin de renfort, comme jamais. Ian avait toujours été proche des frères qui l'encadraient en âge, Kurt et Dylan. Tous les trois avaient été presque inséparables durant leur scolarité, et leur lien étroit ne s'était jamais relâché. Sauf que Ian les avait tous les deux sous-estimés en ne leur faisant pas confiance. Dylan méritait de le savoir au moment où leurs parents l'apprendraient, et si quelqu'un pouvait lui fournir le soutien moral dont il avait besoin, c'étaient ses deux frères.

Roulant sur lui-même, il attrapa son téléphone sur la table de nuit. Il chercha parmi ses contacts, espérant que Rick ait ajouté son numéro, mais il n'eut pas cette chance. Eh bien, c'était un problème simple à rectifier si Ian en ressentait le besoin.

Avec un soupir, il appela Dylan.

— Oh, hé ho, alors tes mains ne sont pas cassées.

Ian leva les yeux au ciel.

— Est-ce que Maman te donnerait des leçons de culpabilisation ?

— Quelqu'un doit bien de te culpabiliser.

La voix de Dylan était seulement un peu irritée, et Ian ne lui en voulait pas le moins du monde. Même si son frère était totalement absorbé par les préparatifs de son mariage, il avait quand même fait l'effort d'appeler Ian. Appels auxquels il n'avait pas répondu – quand il n'avait pas carrément évité son frère lui-même, lorsqu'il en avait eu la possibilité. Et Ian n'avait presque jamais pris l'initiative d'appeler quiconque depuis l'annonce hallucinante de Kurt.

— Écoute, je suis… désolé. Je peux expliquer, mais… peux-tu venir dîner chez les parents ce soir ?

— Est-ce que tu vas vraiment y aller ?

Une fois encore, Ian ne pouvait pas s'offenser du scepticisme qu'il entendait dans la voix de Dylan.

— Oui, je te le promets, Dyl.

Ian ne savait pas quoi dire pour le convaincre de l'importance de sa présence, sans faire peur à son frère ou sans tout bonnement divulguer son secret. Lorsqu'il leur avouerait son homosexualité, il voulait le faire sans avoir à simplement lâcher les mots. Calmement, avec soin, préparé.

Cependant, Dylan comprit.

— Je serai là. Ce sera bon de te voir.

— Ouais, toi aussi.

Les yeux de Ian le brûlèrent et, avec sa récente pratique, il s'extirpa comme un pro de l'appel téléphonique avant de se mettre à pleurer… pour tout ce qu'il aurait pu faire.

Il avait pensé à appeler Kurt aussi, mais son état émotionnel était clairement un peu précaire pour le moment. Il lui envoya donc un message lui demandant de se rendre au dîner lui aussi, puis il se détendit à nouveau contre ses oreillers, une partie de sa nervosité le quittant maintenant qu'il avait fait ces quelques minuscules pas en avant.

En remuant, il capta une autre bouffée du parfum de Rick. Avec un sourire au plafond, il se gratta le ventre. Rencontrer le blond sexy avait été une surprise inattendue, mais bienvenue. La nuit dernière avait été très importante, et pas seulement à cause de leur rencontre sexuelle spectaculaire. Il n'avait jamais ramené un mec à son appartement. Après avoir passé toute sa vie d'adulte dans l'ombre, il avait été impatient d'avoir un homme dans son lit, et le blond sauvage et flamboyant avait été pressé d'échapper à la séance de peinture pour le suivre chez lui.

Avoir des relations sexuelles dans son lit avec le souple et mince Rick avait été une source d'inspiration totale. Ian s'étira à nouveau. Il avait bien utilisé plusieurs muscles qu'il était loin de faire assez travailler. Bien qu'il ne soit pas étranger aux coups d'un soir, il ne s'était jamais non plus laissé aller à explorer le corps d'un homme en plein jour. Commencer avec Rick ce matin-là aurait été le début de sa liberté nouvellement trouvée.

Laissant sa main voyager vers son aine, Ian laissa les fantasmes envahir son esprit. Il lui restait quelques heures avant de voir sa famille et de leur dire la vérité. Rick avait manqué un autre orgasme spectaculaire, mais c'était entièrement sa faute pour s'être faufilé dans la nuit comme un voleur.

Salaud. Lui aussi manquerait à Ian. Rick baisait comme un dieu, et Ian chercherait sûrement longtemps avant de trouver quelqu'un qui puisse se comparer à lui.

— IAN ! IL était temps que tu te montres au dîner du dimanche.

Ian leva les yeux au ciel au commentaire de sa sœur aînée.

— Qu'est-ce que ça peut te faire, Caitlyn ? Ce n'est pas comme si tu étais là tous les week-ends non plus.

Deirdre et Sean O'Donnell avaient émigré d'Irlande et ouvert un genre de bar familial appelé *Finn's Frolic* au cœur du centre-ville de Toronto. Tous les enfants avaient appris la valeur du travail laborieux en faisant des petits boulots au *Finn's*, et ils étaient toujours de corvée à l'occasion, même s'il n'avait jamais été nécessaire de garder l'affaire à flot ; Deirdre et Sean avaient très tôt fait de leur bar une affaire qui tournait. Il était rapidement devenu une tradition pour ses parents de s'assurer que le personnel employé couvrait les dimanches au pub pour que Deirdre puisse héberger sa large couvée – qui grandissait chaque année – lors d'un repas de famille. Il était rare que tout le monde soit présent en même temps. Maintenant que la plupart de ses frères et sœurs avaient des enfants et des belles-familles, la famille entière ne se rassemblait complètement qu'aux fêtes d'anniversaires des O'Donnell. Même Noël n'était pas aussi sacré pour son père et sa mère. Si vous manquiez une célébration d'anniversaire, il valait mieux que ce soit parce que vous étiez à moitié mort.

— Et comment le saurais-tu ?

Caitlyn le frappa derrière la tête avec un torchon de cuisine.

— Ça fait des semaines que nous ne t'avons pas vu.

Pour la plupart, la fratrie assistait au dîner du dimanche aussi souvent que possible, excepté lors de l'occasionnelle gueule de bois. Peu de famille avec sept enfants pouvait se vanter que tous s'entendent bien, mais c'était le cas. Bagarres, disputes et engueulades étaient monnaie courante, mais au-delà de tout ça, ils s'aimaient les uns les autres et personne ne se sentait jamais seul.

D'un autre côté, personne n'était jamais seul non plus. Il y avait toujours quelqu'un qui savait où vous étiez ou ce que vous faisiez, même si vous souhaitiez le contraire. Ce qui avait été l'une des raisons qui l'avait poussé à garder son secret. Même après avoir déménagé, il avait vécu dans la peur que l'un des membres de sa famille le voie avec un homme. Ian n'avait jamais eu de rendez-vous sérieux avec un homme. N'avait jamais retrouvé un homme pour boire un verre ou aller voir un film. Ni de façon romantique ni avec l'objectif d'avoir des relations sexuelles. Il y avait des clubs partout en ville où il pouvait aller pour tirer un coup et il le faisait, presque aussi souvent qu'il disait à sa famille qu'il sortait chasser les femmes.

La paranoïa était devenue une force directrice dévorante dans sa vie, et autant il était impatient de s'en défaire, autant il en ressentait une inexplicable tristesse. Sa vie était en train de changer – pour le mieux espérait-il – mais la culpabilité et la peur avaient été ses compagnes depuis presque vingt ans et il pensait qu'elles pourraient lui manquer. Pendant quelques minutes, du moins.

Ian dressa la table, étonné de voir ses doigts trembler. Cela ne devrait pas être aussi effrayant. Kurt l'avait fait – il était arrivé et avait craché le morceau comme si ce n'était qu'une formalité. Sa famille ne lui en avait pas tenu rigueur. Ian avait été le seul à s'en faire, et cela avait été de l'égoïsme plus qu'autre chose. Il avait été jaloux que Kurt ait trouvé le courage – et l'acceptation que Ian désirait plus que tout – que lui avait eu peur de rassembler. Maintenant qu'il allait le dire au reste de sa famille, il avait peur. Il était plus effrayé qu'il ne l'avait jamais été. Une peur à ébranler son âme, faire trembler ses os et retourner son estomac l'envahissait.

— Alors, que fais-tu ici ?

Caitlyn se dandina dans la salle à manger derrière lui, son ventre rond comme un ballon de plage indiquant la voie, une corbeille remplie de petits pains dans la main.

— Eh bien, il est presque l'heure du dîner et c'est dimanche, alors à l'évidence je suis ici pour constituer l'équipe de football idéale de papa. Bon d… sang, qu'est-ce que tu crois que je fais ici ?

Ian ne pouvait entendre les hurlements stridents d'aucun des enfants de Caitlyn ou de leurs cousins, mais sa mère le tuerait s'il jurait en leur présence.

— Sais pas. Je ne t'ai simplement pas vu depuis des semaines.

Caitlyn déposa les petits pains sur la table.

Ian fronça les sourcils et scruta les lieux, cherchant Colleen, la jumelle de Caitlyn. Il n'avait entendu personne d'autre arriver mais cela serait un jour à marquer d'une pierre blanche si une seule des jumelles était présente lors d'une réunion de famille.

Avant que Caitlyn et Colleen se marient, les jumelles étaient inséparables. Après leur mariage, elles faisaient toujours beaucoup de choses ensemble, mais leurs maris profitaient de tous les moments où elles ne se voyaient pas. Les jumelles, plus qu'aucun des O'Donnell, n'aimaient pas être seules.

Puis il se départit de son inquiétude. Il avait d'autres choses auxquelles penser. Par exemple quel serait le meilleur moment pour annoncer sa nouvelle ? Juste avant le dîner ? Pendant le dessert ? Les repas, vraiment, n'étaient pas à ce point formels, mais au moins ses frères et sœurs, leurs époux et les parents dîneraient à table, les enfants dans la cuisine.

— Et alors ? demanda-t-il.

— Alors rien. C'est juste que Maman déteste quand tu fais la tête comme une garce mal lunée

— Je ne suis pas une garce mal lunée.

Pourquoi Caitlyn avait-elle choisi ces mots en particulier ? Que savait-elle ?

— Si.

— Non.

Ian se mordit l'intérieur de la joue. Les hormones. Ce devait être les hormones. Ou simplement une sœur aussi chiante qu'un caillou dans une chaussure, comme elles étaient génétiquement programmées pour l'être. Se laisser embarquer dans l'une de ses chamailleries sans intérêt le distrairait de sa confession à venir, mais il n'avait plus six ans, et il essayait, la plupart du temps, d'agir en conséquence.

— Peu importe, déclara-t-elle en secouant la tête. Pourquoi as-tu mis les rallonges à la table ? C'est beaucoup trop grand. Tu vas devoir tout refaire.

L'irritation s'empara de lui et il faillit crier sur sa sœur très enceinte. Qui ne devait pas bien dormir, à en juger par les cernes sous ses yeux.

— Je pensais que tout le monde serait là.

Caitlyn leva les yeux au ciel.

— Où est ton cerveau, idiot ? Ne sais-tu pas compter ?

Ian déglutit et les papillons dans son estomac se transformèrent en ptérodactyles. Avec des griffes. Bizarrement, il avait cru que ce serait plus facile si toute la famille était présente. Il aurait seulement eu à le faire une fois et peut-être que personne ne ferait de scène devant les enfants. Qu'il n'entendait pas, soit dit en passant. Ce rassemblement de famille, restreint et intime, signifiait qu'il aurait de nombreuses occasions d'amener le sujet dans la conversation, et maintenant qu'il était si proche de le faire, il avait envie de vomir. Mais il ne pouvait pas repousser cette discussion indéfiniment. Non seulement son secret était en train de l'étouffer vivant, mais Kurt était déjà au courant et Ian ne lui avait pas demandé de garder le silence.

Peut-être qu'il serait plus simple de tester le courant avec un public réduit. S'il pouvait seulement en convaincre ses paumes moites. Au lieu de ça, il commença à retirer les rallonges comme le lui avait demandé sa sœur, essayant désespérément de ne pas penser à ce qu'il s'apprêtait à faire au dîner.

— Peux-tu m'aider ?

Caitlyn grogna.

— Pas vraiment, non, répondit-elle en indiquant son ventre.

— Dans ce cas, sors d'ici, bon sang. Tu es dans mes jambes.

Le regard noir que sa sœur lui adressa aurait pu l'incendier, mais au moins elle s'en alla, le laissant rassembler ses pensées.

RICK FRONÇA les sourcils devant la porte de Davy. Il aurait dû appeler avant – ce serait tellement embarrassant de devoir revenir. Il sonna et attendit.

Davy ouvrit la porte avec un sourire, ce qui le soulagea sur le champ. Si son ami avait été en train d'en profiter au lit, il lui aurait fallu bien plus longtemps pour ouvrir et il aurait été grincheux.

— Rick, qu'est-ce que tu fais ici ?

Rick prit une inspiration.

— Hé, mon mignon. J'ai oublié mes clés ici la nuit dernière.

Il posa un petit baiser sur la joue de Davy avant de s'inviter à l'intérieur.

— Je pensais bien que c'était ta voiture garée dans la rue. Attends, tu n'étais pas avec Ian tout ce temps, n'est-ce pas ?

Errant dans la salle à manger, il attrapa ses clés et les fourra dans sa poche.

— Non, bien sûr que non.

— Je suis vraiment surpris que tu aies laissé ta voiture ici. Je sais que j'ai été hors-jeu un moment, mais tu as toujours été intraitable sur le fait de garder un moyen de locomotion à ta portée.

Il ne voulait pas avoir cette discussion, tout comme il ne voulait pas que Davy spécule sur la raison pour laquelle il pouvait avoir brisé ses règles.

— Ton grand flic bien gaulé est dans le coin ?

Rick ravala un gémissement. Pourquoi avait-il demandé cela ? Davy allait commencer à croire qu'il était obsédé. Bon Dieu, Rick n'était toujours pas sûr de savoir s'il avait suivi Ian chez lui parce qu'il ressemblait à Kurt.

— Non. Pourquoi, tu veux lui poser des questions au sujet de Ian ?

Le ton de Davy était taquin, joueur, et Rick inclina la tête, contemplant son ami. Davy avait traversé une période difficile, mais Rick était si content qu'il soit heureux.

— Non, pas du tout. Pourquoi penserais-tu ça ?

— Sais pas. Ian est plutôt sexy. Et tu es parti avec lui.

28

— Ne te fais pas trop d'idées là-dessus.

Rick garda une voix légère, aérienne et non concernée. Il n'allait pas se laisser entraîner et poser des questions sur Ian comme une adolescente avec un béguin.

— Ce n'était rien de plus qu'un coup d'un soir.

— D'accord. Eh bien, si tu veux en parler, je suis là.

Davy ne savait pas pourquoi il avait ces règles. Personne ne le savait. Mais elles protégeaient tout le monde, lui inclus.

— Ne t'inquiète pas, chéri. Ce n'est pas parce que tu formes une famille heureuse avec son frère que ça signifie que Ian et moi sommes des âmes sœurs.

L'amertume durcit son ton, et les sourcils de Davy se rapprochèrent. Bon sang. Il allait devoir faire mieux pour que la discussion reste légère.

— Kurt est chez ses parents pour dîner. Tu veux rester traîner à la maison ? J'ai un bon Chardonnay au frais. Nous pourrions nous faire livrer chinois.

Rick pensa à rentrer chez lui. Ou sortir. Étrangement, il n'était pas prêt à utiliser un autre homme tout de suite pour effacer le souvenir de Ian. Cela faisait longtemps qu'il ne s'était pas senti aussi rassasié et ses muscles, aussi détendus. Il voulait savourer la sensation un peu plus longtemps. Il ne voulait pas non plus ruminer toute la nuit. Étant donné son humeur étrange et son comportement atypique avec Ian, s'il était seul, c'était tout ce qu'il ferait.

— Ça me semble être une bonne idée.

Davy appela un restaurant chinois qui livrait à domicile. Ils s'installèrent sur le canapé avec des verres de vin blanc.

Rick ramena ses pieds sur le canapé et fit face à Davy.

— Alors, comment se fait-il que tu laisses ton guerrier blessé sortir tout seul ?

Davy lui adressa un grand sourire.

— Il va beaucoup mieux. Et j'adore sa famille, vraiment, mais ils sont tellement nombreux ! Kurt s'attend à une sorte de drame ce soir donc j'ai préféré passer mon tour. Puis sa famille va le bichonner, je n'ai pas à m'inquiéter.

— Oh… un drame ? Quel genre ?

Les potins pouvaient être amusants quand ce n'était pas à son sujet. Et comme les histoires de famille lui donnaient la chair de poule, il comprenait le besoin de Davy de les éviter.

— Kurt pense que Ian va faire son coming out à sa famille.

Rick s'étouffa avec sa gorgée de vin.

— Tu veux dire que la nuit dernière, quand il a dit qu'il était gay, nous – ou plutôt, Kurt – était le premier à le savoir ?

— Il semblerait.

— Oh, eh bien, c'est courageux de sa part.

Rien n'avait laissé croire la nuit dernière, mis à part les yeux rougis par les larmes et un délicieux soupçon de vulnérabilité, que Ian avait l'intention de faire une chose si déroutante et perturbante ce jour-là. Rick avait été une épave stressée quand il avait décidé de faire son coming out. Ça s'était mal passé, et son état de nerf avait certainement été justifié. Dans l'état d'hébétude où il s'était trouvé, il aurait été absolument inconcevable qu'il ait été capable de baiser quelqu'un juste quelques heures plus tard. Mais bon, Rick avait fait son coming out quand il était adolescent et il n'aurait pu mettre personne dans un état agréablement brumeux lorsqu'il n'avait été qu'un jeune puceau, même dans son meilleur jour.

— Je sais. C'est une étape terrifiante même quand tu sais que ça se passera bien.

— Ouais.

Rick descendit la dernière goutte de son Chardonnay. Il savait déjà que le coming out de Davy s'était bien passé et que le sien était allé de travers ; ils n'avaient pas besoin d'en rediscuter. C'était du passé, terminé, et aussi merdique que cela ait été, ça s'était légèrement mieux passé que le reste de son adolescence.

Davy les resservit sans commentaire et Rick avala une autre gorgée.

— Ce vin est plutôt sympa.

Habituellement, Rick était plutôt margarita, mais dernièrement, la tequila lui dérangeait l'estomac. Le mauvais côté des trente-cinq ans. Cependant le vin, le blanc en particulier, n'avait pas le même effet et il devrait probablement en apprendre un peu plus sur le sujet.

— Je sais. En fait c'est un vin Wayne Gretzky.

Rick haussa un sourcil.

— Wayne Gretzky possède des vignes ?

Il était loin d'être aussi fan de hockey que Davy et Kurt l'étaient, mais il s'en fichait, et même ceux qui n'avaient qu'une connaissance approximative du sport savaient reconnaître le nom de ce grand joueur.

— Tu as acheté ce vin juste pour le nom, pas vrai ?

— Bien entendu !

30

Davy fit un large sourire et fit tinter leurs verres ensemble.

— Mais il est quand même bon. Si seulement il avait joué pour Toronto !

Rick grogna un rire, plus que partant pour être entraîné dans une discussion sur le hockey. Il souhaitait que leur conversation reste banale parce qu'il n'était pas prêt à rentrer tourner en rond chez lui. Sa maison était son chez lui, son bureau et son sanctuaire. Avec une nouvelle consultation qui arrivait cette semaine, il aurait normalement dû passer un dimanche après-midi plaisant à préparer sa semaine de travail, mais il avait été trop ébranlé par Ian pour se concentrer sur quoi que ce soit. Il ne lui était pas venu à l'esprit de se demander si l'un de ses amis voulait sortir, donc avoir Davy à disposition était inespéré. Aussi longtemps qu'il pouvait maintenir la conversation éloignée de sa vie de famille ou de sa vie sexuelle.

IAN REMUA sur sa chaise. Avec seulement ses parents, trois de ses frères et sœurs et deux autres amis de la famille, il était étonné que la conversation n'ait jamais connu d'accalmie pour qu'il fasse son annonce. Il n'y avait même pas d'enfants mangeant à la table de la cuisine pour créer une pause dans les discussions.

Il n'était même pas sûr de ce qu'il avait mangé. Si cela avait eu plus de saveur que de la suie, il ne l'avait pas remarqué. Il pouvait à peine suivre les sujets de conversation.

Quelqu'un mentionna Casa Loma. Le château pittoresque du centre-ville de Toronto recelait des bons souvenirs d'une fête de Noël du bureau quelques années plus tôt, et d'un interlude risqué et alcoolisé avec l'un des membres du personnel de restauration.

Son frère Dylan avait projeté d'y célébrer son mariage à venir avec Stephanie, et enfin, Ian fut capable de prétendre qu'il faisait attention.

— Casa Loma ? Hé, ce serait un très bel endroit pour une réception. Il y a ce magnifique jardin d'hiver. Et ça ferait de belles photos également.

Ian s'arrêta de parler alors que la table entière l'observait.

— Chéri, je suis sûr de te l'avoir déjà dit.

L'air préoccupé de sa mère s'accentua tandis qu'elle le fixait.

— Cela fait des semaines que Dylan et Stephanie ont décidé d'organiser la réception à cet endroit. C'est pour ça que nous sommes en train d'en parler.

La chaleur glissa sur ses joues. Il n'avait certainement pas été à ce point indifférent.

— Désolé, Dylan, Steph.

— C'est bon, déclara Dylan en agitant une fourchette vers lui dans un geste que Ian n'eut aucun mal à interpréter comme obscène. Je suis sûr que tu as été occupé.

Stephanie jeta à son fiancé un regard moqueur et lui donna un coup dans l'épaule, mais Dylan fut loin d'être décontenancé. Son frère aurait été plus cru et graphique s'il avait été seul, Ian le savait très bien.

Ian n'avait pas été aussi occupé que sa famille le pensait, mais la nuit précédente… oui… il avait été très occupé. Avec Rick. Et ce souvenir lui échauffa davantage les joues, alors même qu'il se rendait compte que ce pourrait être l'ouverture parfaite.

— Tu te souviens au moins de la date, n'est-ce pas ? Tu n'as pas prévu autre chose ?

La taquinerie de Dylan était un peu plus gentille que les mots de Caitlyn plus tôt, mais la vérité qu'elle sous-entendait piquait quand même. Il avait été complètement déconnecté pendant trop longtemps.

— Bien sûr que je me souviens de la date. Je suis supposé porter un smoking et tout le tralala.

Il ne se souvenait pas de la date. Du tout. Heureusement, il l'avait notée dans son agenda, mais sortir son téléphone maintenant pour vérifier n'aurait entraîné que des moqueries de la part de tout le monde. Il jeta un regard à Kurt. Si son frère l'aimait vraiment, il grognerait ou ferait quelque chose pour attirer l'attention de la tablée. Kurt renifla à peine et essaya de rester invisible. Ian grimaça. En se blessant au travail, Kurt avait sans doute reçu bien plus d'attention familiale qu'il en avait voulue.

— Oui, mais tu réalises qu'ils vont être jaune moutarde, hein ? Cette couleur a une signification particulière pour la famille de Steph.

Dylan sourit adorablement à sa fiancée tandis que Ian lui jetait un regard horrifié.

Il n'avait pas vraiment accepté de porter un smoking jaune, n'est-ce pas ? Et de toute manière, où serait-il possible de trouver un déguisement pareil ? Il serait peu vraisemblable que le magasin où il avait loué son costume pour le bal universitaire ait en stock une telle aberration.

Le ciel soit loué, il n'avait pas accepté de l'*acheter*. N'est-ce pas ?

— Euh… Est-ce qu'il va être spécialement confectionné ?

Tout le monde, sauf ses parents, se mit à rire, et Ian fut presque sûr que son père engouffra une pleine fourchette de pommes de terre pour s'empêcher de faire pareil.

Les yeux de sa mère pétillèrent, juste un peu.

— Chéri, tu devrais vraiment essayer de venir dîner à la maison plus souvent.

— Pardon, maman. Mais le smoking est une plaisanterie, pas vrai ?

Parce que cela avait besoin d'être confirmé.

— Bien sûr, idiot.

Les paroles de Dylan étaient suffisamment moqueuses pour que Ian n'en prenne pas offense, mais sa fiancée, Stephanie, lui lança un regard mauvais et sa mère s'éclaircit la gorge en signe d'avertissement. Deux de ses frères et sœurs l'avaient traité d'idiot en un jour. C'était un nouveau record depuis qu'ils avaient tous été diplômés.

Son père avala finalement sa bouchée de pommes de terre.

— Même si nous préférerions que nos enfants ne s'appellent pas les uns les autres par d'autres noms…

Dylan eut la grâce de paraître contrit.

— …, mon garçon, tu connais notre Stephanie, n'est-ce pas ? Je ne connais rien du tout à la mode, mais je suis convaincu qu'elle ne choisirait rien qui ne soit pas élégant.

Eh bien, cela était certainement vrai. Dylan avait choisi une femme attirante et sophistiquée qui savait cependant comment s'amuser.

Ian avait toujours besoin de vérifier son calendrier. Si cela se trouvait, il avait d'autres obligations cérémonielles qui requéraient sa présence. La conversation dériva sur la robe de mariée et celles des demoiselles d'honneur, et l'interlude pour sa confession passa. Il devrait faire plus attention à la conversation ; peut-être qu'un autre moment convenable se présenterait naturellement.

La conversation prit un nouveau tournant, passant du placement des invités lors du dîner de mariage à la fête d'anniversaire de sa sœur la plus âgée, Erin. Au moins, il était sûr de l'avoir notée sur son agenda, puisque rater les fêtes d'anniversaires des membres de la famille était pratiquement une offense passible de pendaison. On n'organisait pas de grandes fêtes au pub pour les conjoints mais Ian était certain qu'une fois le seizième anniversaire passé, les petits-enfants seraient eux aussi inclus dans le programme des anniversaires.

— Amèneras-tu quelqu'un à l'anniversaire d'Erin ?

Sa mère espérait tellement que ses plus jeunes fils s'installent.

Ian déglutit difficilement et s'étouffa presque. Les grands espoirs de sa mère seraient maintenant dirigés uniquement sur lui parce que Kurt et Dylan, sans crier gare, avaient trouvé quelqu'un avec qui faire leur vie. Il ne restait que lui.

— Quelqu'un ? Non.

Il sortit les mots en bredouillant. L'anniversaire d'Erin avait lieu ridiculement trop tôt pour considérer une telle chose. Une fois qu'il aurait tout avoué, il envisagerait de rencontrer des gens, mais d'abord, il devrait apprendre comment.

— Je te l'ai dit, maman. C'est un tel coureur.

Caitlyn fit glisser une autre portion de légumes dans son assiette en parlant.

— Je suis loin d'être un coureur.

— Eh bien, tu dois faire quelque chose de travers, sinon ces pauvres femmes avec lesquelles tu *sors* – et j'utilise le terme dans un sens large – seraient peut-être intéressées pour une deuxième fois.

La taquinerie de Caitlyn, plus incisive et orientée que celle de Dylan, enflamma la mèche de sa colère parce que sa famille entière venait de mettre le doigt – en tête de toutes autres réalisations inopportunes – sur quelque chose qu'il n'avait jamais osé essayer : sortir avec quelqu'un.

— Est-ce que tu t'en prends à moi parce que tu ne veux pas que quelqu'un remarque que tu es bien plus grosse que Colleen ?

Ses sœurs étaient toutes les deux tombées enceintes en même temps – encore. Apparemment les jumelles ne pouvaient rien faire séparément, mais l'insulte sur le poids n'était rien de plus qu'un coup de couteau dans le vide.

Il ne s'attendait pas à ce que Caitlyn éclate en sanglots et que son mari Mark se mette à lui murmurer doucement à l'oreille pour la réconforter, ou que le reste de la famille lui jette des regards noirs. Heureusement, les larmes ne durèrent pas longtemps, mais le regard que Caitlyn lui adressa, les yeux soulignés de rouge, aurait pu réduire ses couilles à peau de chagrin.

Caitlyn lui jeta un petit pain à la tête, qui tomba ensuite dans son assiette vide.

— Si tu n'es pas un coucheur, tu es définitivement un connard.

— Qu'est-ce que j'ai fait ?

Kurt eut l'air plutôt mal à l'aise et ne voulut pas croiser son regard. Dylan se contenta de rire doucement à son malheur, et ses deux parents lui retournèrent des regards désapprobateurs et sévères.

Seul son père prit la peine de répondre à sa question.

— Je ne sais pas pourquoi tu nous as évités, mon garçon, mais si tu ne l'avais pas fait, tu le saurais déjà.

Elle était là, la pointe attendue de culpabilité, qui transperçait directement son cœur. Mais cela n'arrêta pas sa panique momentanée. Y avait-il quelque chose qui n'allait pas avec sa sœur ? Pourquoi n'y avait-il pas prêté plus d'attention ?

— Qu'y a-t-il ? Qu'est-ce qui ne va pas ?

— Caitlyn attend des jumeaux et pas Colleen.

À nouveau, son père fut celui qui répondit.

Ian attendit, se demandant ce qui allait suivre de terrible. Au bout d'un instant, il réalisa qu'il n'y avait rien.

— Vous plaisantez, n'est-ce pas ? C'est tout ?

— Tu sais que tes sœurs sont heureuses quand elles font les choses ensemble, déclara sa mère comme si elle pensait que c'était normal.

— Mais elles n'ont pas le contrôle là-dessus. Pourquoi être aussi bouleversée ?

— Tu le sauras, mon garçon, quand ta propre femme sera enceinte.

Super. Son père était maintenant monté dans le train pour la cause 'occupons-nous de trouver quelqu'un pour Ian'.

— S'il vous plaît. Il a probablement fécondé la moitié de la ville à l'heure qu'il est mais il est toujours incapable d'en garder une seule.

Le ton de Caitlyn était plus détestable que jamais et déclencha un tourbillon sauvage d'émotions.

Il se leva et lui renvoya le petit pain à la figure.

— Je n'ai mis personne enceinte et je ne veux pas d'une putain de fille qui me tourne autour. Je suis gay, bon Dieu.

À la seconde où les mots volèrent hors de sa bouche, il souhaita pouvoir les reprendre, empêcher tout le monde de les entendre. Kurt étouffa un grognement de rire.

Fantastique. Kurt trouvait sa merveilleuse confession amusante. Une fois encore, quelque chose qu'il n'avait pas été capable de faire aussi bien que le bébé de la famille.

— Ian Seamus O'Donnell.

Merde. Sa mère était vraiment en colère si elle énonçait son nom entier.

Il tourna les talons et se dirigea vers le jardin. Il aurait préféré s'en aller, mais il était certain que sa voiture était prise en sandwich par au moins trois autres. Et ils étaient probablement suffisamment énervés pour le faire rester ici toute la nuit.

Il n'aurait pas dû le dire. Pourquoi l'avait-il dit de cette manière ? Aucun de ses discours soigneusement préparés ne l'impliquait en train de révéler son secret pendant qu'il criait sur son agaçante sœur enceinte. Ian donna un coup de pied dans une touffe d'herbe avant d'enfoncer la pointe de sa chaussure dans la terre. Il regarda le jardin, le fond envahi par les mauvaises herbes avec des arbres et des buissons qui avaient été plus clairsemés quand ses frères et lui jouaient là-bas, enfants. Il n'avait qu'un an et demi de plus que Kurt, et Dylan avait le même écart d'âge avec lui. Être si proche en âge les rendait tous les trois plus soudés que les autres frères et sœurs de la famille. Mike avait été un super frère aîné, mais distant, en partie par nature et en partie par le nombre d'années qui les séparait. Erin, en tant que grande sœur, était simplement trop difficile à comprendre la plupart du temps. Les jumelles, entre Dylan et Mike, étaient davantage une entité unique qui grandissait que deux sœurs, et avaient rarement besoin du reste d'entre eux. Pourtant, Ian les aimait tous. Il ne leur avait simplement pas fait confiance avec son secret le plus intime. Même pas aux frères qui avaient été ses plus proches amis en grandissant.

Il n'avait pas voulu qu'ils découvrent la vérité, et prendre ses distances quand il se sentait vulnérable avait été la solution la plus facile. Il avait fait la même chose avec ses amis, dont aucun ne connaissait la vérité non plus.

Ian ramassa une branche morte et la jeta dans le feuillage au fond du jardin. Elle fit un bruit satisfaisant en heurtant un tronc d'arbre bien camouflé sous du lierre.

La révélation de Kurt avait été sérieusement décevante en ce qui concernait sa famille. Personne n'avait remarqué le trouble que cela avait créé chez Ian qui cherchait juste une façon de se libérer.

Le trou d'épingle qu'avait fait Kurt dans son bouclier quand il avait admis son orientation à son frère avait provoqué une telle cassure. Au lieu de parler calmement de son homosexualité à sa famille, sa colère, sa peur et toutes les années de répression avaient explosé tout autour d'eux.

La porte du jardin s'ouvrit et se referma derrière lui. Ses épaules s'affaissèrent. En temps normal ses parents ne l'auraient pas suivi pour lui crier dessus. Ils aimaient que vous reconnaissiez vos propres erreurs. Peut-être parce que dans une famille avec sept enfants, *quelqu'un* savait toujours quelque chose et cacher quoi que ce soit était tellement impossible que vous pouviez tout aussi bien dire la vérité dès le départ. Mike avait-il toujours des problèmes avec l'unité parentale ? Son frère avait toujours semblé si adulte et parfait, même quand il était jeune, que Ian supposait qu'il avait cessé de se sentir comme un gamin stupide bien avant d'avoir atteint la vingtaine. Ian avait trente-trois ans et craignait encore que ses parents lui crient dessus.

De bien des façons, il serait surpris si ses parents n'avaient pas su bien avant ça. Ses parents étaient intelligents et ils s'y connaissaient en affaires, bien qu'aucun d'eux n'ait fait d'études après le lycée.

Il se retourna, prêt à affronter le champ de tir. Au lieu de ses parents, cependant, Kurt et Dylan se tenaient là, le regardant avec amour et inquiétude. Les yeux de Ian piquèrent et sa vision devint floue.

— Allez, viens, assieds-toi.

Dylan indiqua le banc en bois dans l'ombre de l'énorme érable qui marquait le coin sud-ouest de la propriété de ses parents.

Ian s'assit le premier, dos à la maison. Dylan prit place à sa gauche, Kurt à sa droite.

Ils restèrent assis là quelques minutes, une brise chaude remuant les feuilles au-dessus de leurs têtes. Il sentit ses deux frères bouger comme s'ils s'apprêtaient à parler, mais c'était comme s'ils ne savaient pas quoi dire. Ian non plus. Il se contenta de puiser du réconfort dans la présence de ses deux amis – frères – à côté de lui.

Dylan soupira lourdement. Pas de surprise – il était toujours le plus impatient d'eux trois.

— Ian, tu aurais dû dire quelque chose.

Il n'y avait aucun reproche dans le ton de Dylan, seulement du regret.

— Nous aurions compris. Tu le sais depuis combien de temps ?

C'était une question légitime. Kurt n'avait pas été conscient de sa propre orientation sexuelle jusqu'à récemment. Ian avait toujours supposé que son frère était prude ou avait une libido plutôt modérée. Il était probable que Kurt ait pensé la même chose de lui-même jusqu'à ce qu'il rencontre Davy.

— Depuis que j'ai quinze ans.

— Quinze ans ? Ian, pourquoi ?

Ian savait ce que Dylan voulait dire. Pourquoi l'avait-il gardé secret si longtemps ? Kurt savait déjà que Ian le cachait depuis des années, mais il ne lui avait pas tout dit.

Ian se frotta les joues avec le dos de sa main.

— Tu te souviens de ce week-end en camping que nous avons passé à Wasaga Beach ?

— Ouais, bien sûr, répondit Dylan en riant. Nous nous sommes mis dans un tas d'emmerdes.

Kurt grogna. C'était l'une des rares fois où ils l'avaient laissé à l'écart, seulement parce qu'ils étaient sûrs que personne n'aurait cru que leur petit frère au visage de bébé avait l'âge légal, peu importait sa grande taille ou ce que leurs fausses cartes d'identité clamaient. Lui, Dylan et un couple d'amis de Dylan s'étaient échappés un week-end pour boire jusqu'à plus soif à Wasaga.

— Je vous en veux toujours de m'avoir abandonné, déclara Kurt en boudant.

— Peu importe.

Dylan tendit le bras dans le dos de Ian pour donner un coup dans l'épaule de Kurt.

— Tu t'es vengé en nous dénonçant.

— Ouch, grogna Kurt.

— Mauviette, répliqua Dylan.

— On m'a tiré dessus !

Dylan inspira vivement.

— Désolé. J'ai oublié.

Ian l'avait presque oublié lui aussi. Ils avaient si facilement retrouvé leur camaraderie d'antan. Mais il avait évoqué cet incident pour une raison et elle n'avait rien à voir avec les souvenirs.

— Bref… ton ami de l'équipe de natation était là.

— C'est vrai, oui. Seigneur, je n'ai plus eu de nouvelles de ce gars depuis une éternité. Quel était son nom déjà ?

La question de Dylan était principalement rhétorique.

— Niels.

— C'est ça, Niels. Oh, mon Dieu, tu avais le béguin pour mon ami, pas vrai ? Pas étonnant que tu aies été aussi foutrement insistant pour assister à toutes les rencontres de natation alors qu'avant cela tu étais incapable de faire l'effort de te lever tôt.

— Oui, eh bien, j'ai vu Niels nu dans cette douche communale au camping. Et j'ai eu une révélation.

— Mais tu as couru après les pom-pom girls toute l'année après ça !

Le choc de Dylan était teinté de scepticisme.

Ian laissa échapper un rire amer.

— Je suivais ton exemple. Tu te souviens de Paul Jenkins ? Je ne pense pas que quelqu'un l'ait jamais tabassé parce qu'il était gay, mais il a subi tout un tas de choses pas très marrantes de la part des athlètes de l'école. Je ne savais même pas qu'il était gay, mais il était petit, maladroit, intelligent comme tout et aussi mignon qu'une fille. Et j'ai appris que je ne voulais pas être différent, pas si cela attirait l'attention comme c'était le cas pour Paul. Je ne voulais pas que quelqu'un me traite comme ça.

— Seigneur, Ian.

Dylan lui pressa l'épaule.

— Je n'aurais laissé personne te tabasser.

— Moi non plus, ajouta Kurt.

Marrant dans un sens, parce que même au lycée, Kurt était plus imposant et plus musclé que Dylan ou lui. Il pouvait bien être le plus jeune, mais Kurt était loin d'être l'avorton de la portée des O'Donnell.

— C'était sacrément facile pour vous, les mecs.

Ian continua de parler par-dessus leurs faibles protestations.

— Sérieusement. Dylan était un putain de chien de chasse, courant après tout ce qui respirait et possédait des seins. Tout le monde semblait applaudir ton comportement – à part nos sœurs. Donc, je t'ai imité.

— Et pour Kurt ? Il n'agissait pas comme ça.

Ian haussa les épaules.

— Je pensais qu'il était un peu prude. Se réservant pour le mariage ou une relation sérieuse. Je suppose que le fait qu'il soit si grand lui a permis d'échapper aux persécutions mais ce n'était pas quelque chose que je pouvais copier.

— Et moi, j'ai toujours supposé qu'il avait une libido modérée.

Dylan adressa un clin d'œil à Kurt par-dessus Ian, et son visage devint rougeaud sous le soleil de fin d'après-midi.

— Ta gueule ! Ian, tu aurais dû m'en parler.

— Kurt, tu étais plus jeune. Tu n'avais même pas quatorze ans quand j'ai vu Niels pour la première fois. Comment étais-je supposé savoir que tu comprendrais ? L'aurais-tu même compris ?

Son frère, blessé, lui tapota le genou.

— Probablement pas. Je ne comprenais pas pourquoi je n'étais pas attiré par les filles, comme vous l'étiez, et je n'ai compris qu'en entrant au lycée que le sexe ne m'intéressait pas plus que ça. Avoir des relations sexuelles ne m'avait jamais semblé vraiment important. Et l'idée de regarder un homme de cette manière ne m'avait jamais traversé l'esprit avant de rencontrer Davy.

— Inconsciente petite chose, se moqua Dylan.

Peu de choses l'avaient amusé durant cette journée, mais ça oui.

— Eh bien, tu parles d'un inspecteur de police ! Est-ce ta façon de dire que ta libido *n'est pas* modérée ?

Dylan et lui rirent au rougissement renouvelé de Kurt. Ian devait apprendre à mieux connaître Davy parce qu'il semblait vraiment avoir une bonne influence sur son frère. Mais les mots de Kurt confirmaient que Ian avait été le seul à cacher sa véritable nature pendant toutes ces années. Au lieu de se concentrer là-dessus, il termina son histoire.

— Quand nous avons quitté le lycée, j'avais une réputation de coureur et il semblait que mon rôle dans la vie avait été défini. À l'université, je suis tombé dans un cycle infernal. J'allais dans des boîtes de nuit et je trouvais des mecs à baiser, pas d'attaches, pas de nom, pas de sentiments. C'était sûr et cela me permettait de continuer à prétendre.

Kurt inspira vivement.

— Tu étais… prudent, n'est-ce pas ?

Ian pinça les lèvres et hocha la tête. Il avait eu une frayeur, juste après ses vingt ans. Une frayeur dont il n'avait été capable de parler à personne à part au gars au dispensaire. Il ne s'était jamais senti aussi seul de sa vie, surtout parce qu'il ne connaissait même pas le vrai nom du mec avec lequel il avait couché. Après ça, il avait été le roi du préservatif.

— Eh bien merde, frangin, ça craint. J'aurais voulu…

Dylan s'interrompit.

— J'aurais voulu que tu rencontres une personne comme Davy plus tôt.

— Tu trouveras quelqu'un.

Kurt passa un bras autour des épaules de Ian.

— Tu es une belle prise.

Jusqu'à maintenant, Ian ne s'était jamais laissé aller à espérer qu'il y ait une personne faite pour lui. Comment allait-il briser l'habitude des années ? L'image de Rick, mince et blond, se tortillant dans son lit, fit irruption dans sa tête. Rick ne pouvait pas être cet homme-là, mais waouh… la nuit avait été incroyable. Cependant, penser à l'excellente séance de sexe alors que ses frères étaient assis à ses côtés était trop bizarre, alors il laissa l'image se dissiper.

Tous les trois restèrent assis là, laissant le vent tourbillonner autour d'eux, heureux dans leur silencieuse camaraderie.

Il n'était pas seul. Après la révélation de Kurt, il aurait dû réaliser que sa propre orientation sexuelle n'aurait pas été un problème, mais savoir une chose ne soulageait pas toujours l'angoisse dans votre cœur, et Ian avait joué la comédie pendant trop longtemps. Une comédie que Kurt n'avait apparemment jamais jouée jusqu'à ce qu'il rencontre Davy.

Poussant un profond soupir, il se redressa.

— À quel point sont-ils en colère ?

Ian n'avait pas besoin de spécifier qu'il parlait de leurs parents. C'était avec eux qu'il aurait à traiter en premier. Ensuite, les frères et sœurs.

— Sais pas, répondit Dylan. Mais ils étaient prêts à attendre que tu sois prêt à revenir.

— Je suppose que je ferais mieux d'y aller.

— Caitlyn et Mark sont déjà partis, donc il n'y aura que Stephanie et les parents à la maison, l'informa Kurt.

Ian se leva. Son explosion n'en était pas moins humiliante, mais au moins, il n'avait pas à affronter la langue acérée de sa sœur. Pour le moment.

Sean et Deirdre étaient assis à la table de la cuisine, leur conversation légère cessant quand Ian se présenta à la porte. La sensation malvenue d'être un gamin sur le point de se faire gronder le submergea.

Il se glissa furtivement sur sa chaise et attendit. Ses parents échangèrent un regard avant que sa mère pose une main douce sur son bras.

— Chéri. Pouvons-nous en parler ? Calmement ?

— Je suis désolé. J'ai juste…

Ian ne savait pas quoi dire. Pas exactement. Peu importait comment il avait avoué son homosexualité, il avait déjà lâché le morceau le plus important. En discuter jusqu'à plus soif avec ses parents, alors qu'ils étaient en colère contre lui pour avoir été un connard, ne semblait pas le moins du monde amusant. Il avait trente-trois ans, pas treize. Quand il prit conscience que sa lèvre inférieure commençait à avancer pour marquer qu'il boudait, il se reprit. Parce qu'il *n'avait plus* treize ans. Bouder était inutile.

— Parle-nous. Tout va bien. Nous t'aimons. Quoi qu'il arrive.

Les yeux de Ian commencèrent à brûler à la déclaration de sa mère, mais l'entendre apaisa quelque chose en lui.

— Je le sais depuis longtemps. Depuis que je suis ado. Mais je n'ai jamais eu l'impression de pouvoir me confier à quelqu'un. Et ensuite, Kurt l'a juste annoncé sans réfléchir à sa fête et… et tout s'est bien passé. Pour lui. Personne ne lui en a voulu. Et c'est ainsi que ça devrait être, mais…

Sa mère sourit.

— Mais tu t'es senti trahi ? Tu as gardé cela pour toi, tu l'as transformé en un énorme et sombre secret, et soudain tu as réalisé que l'admettre n'était pas aussi… je ne veux pas dire bouleversant, parce que je sais que ça l'est pour toi. Un jour, personne ne se souciera qu'une personne soit gay ou hétérosexuelle, mais jusqu'à ce que ce jour arrive, il est impossible de savoir comment vont réagir les gens, hein, mon garçon ? Mais tu as passé si longtemps à te demander comment nous le prendrions que ton petit frère est arrivé et a volé ta révélation fracassante. Qu'il n'y ait eu aucune conséquence négative a renforcé ton côté compétitif.

Ian cilla à la déclaration de sa mère. Donc, il n'était pas une garce mal lunée, il était un faiseur de drames injustifiés. Charmant.

Sa mère n'avait pas fini.

— J'aurais voulu que tu nous fasses assez confiance pour nous le dire plus tôt. Je n'aime pas que tu aies passé si longtemps à t'inquiéter que notre amour soit conditionnel. Mais il ne l'est pas et ne le sera jamais.

— Viens là, dit son père en se levant et en attirant Ian dans une étreinte d'ours. Ta mère a raison.

Sa mère attendait juste derrière pour lui administrer une étreinte de son propre cru. Les yeux de Ian le brûlèrent à nouveau, mais cette fois-ci, il ne put empêcher ses larmes de glisser sur son visage.

Sa mère s'écarta et renifla avant de lui essuyer les joues comme elle l'avait fait chaque fois qu'il s'était blessé.

— Tu sais que tu dois des excuses à Caitlyn, n'est-ce pas ?

Son père avait toujours un regard sévère, mais il n'y avait pas de désapprobation ou de dégoût. Rien n'était différent. Ian laissa échapper un soupir tremblant.

— Je sais.

— Et à Kurt aussi.

Ian fronça les sourcils.

— J'ai parlé avec lui la nuit dernière. Je me suis excusé de l'avoir évité. Tout est arrangé entre nous.

— Non, Ian. Je ne parle pas de cela. Même s'il s'est rendu compte de son homosexualité seulement récemment, tu te trompes complètement si tu penses que cela a été facile pour lui. Ça ne l'a pas été. Peut-être que tu ne l'as pas vu parce que tu étais trop occupé à te protéger, et je comprends. Mais parle-lui. Tu dois savoir par quoi il est passé. Tu seras surpris de voir à quel point vos situations sont semblables.

— Je lui parlerai.

— Tu es de corvée de vaisselle.

Sa mère s'étira sur ses pointes de pieds pour lui embrasser la joue.

— Mais tu l'avais probablement deviné.

Ian laissa échapper un rire.

— Oui, en effet.

Ils quittèrent la cuisine et Ian ouvrit le robinet d'eau chaude. Sa mère avait un lave-vaisselle – le ciel soit loué – mais elle préférait que les casseroles, les grands plats et les verres soient lavés à la main.

Dylan et Kurt apparurent dans la cuisine quelques minutes plus tard. Dylan attrapa une bière avant de s'en aller mais Kurt s'assit à table.

Ian lui jeta quelques regards furtifs. Qu'est-ce que son père avait voulu dire ? Et était-il prêt à avoir une autre conversation profonde tout de suite ?

Non. Une autre fois. S'il n'avait pas eu droit à une si bonne partie de jambes en l'air la nuit précédente, son humeur serait au plus bas en ce moment-même. Bon sang, il était seulement vingt heures et il avait l'intention de se mettre au lit dès qu'il le pourrait. Le séisme émotionnel était plus éprouvant qu'il l'aurait imaginé. S'il trouvait l'énergie, il ferait un crochet dans l'un de ses repaires habituels pour qu'on lui fasse une fellation et qu'il puisse ainsi passer une bonne nuit de sommeil, mais il était plus probable qu'il s'endorme avec le souvenir de la nuit précédente.

Ou le souvenir de se pelotonner contre un corps chaud et masculin dans son lit. Bizarrement, il pensa qu'il pourrait en fait préférer le confort de ce geste à celui d'une fellation. Cela ne lui ressemblait pas du tout. Ou du moins, cela ne ressemblait pas au coureur qui cachait sa sexualité à tout le monde. Le fait d'être ouvertement gay signifiait-il qu'il serait un mec câlin ? Tenir Rick dans ses bras lui avait paru parfait, mais peut-être serait-ce le cas avec n'importe quel homme si Ian les laissait dormir dans son lit.

— Alors, tu vas te mettre à rencontrer des hommes maintenant ?

Oh, ce n'était pas possible. Il était improbable que son frère puisse lire dans ses pensées, pas vrai ?

Ian haussa les épaules du mieux qu'il put, les poignets plongés dans l'eau mousseuse.

— Je suppose. Je ne sais pas… je ne sais pas vraiment comment faire.

Kurt rigola.

— Moi non plus. Bien entendu, je suis sorti avec des filles, mais ce n'était clairement pas une réussite. Davy et moi ne sommes jamais officiellement sortis ensemble. Et Rick ?

— Oh, il s'appelle vraiment Rick ?

Ian ne donnait presque jamais son vrai nom quand il sortait pour se trouver un plan cul, alors il ne s'attendait pas non plus à ce que ses partenaires sexuels lui donnent leurs vrais noms. Ce qui était une manière de vivre vraiment solitaire, maintenant qu'il y pensait.

Les lèvres de Kurt se retroussèrent.

— Tu l'as rencontré dans ma *maison*. En train de m'aider à la *peindre*. Pendant que je suis en train de guérir après m'être fait *tirer dessus*. Ce n'était pas exactement une soirée mousse à l'Anaconda.

Ian tira une main de l'évier pour lui faire un doigt d'honneur, de l'eau de vaisselle volant pour atterrir juste sur le front de Kurt. Il n'aurait pas pu faire mieux s'il avait essayé.

— Que pourrais-tu bien savoir sur l'Anaconda ? Tu es gay depuis environ trente secondes et, regardons les choses en face, tu es un peu prude.

Ce changement de conversation ne tromperait pas son jeune flic de frère très observateur.

— Ce n'est pas une soirée mousse ici non plus.

Kurt essuya l'humidité de son visage.

— Et comparé à un coucheur, je suppose que je suis prude.

Kurt se leva et jeta un torchon de vaisselle mouillé à Ian.

Quelque part, les mots de Kurt ne le blessaient pas ni ne le mettaient en colère comme ceux de Caitlyn l'avaient fait. Mais Kurt restait toujours son petit frère et méritait une défaite par KO.

— Tu sais, j'ai tiré mon coup plus de fois que tu peux les compter, petit frère.

Ian envoya de l'eau mousseuse sur le tee-shirt de Kurt.

— La qualité vaut mieux que la quantité.

Kurt attrapa une poignée de choux de Bruxelles au beurre sur un plat à proximité et les lui lança.

Ian lâcha un juron et ils commencèrent tous les deux à chercher des munitions. Kurt plongea à nouveau la main dans le bol de légumes alors que Ian enfouissait les siennes dans le reste de pommes de terre.

— Et qu'avez-vous exactement l'intention de faire avec ça ?

Au son de la voix de leur père, ils s'immobilisèrent, pris les mains dans le pot de confiture, pour ainsi dire.

— Euh.

La réponse de Kurt n'était singulièrement d'aucune aide.

— Exactement. Vous feriez mieux de déclarer un cessez-le-feu. Votre mère se fiche que vous soyez gays, mais si vous mettez sa cuisine sens dessus dessous, vous vous retrouverez à nettoyer le chantier avec une brosse à dents. Et Ian, tu te retrouveras seul à le faire, parce qu'elle ne laissera pas Kurt faire quoi que ce soit avec cette blessure.

Une lueur démoniaque brilla dans les yeux de Kurt et il feignit de lancer une nouvelle attaque de choux de Bruxelles.

— Ce n'est pas juste.

L'absurdité de la situation frappa Ian dès que ses mots quittèrent ses lèvres et il se mit à rire. Kurt et son père l'imitèrent.

Son père lui donna une tape dans le dos.

— Pendant une minute, j'ai pensé que nous étions tombés dans une faille temporelle. Mais votre mère pourrait revenir d'une minute à l'autre, alors vous feriez mieux de vous dépêcher et d'en finir. N'oubliez aucun de ceux-là.

Il haussa un sourcil grisonnant en direction des petits choux verts éparpillés sur le sol aux pieds de Ian avant de prendre une bière dans le réfrigérateur et de s'en aller.

— Je vais ramasser les choux, offrit Kurt.

— Non, je te l'interdis. Assieds-toi. Je ne veux pas me faire tuer par Maman ou Davy s'ils découvrent que tu fais trop d'efforts parce que tu dois nettoyer les restes de notre bataille de nourriture. Je m'en occupe.

Kurt devait se sentir affaibli parce qu'il obéit.

— Désolé. Je n'aurais pas dû mettre le bordel.

— Ne t'en fais pas pour ça.

Ian passa ses mains pleines de pommes de terre sous l'eau et les essuya avant de s'agenouiller et de ramasser chaque petit chou glissant pour les jeter dans la poubelle de compostage. Il termina juste à temps parce qu'il n'avait pas plus tôt replongé ses mains dans l'eau de vaisselle que leur mère entrait dans la cuisine pour se resservir un verre de vin. Elle lança un regard évaluateur à Kurt, comme pour s'assurer qu'il n'en faisait pas trop, avant de jeter un œil expert sur le travail de Ian.

— Tu manques de pratique, mon garçon ? Ça te prend du temps.

— Je veux juste m'assurer que tout soit parfait pour toi, maman.

Ian lui adressa un sourire des plus innocents.

— Galopin. Ta vieille mère sait qu'il ne faut pas croire ce sourire de charlatan.

Elle lui sourit en retour et les laissa à leurs affaires.

Pendant quelques minutes, il n'y eut que le bruit de la vaisselle s'entrechoquant.

— Donc, que vas-tu faire maintenant ?

Une fois encore, il savait ce que Kurt voulait dire.

— Je ne sais pas. C'était vraiment une grande étape même si, au fond de moi, je savais déjà que la famille ne m'en tiendrait pas rigueur. Je ne pouvais pas penser au-delà. Et je ne mentais pas. Je ne suis jamais sorti avec personne. Les endroits où je vais pour trouver du soulagement ne sont pas ceux dans lesquels je pourrais trouver des mecs à fréquenter, même si j'avais une idée quelconque de quoi faire. Je me sens presque comme l'un de ces gars qui se retrouvent mariés jeunes et divorcent après de nombreuses années, pataugeant ensuite dans l'univers des rendez-vous amoureux.

Comme ce type au boulot qui s'était marié avec son amour du lycée et qui, vingt ans plus tard, 'voulait quelque chose de différent'. Ce pauvre imbécile s'était retrouvé perdu et avait dû apprendre à naviguer dans les eaux infestées des requins de la vie amoureuse, sans gilet de sauvetage. Et pourtant, Ian n'aurait pas hésité une seconde à sauter la tête la première dans ces eaux dangereuses si cela signifiait qu'il pouvait goûter à cet amour particulier que le reste de sa famille avait trouvé.

— Peut-être que Davy pourrait te donner quelques conseils.

— Oui, peut-être. Mais remettons ça à plus tard. Pour le moment, j'ai besoin de… m'habituer à mon nouveau statut. Être moi-même.

Découvrir qui cette personne pouvait bien être.

Kurt lui sourit.

— Tu sais que je suis là pour toi, même si je n'ai fait mon coming out que récemment et que je ne m'en suis toujours pas remis.

— Je sais, petit frère, je sais.

Et, juste comme ça, la culpabilité remonta à la surface et il sut qu'il ne pouvait la faire taire plus longtemps. Cela ne rendrait les choses faciles que pour lui et il avait déjà été bien trop égoïste en ce qui concernait Kurt.

Il posa la dernière casserole mouillée dans l'égouttoir, se sécha les mains et s'assit en face de Kurt. La table de la cuisine était seulement assez grande pour quatre personnes ; si toute la famille était présente pour partager un repas, ils se rassemblaient dans la salle à manger. La table de la cuisine faisait davantage office de cafétéria, s'adaptant aux différents plannings d'une fratrie de neuf. Ce qui voulait dire qu'il se trouvait bien trop proche du regard curieux de Kurt à son goût, mais de toute manière, cela n'allait pas être une discussion facile.

— Je sais…

La voix de Ian craqua et il déglutit avec difficulté.

— Je sais que je n'ai pas été là pour toi. Et je suis désolé.

Kurt haussa les épaules.

— Nous en avons discuté la nuit dernière. Tout va bien entre nous.

Malgré la tentation de laisser couler les choses, de prendre le chemin de la facilité, Ian s'obligea à faire face courageusement. S'il se défilait, ses parents l'apprendraient d'une façon ou d'une autre.

— Non, je veux dire…

Que voulait-il dire exactement ?

— Je n'ai pas été là pour toi. J'ai agi comme un con, et je le sais. Le problème est que, sans pouvoir expliquer pourquoi, j'ai pensé que ce changement de vie avait été facile pour toi. Mais maintenant, je réalise que ça ne l'était pas. Ça n'a pas pu l'être.

En fait, plus il y pensait, plus Ian se rendait compte que cela avait dû être traumatisant. Bien plus que ce par quoi il était passé. Parce que Kurt n'avait pas réalisé qu'il était gay. Il n'avait probablement jamais observé la façon dont sa famille ou ses collègues réagissaient face aux personnages homosexuels à la télévision ou au cinéma. Il n'avait jamais pris la peine mesure de leurs plaisanteries scabreuses amusantes ou moralement répugnantes. N'avait jamais cherché à savoir s'ils méprisaient, ignoraient ou remarquaient un homosexuel haut en couleur croisant leur chemin.

Ian avait passé des années à analyser toutes ces réactions minuscules. Il s'était assuré de choisir une profession dans laquelle son homosexualité ne serait pas un problème parce qu'il s'était résigné au fait qu'en dissimulant son orientation sexuelle, il s'exposait à la possibilité d'être accidentellement sorti du placard. Kurt n'avait jamais eu la chance de choisir sa profession en fonction de son orientation sexuelle.

Toronto était une ville plutôt tolérante, que ce soit au regard de la sexualité ou de l'ethnicité. La police ne faisait pas de discrimination. Mais il devait y avoir une sorte de peur profondément ancrée à la profession d'inspecteur, car son travail et ses collègues pouvaient être amenés à en souffrir. À la différence de Ian, qui avait eu des années pour réfléchir à la manière dont il annoncerait son homosexualité ou répondraient à toutes les questions possibles, Kurt avait dû gérer cela en seulement quelques mois.

Kurt avait toujours été un homme agréable et heureux, et il gérait bien mieux ses émotions que Ian. Cependant, au souvenir de cette période, une pâleur teinta la peau de son frère et un vide se fit dans ses yeux, ce qui peina Ian comme peu de choses pouvaient le faire. Il avait beau n'avoir qu'un an et demi de plus, c'était tout de même son devoir de protéger son jeune frère, et il avait brillamment échoué.

— Ça ne l'a pas été. Non.

La voix de son frère était faible. Comme il ne l'avait jamais entendue avant. Puis Kurt détourna les yeux des siens pour fixer la table, ses doigts jouant avec le coin d'un set de table.

— Je suis là maintenant. Raconte-moi.

Il ne voulait pas savoir à quel point il avait failli à sa mission de grand frère mais ses parents avaient raison. Il avait besoin de l'entendre.

— Ian, j'étais si paumé.

Kurt commença à raconter tout ce qu'il n'avait pas dit à son frère la veille lorsqu'ils s'étaient réconciliés.

— J'ai commencé à boire. Mon humeur était instable. Si Simon ne m'avait pas couvert au boulot, j'aurais probablement perdu mon travail. Si cela avait duré plus longtemps, j'aurais certainement eu besoin de suivre une thérapie.

La culpabilité tordit les entrailles de Ian. Si seulement il n'avait pas fait l'autruche, il aurait pu aider Kurt à traverser cette période difficile. Ses parents avaient raison. Il devait des excuses à Kurt. Il lui devait bien plus que ça mais son frère n'avait plus besoin d'aide. Kurt avait déjà résolu ses problèmes. Où n'était-ce pas le cas ?

— Une thérapie ? Tu vas mieux maintenant ? Tu participes aux réunions des AA ou d'un autre groupe ?

Kurt haussa une épaule et grimaça.

— Je ne serais pas le premier flic à abuser de l'alcool. Je pense que je me suis seulement égaré, mais Davy insiste pour que j'aille parler à quelqu'un. Juste au cas où.

— Et est-ce que tu vas y aller ?

— Pour Davy ? Absolument.

Ian poussa un soupir de soulagement. Il n'avait jamais eu besoin de l'aide de l'alcool ou des drogues pour faire face à son homosexualité. Probablement parce qu'il avait toujours su qu'il ne perdrait pas sa famille même si cette dernière venait à apprendre qu'il aimait les hommes. Mais les abus de substances en tout genre étaient monnaie courante dans la communauté gay et il préférerait s'arracher un bras plutôt que voir Kurt souffrir ainsi.

— Je suis content que tu aies trouvé un homme bien.

48

Il fut capable de le dire sans la moindre jalousie étant donné que cet homme était apparemment tombé du ciel sur les genoux de Kurt, comme une manne céleste.

Kurt leva la tête et sourit.

— C'est un homme bien. Je l'aime.

Il ressentit tout de même un soupçon de jalousie en observant la paix absolue sur le visage de Kurt. Mais Ian l'ignora parce qu'il n'avait pas terminé.

— Je suis désolé de ne pas voir été présent pour toi. J'aurais souhaité… j'aurais souhaité que nous soyons à un moment de nos vies où nous aurions pu nous faire mutuellement confiance avec nos secrets, comme nous en avions l'habitude enfants. C'est principalement de ma faute parce que, si j'avais craché le morceau au lycée ou même à l'université, toute cette histoire aurait pu être évitée. Mais sache que s'il y a quoi que ce soit dont tu as besoin – même si c'est quelque chose que tu ne veux dire à personne d'autre – viens me voir. Ne te laisse pas à nouveau aller comme tu l'as fait, d'accord ? Tu me le promets ?

— Je te le promets. Mais d'une certaine manière, je suis heureux que tout cela soit arrivé.

Ian avait dû mal entendre.

— Tu es heureux ? Tu ne t'es pas fait tirer dans la tête, dis-moi ?

Kurt rit, ses yeux pétillants et la couleur revenant sur son visage.

— Nan. Pas de fracture non plus. Mais ne vois-tu pas ? Si les choses s'étaient passées différemment, j'aurais pu ne jamais rencontrer Davy. Il vaut toutes les épreuves par lesquelles je suis passé.

La douceur de la déclaration de Kurt fit monter les larmes aux yeux de Ian, juste un peu, même si son faiseur de drames intérieur voulait cracher de colère. Même gay – maintenant déclaré – et fier, il ne savait pas comment être un petit ami ou un compagnon. Coureur était le rôle qu'il s'était forgé et cela allait prendre du temps et des efforts pour évoluer vers autre chose.

III

Ian se glissa sur la chaise de la dernière table disponible du café situé à l'étage principal de son immeuble de travail. Cela faisait moins d'une semaine qu'il avait parlé à ses parents et, quelque part, il s'était attendu à un gros bouleversement dans sa vie. Que les gens remarquent qu'il marchait la tête plus haute, avec plus de confiance. Un peu comme quand il avait perdu sa virginité, il avait été déçu qu'il n'y ait pas un énorme néon lumineux au-dessus de sa tête annonçant ce moment capital. Tout bien considéré, son coming out était presque un non-événement, et il se transformait vraiment en faiseur de drames injustifiés s'il ne pouvait être heureux que les choses se soient passées sans heurt.

Poussant les pâtes dans son assiette de sa fourchette, il soupira et prit son livre. Il n'était pas terriblement intéressant mais il avait promis à son frère Dylan qu'il le lirait.

Le problème, c'était qu'il voulait parler à quelqu'un, mais il ne savait pas vers qui se tourner. Ses amis, même s'ils avaient fait preuve de soutien, ne pouvaient offrir aucun éclairage sur ce que cela signifiait d'être un homme ouvertement gay. Dylan ne le pouvait pas non plus, en supposant qu'il en ait même le temps avec tous les préparatifs de son mariage. Cela faisait longtemps que ses autres frères et sœurs s'étaient mariés et, entre-temps, Ian avait oublié qu'un mariage accaparait toute l'attention des principaux intéressés et qu'ils en venaient à négliger tout le reste. Et Kurt – eh bien, il savait ce qu'être un homme gay signifiait et il avait lui-même fait son coming out, mais il était passé directement de péniblement indifférent au sexe à ouvertement gay avec un compagnon. Son petit frère chanceux avait échappé à l'étape classique de l'homme gay à la recherche de... quelque chose. Kurt avait offert l'aide de Davy mais la période de célibat de ce dernier datait d'il y a plus d'une décennie.

Ce qui le laissait à nouveau livré à lui-même. Sa vie ne pouvait vraiment pas être plus semblable à sa vie 'avant coming out', la seule différence étant que s'il rencontrait quelqu'un de spécial, il pouvait le ramener chez lui pour lui faire rencontrer sa famille. Cela ne résolvait absolument rien du tout à l'instant présent.

— Salut, il n'y a plus de chaise disponible. Ça vous dérange si je m'assieds là ?

Ian leva les yeux pour découvrir un homme mince avec des cheveux bruns en bataille, portant un tee-shirt noir et un pantalon cargo kaki, peut-être dans la vingtaine.

— Bien sûr. Prenez une chaise.

À cet instant, toute compagnie était une distraction bienvenue de son livre ennuyeux et de ses pensées perturbantes.

— Je m'appelle Leon Barlow.

Après avoir posé son plateau sur la table, Leon tendit la main et Ian offrit la sienne.

— Ian O'Donnell.

Ian fronça les sourcils.

— Ne vous ai-je pas vu au douzième étage ?

— Oh, oui, probablement. Je suis le nouveau designer graphique pour *Errant*.

Le magazine à scandale en ligne sur les célébrités, qui combinait les potins et les bizarreries du maintenant disparu *Weekly World News,* avait été le sanctuaire professionnel de Ian ces cinq dernières années.

— Sérieusement ? Je suis responsable de clientèle confirmé pour *Errant*.

Leon lui adressa un sourire qui obligea Ian à réviser l'estimation initiale de l'âge qu'il lui donnait de quelques années. Ce mec n'avait pas l'air d'avoir plus de vingt ans. Mais bon, les designers graphiques étaient payés moins cher quand ils sortaient tout droit de l'école et Hector Ramos, le propriétaire du *Errant*, gardait toujours un œil sur les résultats. Le salaire faramineux de Ian aurait fait de lui un candidat parfait au licenciement s'il ne prenait pas en compte le fait qu'il ramenait plusieurs fois son montant en chiffre d'affaires publicitaire.

— Oh. Nous allons travailler ensemble, alors ?

— Sur quelques projets, oui. Quelques-uns de nos annonceurs n'ont pas d'agence ou de personne assez talentueuse pour créer leurs publicités, alors leurs chargés de clientèle en demandent à votre département.

— Génial. Je suis vraiment content d'avoir demandé à m'asseoir ici.

Leon enfourna une pleine fourchette de salade et mâcha.

Ian posa son livre. Un complet étranger lui demandant simplement d'utiliser la moitié de sa table ? Avec son humeur actuelle, il devrait probablement continuer sa lecture, bien que cela ne le dérange pas de discuter avec des étrangers. Mais un nouveau collègue ? Continuer à lire serait extrêmement impoli.

— Bon livre ? demanda Leon en le pointant de sa fourchette.

— Je n'en suis pas encore sûr.

Malheureusement, étant donné le sujet. Mais il n'avait pas été capable de lire suffisamment pour en être sûr.

Leur conversation tourna principalement autour de *Errant*, mais Ian fut surpris de constater combien le temps passa vite, même en discutant boulot.

— Nous devrions remonter.

Leon ne discuta pas et commença simplement à rassembler les restes de son déjeuner.

— Ian, vous êtes du coin, n'est-ce pas ?

— Euh.

C'était une question plutôt ambiguë. Son appartement – non loin du bureau – était à une distance minimale de Boystown [1], il était donc plutôt étonné que personne n'ait deviné qu'il avait fait ce choix délibérément. Leon lui demandait-il s'il était gay ? Parce que Ian était presque sûr que Leon l'était.

En une fraction de seconde, les épaules de Ian se contractèrent. Il avait révélé son homosexualité aux personnes auxquelles il tenait et, bien sûr, chacun de ses plans cul savait qu'il était gay, mais il ne lui était jamais venu à l'esprit qu'il pouvait facilement ressentir une pointe d'anxiété à chaque fois qu'il considérait le fait de l'admettre.

— Je veux dire, de Toronto ? Je viens de Winnipeg, j'ai déménagé il y a quelques mois seulement et je ne connais pas beaucoup de monde en ville. Peut-être que nous pourrions traîner ensemble quelquefois.

Ian relâcha son souffle et ses muscles se détendirent. Il réalisa qu'une grande partie de son anxiété était due à la peur que Leon lui demande de sortir avec lui. Ce mec était bien trop jeune pour qu'ils sortent ensemble, et il n'était pas près d'avoir une relation d'un soir avec un collègue de travail. C'était une source de problèmes en puissance. Mais, s'il voulait seulement qu'ils soient amis, Ian pouvait le faire. Il pourrait lui aussi profiter d'un ami sans trop de bagages personnels.

— Ouais, j'aimerais beaucoup ça.

_____

1 Boystown est le surnom donné au quartier dédié à la communauté homosexuelle. (NDLT)

LE RYTHME de la musique s'installa profondément dans l'estomac de Rick alors qu'il agitait ses hanches sur la chanson vaguement familière. Autour de lui, les corps se tortillaient, le parfum de musc et de bière puissant à ses narines. Nombre d'hommes à ses côtés avaient déjà retiré leurs tee-shirts trempés de sueur et l'humidité dans l'air était mêlée de tension sexuelle.

Rick inspira profondément et la nostalgie l'envahit. À maintenant trente-cinq ans, il avait passé de nombreuses heures à se trémousser en boîte durant sa vie et, alors que les lieux, les vêtements et l'alcool du jour avaient changé, le parfum d'hommes excités et dansants était toujours le même.

Fermant les yeux, il laissa ses autres sens le guider, en partie parce qu'il n'aimait pas comparer son corps lentement vieillissant avec les formes jeunes et fermes qui l'entouraient. Non pas qu'il se laisse complètement décatir, mais cela lui demandait plus d'efforts pour rester mince et tonique qu'il lui en avait fallu dix ans plus tôt. Merde, même deux ans plus tôt, son métabolisme avait rendu ses amis jaloux.

Puis il laissa ses paupières s'ouvrir parce qu'il était également en partie ici pour se rincer l'œil. S'il devait être ici, danser et profiter de la vue faisaient partie de son programme. Tirer un coup ne ferait pas de mal non plus, mais il aurait souhaité avoir un des mecs de son répertoire avec lui pour garantir le sexe. Il avait déjà vu un peu trop de regards compatissants parmi la clientèle de l'Anaconda, cette dernière étant définitivement plus jeune que lui.

Cela n'avait aucun sens, mais les minets d'âge mûr n'étaient pas aussi recherchés que les ours d'âge mûr. Ce n'était pas comme s'il avait le choix en la matière. Il mesurait un mètre soixante-dix-neuf, il était mince et blond. À vingt ans, les gens se pressaient autour de lui dans les boîtes de nuit. À trente-cinq ans, il aimait toujours l'humeur sensuelle d'un club, mais il fréquentait habituellement les lieux qui réunissaient une foule de son âge. Ce qui était probablement un million de fois pire s'il cherchait une masturbation rapide dans les toilettes ou une fellation sur le parking parce que ces endroits recelaient davantage de compagnons ou de maris potentiels.

Encore une fois, s'il avait voulu quelque chose de sérieux, Oscar aurait sans aucun doute été en train de l'attendre. Rick plissa les lèvres. Il détestait devoir rompre avec l'un de ses amants réguliers. En règle générale, celui qui se faisait larguer était Rick, parce que les hommes qu'il fréquentait décidaient qu'ils voulaient une relation sérieuse et la trouvait auprès de quelqu'un d'autre. La proposition d'Oscar qu'ils emménagent ensemble avait pris Rick par surprise, mais ce n'était pas la première fois que quelqu'un devenait soudainement sérieux sans avertissement, réclamant attaches, sentiments et engagement. Un million d'années ne le verrait pas signer pour ça.

Quoi qu'il en soit, la volonté de ne pas s'engager sérieusement avait réduit son répertoire comme peau de chagrin, et il soupçonnait fortement qu'Ivan, son inspecteur de police et possible plan de secours, avait trouvé un homme avec lequel il aimerait devenir sérieux.

Rick ne s'attendait clairement pas à trouver qui que ce soit ce soir-là. Il n'était pas ici pour le sexe, mais si quelqu'un le trouvait dans cette mer de chair mâle et dure, il ne dirait certainement pas non.

La musique changea pour une autre au rythme plus lent. S'il avait eu une perspective sérieuse en vue, il aurait saisi l'opportunité de se frotter contre un entrejambe ou un cul. De poser sa paume sur des pectoraux ou la courbe moite d'une chute de reins. Peut-être même glisser un doigt sous une ceinture, cherchant refuge entre des fesses musculeuses et serrées.

À la place, il choisit de succomber à une autre envie et se dirigea vers le bar.

Le barman apparut devant lui en un temps record ; cela lui plut.

— Que prendrez-vous ?

L'homme sourit d'un air appréciateur, mais Rick avait appris depuis longtemps à ne pas faire confiance aux barmen ou aux strip-teaseurs. Pas quand ils étaient en service.

Que prendrait-il ? Bière, bière ou bière ? Rick indiqua la bouteille ambrée que buvait son voisin d'un geste de la main.

— Ce sera parfait.

— Il est certainement parfait, répondit le barman en lui adressant un clin d'œil. Oh, vous parlez de la bière ! Tout de suite.

Un comédien. Un mauvais comédien. Rick s'empêcha à peine de lever les yeux au ciel et déposa quelques billets sur le bar. Il attrapa la bière et se déplaça pour aller se poster près du mur.

Il grimaça après une gorgée. La bière n'était pas du tout sa boisson favorite, mais étant donné la moyenne d'âge des jeunes hommes qui dansaient, il n'imaginait pas que la cave à vin de l'Anaconda enrichirait son palais amateur.

Il aurait probablement dû prendre de l'eau.

— Rick !

Se tournant, il vit Jon marcher vers lui, vêtu de ses accessoires préférés : un harnais et un pantalon de cuir lui collant à la peau. Il suspectait que la majorité de la clientèle aurait dû se nourrir de nouilles pendant un mois pour être capable de s'offrir un tel pantalon. Rien à voir avec les costumes sur mesure que Jon portait pour aller travailler chaque jour, et Rick ne pouvait décider lequel des deux rendait son ami plus excitant.

— Délicieux.

Rick fit courir un doigt le long des abdominaux de Jon.

— Tu es fabuleux. Aussi plaisant qu'à notre rencontre.

Jon faisait le beau et Rick ne le blâmait pas. Jon avait un an de plus que lui, mais quand Rick l'avait rencontré pour la première fois, il se déshabillait dans le club où lui-même était barman. Aucun d'eux ne ressemblait à un minet anorexique qui ne prendrait pas soin de son corps ; ils étaient davantage bâtis comme des nageurs de compétition. Avec une taille, une carrure, une coupe et une couleur de cheveux identiques, ils se ressemblaient assez pour que le propriétaire ait essayé de les convaincre de faire un spectacle régulier ensemble pour tirer profit de toute cette atmosphère d'inceste, mais Rick n'avait jamais voulu se déshabiller. Cependant, même sans monter sur scène, Jon et lui avaient assez joué sur la ressemblance pour divertir les clients. Les pourboires avaient été… généreux.

Assez étrangement, c'était leur ressemblance qui avait cimenté leur amitié parce que Jon n'avait pas voulu baiser son 'jumeau', et Rick non plus. Sans aucun réel désir l'un envers l'autre pour compliquer les choses, Jon était devenu le premier véritable ami que Rick avait eu quand il avait déménagé loin de chez lui.

— Qu'est-ce qui te prend de boire de la bière ? Je me suis assuré qu'ils commandent le nécessaire pour tes mangoritas.

Il fit la moue. Les mangues étaient fantastiques, en particulier quand elles étaient utilisées pour faire les margaritas.

— Je fais un break avec la tequila pour l'instant. Mais c'était très attentionné de ta part, mon chou.

Il l'embrassa sur la joue et se retrouva les bras pleins d'un Jon à demi nu en train de l'étreindre.

Ils firent tous les deux semblant de ne pas remarquer que l'intérêt soudain autour d'eux avait été causé par leur rencontre. Rick adressa un grand sourire à Jon avant de lécher lentement une large bande de peau de la courbe ronde de l'épaule de Jon jusqu'au lobe de son oreille. Jon frissonna et plusieurs mecs grognèrent. Alors que l'air s'épaississait de phéromones, quelques-uns des spectateurs pressèrent leurs mains sur leur entrejambe alors que d'autres choses s'épaississaient elles aussi. Les hommes. Tous les mêmes.

— Vilain, vilain, murmura Jon à son oreille, donnant l'impression à tous les autres de mordiller l'oreille de Rick.

Le souffle chaud effleurant la peau sensible juste au-dessous de son oreille provoqua un léger frisson chez Rick, et même dans l'humidité du club, ses tétons durcirent.

— Ce n'est pas la raison pour laquelle tu m'as invité ?

Contrairement aux apparences, Jon n'était pas à l'Anaconda pour pêcher l'homme. Il avait récemment investi dans la boîte de nuit et lui avait demandé de passer et de jauger l'endroit. En fait, il l'avait aussi demandé au reste de leur groupe d'amis le week-end précédent, lorsqu'ils avaient repeint la maison de Davy, mais ce dernier et Kurt étaient toujours en train de récupérer de tout un tas de choses. Rick ne pensait pas que Kurt ait jamais mis les pieds dans une boîte gay et il voulait absolument être présent lors de sa première fois.

— Eh bien, ça ne fait pas de mal, dit Jon en lui adressant un clin d'œil.

Oui, si une personne lançait une rumeur en disant qu'un des nouveaux propriétaires était… Rick rit. Il se fichait que Jon s'offre une petite promo sans conséquence.

— Tu es tout seul ? Où sont Davy et Kurt ?

Jon scruta les environs alors qu'il posait la question, comme si plus de personnes se matérialiseraient soudain derrière Rick.

— Tu ne pensais pas que j'aurais amené un rencard, n'est-ce pas, chéri ? Tu sais que ce n'est pas mon truc. Et les tourtereaux sont absorbés par la sortie d'un nouveau jeu.

De toute manière, Kurt n'avait probablement rien d'un clubbeur, et Davy était plus qu'heureux de rester à la maison à sucer la queue de son amant pendant que ce dernier jouait à *Call of Duty* ou quelle que soit la nouveauté geek de la semaine. Bien entendu, Rick était lui-même un geek, mais les jeux vidéo n'étaient pas vraiment son domaine de prédilection.

— D'accord. Ça ne fait rien. Tu es le plus important.

Il l'était ?

— Je le suis ?

— Oui, idiot. Tu as fréquenté plus de boîtes que n'importe qui que je connais. Tu es celui en qui j'ai confiance pour évaluer cet endroit, voir si j'ai besoin de changer quoi que ce soit.

Rick rit. Il était rare que l'on veuille de lui dans une boîte pour autre chose que son talent en matière de masturbation.

— À quel genre de rémunération puis-je m'attendre ?

— Quoi ? Je ne t'entends pas avec cette musique, demanda Jon en mettant son oreille en coupe.

— Conneries.

Mais Rick rit malgré tout. Il n'avait fait que plaisanter.

Un des barmen se dirigea droit vers eux et, à en croire le regard plissé sur son visage, Rick se dit qu'ils n'étaient pas près d'être à court de cerises cocktails.

— Va donc bosser. Je vais faire un tour, je te revois plus tard.

Il donna une tape sur le cul de Jon, un claquement satisfaisant avec bruit amplifié par le cuir. Jon couina, lui lançant un regard noir avant de revêtir son visage 'je suis respectable et responsable' et de se faufiler hors du cercle d'observateurs qui les entouraient.

— Le spectacle est fini, gamins. Revenez à minuit.

Rick les envoya promener, même ceux qui firent un pas vers lui, des promesses de luxure sur le visage. Aussi beaux qu'ils soient, il avait passé cette dernière semaine à penser bien trop souvent à Ian. L'homme s'y connaissait en matière de sexe. Plusieurs fois il avait envisagé d'appeler Davy pour lui demander son numéro, mais même si Ian n'était pas un coup d'une vie, il ne pensait pas que s'impliquer avec le frère de Kurt ferait des merveilles pour la dynamique du groupe. Kurt s'intégrait parfaitement à leur groupe d'amis, malgré ses tendances excessives au machisme, mais si les choses tournaient mal entre Ian et lui, Rick ne voulait pas que ses amitiés en pâtissent. Il n'avait pas de famille et aucune intention de se lancer dans une relation sérieuse. Ses amis représentaient tout pour lui.

Rick s'éclipsa du groupe qui avait espéré que Jon et lui se déshabillent et se mettent à besogner juste là, sur le sol de l'Anaconda. S'il venait à baiser quelqu'un ce soir-là, il préférait ne pas *savoir* qu'on les imagine ensemble.

De l'autre côté de la piste de danse, il s'adossa au mur pour finir sa bière. Il fut un temps où il serait allé danser avec son verre, mais il n'allait pas ajouter un potentiel risque de sécurité au nouvel investissement de Jon. La vue de ce côté était tout aussi bonne, mais il fut agacé de se retrouver à chercher des cheveux noirs et des yeux clairs. Il n'y avait aucune raison à ce genre d'inepties émotionnelles.

Il fit de la place à un couple cherchant un coin sombre à côté de lui. Dans sa vision périphérique, il remarqua que l'un d'eux tombait à genoux et en quelques instants, même par-dessus le vacarme assourdissant de la musique et des bruyantes conversations, les gémissements du mec furent audibles. En fait, Rick pouvait facilement imaginer une succion humide, et son pantalon le comprima. Assez de cet apitoiement. Il n'avait jamais eu de problème à trouver quelqu'un pour le baiser et ce soir-là, il se le prouverait.

Après avoir descendu le reste de sa bière, il posa la bouteille sur une desserte proche, se débarrassa de sa chemise et retourna dans la foule ondulante.

RICK SOURIT à un type roux et baraqué. Musclé, sexy et, à en juger par la dure longueur poussant contre son estomac, intéressé. Certains mecs n'aimaient pas les rouquins, mais Rick était un joueur qui offrait des chances égales. Il se frotta contre le gars, mais ne fut pas vraiment tenté de quitter la piste pour trouver un coin plus confiné.

Il laissa la musique l'emporter et se retrouva bientôt en train de danser avec un autre mec sexy, un Asiatique mince aux cheveux blonds décolorés. À nouveau, il prit plaisir à bouger, allumer, toucher, mais malgré l'invitation évidente, il ne s'autorisa pas à être entraîné. Cette fois, le gars haussa les épaules et alla danser plus loin, laissant Rick seul. Il devait vraiment se faire vieux parce qu'aucun de ces mecs, aussi mignons soient-ils, n'avait l'air assez vieux pour boire. Un orgasme avec un vieux pervers ? Non, merci. Ce n'était définitivement pas ce qu'il était venu cherché dans cette soirée. Merde, il pourrait avoir à appeler un de ses ex-amants réguliers pour organiser un plan cul dans l'espoir que l'un d'eux veuille passer une simple nuit, sans attaches.

Fermant les yeux, il dansa, essayant de décider s'il devait laisser tomber et téléphoner à Oscar. Non, ce serait une erreur. Pire que d'appeler Davy pour avoir le numéro de Ian. Il devrait se contenter d'envisager la soirée comme une faveur qu'il s'offrait et la cantonner à cela. Rentrer, laisser sa main droite lui apporter satisfaction, et dormir un peu.

La musique changea et il s'arrêta un instant. Avant qu'il puisse se retourner pour se diriger vers la porte, deux mains fortes glissèrent autour de sa taille et le tirèrent contre une peau nue et chaude. L'homme derrière lui, pourtant plus grand, était plus proche de la taille de Rick que la plupart des autres hommes qui lui avaient montré de l'intérêt ce soir-là. Ses épaules étaient assez larges pour que Rick se sente curieusement en sécurité et à l'aise alors qu'il plaquait les fesses contre un sexe dur et de bonne taille. Le mec cadrait à la perfection avec Rick.

Il leva les mains pour caresser les avant-bras veinés, légèrement poilus, et enroula ses propres bras autour d'eux, les positionnant plus près de son ventre.

Ils se balancèrent ensemble, le menton de son prétendant sans visage posé dans la courbe de son cou. Comme Jon l'avait fait, ce mec titilla la peau douce sous l'oreille de Rick. À la différence de sa réaction avec Jon, son sexe se dressa et poussa contre la braguette de son pantalon. L'homme sans visage extirpa une de ses mains et la fit glisser sur le ventre moite de sueur de Rick, les doigts taquinant la ligne de poils que Rick savait être invisible à l'œil, due à sa blondeur, mais bien présente au toucher.

Un index glissa sous la ceinture de Rick, l'ongle effleurant à peine la fente sensible sur la pointe de son pénis. Rick grogna et laissa sa tête tomber en arrière contre cette épaule solide. C'était ce qu'il avait cherché toute la nuit.

— Je m'appelle Steve et j'adore ton cul, murmura l'homme dans son oreille avant que ses lèvres se posent sur son cou pour le sucer.

Le pouls de Rick accéléra et il ondula, essayant de pousser dans cette main qui n'était pas la sienne pour que l'homme attrape son érection.

— Salut, Steve.

Rick essaya de mettre un peu de son charme ostentatoire dans ses mots, mais cet homme l'avait trop excité, trop vite. Son ton rauque n'était rien de plus qu'une invitation à le prendre. Il était presque prêt à offrir son cul dans les toilettes, et cela faisait des années qu'il avait désiré cela d'un habitué des boîtes de nuit.

Rick se tourna dans les bras de Steve, espérant un peu d'action face à face avant qu'ils poursuivent cela dans un coin sombre. Il aimait une forte prise sur son cul presque autant qu'une main ferme sur sa queue.

Il glissa ses mains jusque dans les cheveux sombres de Steve, tirant un peu pour redresser sa tête.

Des yeux bleus alanguis s'agrandirent lorsqu'ils le reconnurent alors que Rick tirait vivement sur les cheveux toujours pris dans son poing. Ce minuscule mouvement de paupières fut la seule indication que Ian n'avait pas du tout réalisé qu'il sortait le grand jeu pour baiser quelqu'un qu'il connaissait déjà. Le choc de voir Ian n'avait en rien diminué l'érection de Rick ; il était sur le point d'exploser. Merde, comment son corps avait-il reconnu le toucher de Ian, le parfum de Ian ?

Le soupir inattendu, mais pas totalement malvenu, de Ian l'autorisa à mettre une note joueuse et aguicheuse dans ses mots, la main empoignant toujours les cheveux sombres de Ian, le tenant exactement où Rick le voulait.

— Steve, chéri. Je m'appelle… Kurt.

Rick ne lui laissa pas le temps de réagir au faux nom avant de lui incliner la tête et de lui faire la même chose qu'à Jon plus tôt. Il le lécha de l'épaule à l'oreille. Cette fois, l'action était bien plus explosive qu'aucune démonstration de séduction qu'il avait faite avec Jon, et quand Ian gémit, il frissonna avec force.

— Sale petite peste, siffla Ian.

Rick ne put retenir un gloussement.

— Dois-je comprendre que tu n'as pas l'intention de crier mon nom quand tu jouiras ?

Ils ne s'étaient pas écartés, alors Rick poussa les hanches contre celles de Ian. Le choc ne lui avait pas fait perdre son érection, ni le choix calculé de Rick concernant le faux nom.

Ian le pressa contre l'un des piliers qui bordaient la piste de danse. Des corps chauds et humides se trouvaient tout autour de lui mais Rick ne pouvait détacher ses yeux de Ian. Cependant, il retira sa main des cheveux de Ian pour la faire glisser sur ses mamelons érigés.

— Et pourquoi pas, Steve ? reprit Rick en donnant une emphase particulière au nom 'Steve'. C'est un nom court et facile.

— Bon sang, non.

Ian ne pouvait pas l'appeler Kurt, même dans l'intérêt d'un jeu de rôle, mais il n'était pas vraiment en colère. Pas si la raideur qui pressait contre son ventre était une quelconque indication. Rick n'était pas en colère non plus. Les hommes sérieux cherchaient rarement un plan cul sans nom dans les bars. Ce qui signifiait que cela ne dérangerait sûrement pas Ian d'être ajouté à son répertoire. Exactement comme il l'avait voulu.

— Non ? S'il te plaît, Steve, je t'en supplie…, dit Rick comme s'il implorait presque pour être soulagé, amusé par l'expression mécontente sur le visage de Ian.

— Bordel de Dieu, Rick, murmura Ian avant de saisir son visage et de fondre sur lui pour un baiser agressif.

Tous les muscles de Rick s'immobilisèrent de stupéfaction. Il ne faisait pas cela. Il n'embrassait pas. Pas même pendant sa baise frénétique avec Ian le week-end précédent.

Ian utilisa sa langue et ses lèvres pour pénétrer à l'intérieur de la bouche de Rick, sa langue faisant irruption pour piller. Rick nourrit Ian d'un petit gémissement et ses muscles se mirent en mouvement, mais ils n'obéirent pas à son cerveau. À la place, il embrassa Ian à son tour, la dernière chose qu'il avait eu l'intention de faire, mais presque la seule chose qu'il voulait sur le moment.

Jusqu'à ce que les coups de hanches parfaitement synchronisés de Ian, accordés à l'attaque minutieuse de langue qu'il faisait subir à Rick, lui sensibilisent le sexe presque au point de non-retour.

Paniqué, il rompit le baiser et poussa contre les épaules de Ian.

— Attends, attends.

— Quoi ?

Les lèvres de Ian, gonflées par leur assaut sur le visage de Rick, avaient l'air encore plus délicieuses qu'elles l'étaient seulement quelques instants plus tôt.

— Je ne jouis pas dans mon pantalon comme un...

Rick s'apprêtait à utiliser l'analogie 'adolescent', mais étant donné qu'ils étaient entourés par des mecs qui étaient au moins dix ans plus jeunes qu'eux, 'vieux pervers' était plus approprié que jamais.

— Comme un... Je ne le fais pas, c'est tout.

Mais si Ian n'arrêtait pas d'avoir l'air si sensuel, Rick pourrait avoir à dégainer sur-le-champ et en mettre partout sur la piste.

— Alors viens chez moi.

Les yeux bleus de Ian l'imploraient d'une façon qui rendit Rick nerveux, mais cela ne changeait rien à son envie d'accepter. Il n'avait pris qu'une bière, ça devait donc être la luxure pétillant dans ses veines qui embrumait son jugement.

— D'accord.

Ian l'embrassa à nouveau rapidement avant de prendre sa main et de le conduire à l'extérieur.

RICK N'EUT même pas le temps de regretter de monter une fois de plus en voiture avec Ian. Son appartement était étonnamment proche de l'Anaconda ; habiter près de Boystown avait dû lui faciliter la vie pour coucher avec des hommes sans trop s'inquiéter d'être découvert. L'inconvénient, c'était que Rick n'avait pas non plus eu le temps de lui demander comment s'était passée la révélation auprès de sa famille. Ou quoi que ce soit d'autre à propos de lui d'ailleurs, et le fait qu'il ait envie d'en savoir autant était inquiétant.

Le besoin de mots passa au second plan face au plaisir lorsque Ian le poussa contre le mur de son appartement. Comme la semaine précédente, le temps qu'ils avaient passé dehors en public avait nourri leur désir, le magnifiant. Danser avait rendu le désir de Rick encore plus intense parce qu'il y avait tellement de phéromones dans l'air du club... Il était prêt à exploser et, d'après ce qu'il pouvait en voir, Ian était prêt à répéter la frénésie sexuelle du week-end passé.

Puis Ian fit une chose inattendue. Il s'écarta de Rick, juste d'un centimètre, et le regarda droit dans les yeux. N'allaient-ils pas baiser ?

Ian fit un grand sourire, comme s'il pouvait entendre la question de Rick, et fondit sur lui, prenant sa bouche avec toute l'habileté et l'agressivité qu'il avait montrées au club. Un gémissement fit vibrer la poitrine de Rick, mais les lèvres de Ian et sa langue étouffèrent le son.

Rick n'était pas certain de savoir comment procéder parce que, vraiment, il n'embrassait jamais. Pas sur la bouche. Pas même si Ian était en train de mourir de soif dans le désert et que la bouche de Rick était la seule source d'eau. Il remua les hanches, espérant un certain contact sexe contre sexe avant qu'expire son érection actuellement en phase terminale.

Le pouls battant à toute allure, il éloigna sa tête.

— Est-ce que tu prends un plaisir malsain à me torturer ? Touche-moi maintenant. Ou baise-moi. Ça le fera aussi.

Cette fois, le sourire de Ian fut positivement féroce quand il apposa ses mains de chaque côté du visage de Rick.

— Je te touche. Profites-en simplement.

Rick s'étant préparé à répondre à un commentaire désinvolte de Ian concernant l'autoritarisme des mecs passifs, il resta hébété – encore – alors que Ian scellait leurs bouches ensemble. Les doigts de Ian caressant ses joues rendaient l'expérience encore plus intime et érotique, d'une façon que Rick n'avait jamais connue.

Il sentit – et comment, il n'en était pas sûr – que Ian n'avait pas l'intention de répéter leur rapide expérience sexuelle, peu importait à quel point Rick cajolait ou demandait. En temps normal, il aurait supposé que le mec était en train de jouer avec lui et serait simplement parti, mais ce n'était pas un jeu. C'était quelque chose de différent.

Excité et le corps douloureux, il ne souhaitait rien de plus que les débarrasser de leurs pantalons et se faire sauter jusqu'à la jouissance, mais il laissa l'humeur de Ian l'infecter et il plongea les doigts dans ses épaules au lieu de la ceinture de son pantalon.

Rick avait sucé un bon nombre de queues dans sa vie et l'expérience qu'il avait acquise devait être transférable aux bouches ; il n'était pas heureux de rester passif dans cette rencontre inhabituelle. La respiration haletante de Ian réchauffait la peau de sa joue et les gémissements qu'il lui arrachait lui donnaient plus de plaisir que n'importe laquelle des fellations qu'il avait administrées.

Avec la rapidité d'une tortue, ils arrivèrent jusqu'à la chambre, fusionnés au niveau de la bouche. Quand Ian rompit le baiser pour guider Rick vers le lit, une lamentation désolée monta dans sa gorge, mais il réussit à la ravaler avant qu'elle lui échappe. Mais leur baiser avait duré un très long moment et ses lèvres picotaient du soudain manque de pression. Les lèvres de Ian étaient gonflées et roses et lorsqu'il les lécha, Rick ne put supporter plus longtemps la distance.

Attrapant la tête de Ian, Rick le ramena vers lui et commença à l'embrasser. Ian ne résista pas une seconde, mais au lieu de poser à nouveau les mains sur son visage, il les dirigea vers la ceinture de Rick. Cette fois, aucun besoin de déguiser le gémissement. Seigneur, il avait tellement besoin de jouir !

Le temps que Ian ouvre sa braguette, le devant des sous-vêtements de Rick – qui ne cachaient pas grand-chose – était déjà trempé d'une humidité pleine d'anticipation. Ian lui arracha son pantalon et ses sous-vêtements, laissant Rick nu, puisqu'il avait perdu sa chemise quelque part entre le club et la voiture de Ian.

— Déshabille-toi.

Cette fois, Ian obéit à la demande de Rick et se dénuda rapidement et sauvagement. Rick recula en rampant sur le lit et, avant qu'il puisse demander s'il ne devrait pas sortir le lubrifiant, Ian scella ses lèvres gonflées de baisers autour d'un de ses mamelons et aspira. Fortement. Rick arqua le dos et grogna, essayant désespérément d'obtenir une friction sur sa queue. Il ne pensa pas un seul instant à enrouler sa propre main autour de son sexe parce qu'il savait que ce n'était pas ce que Ian voulait.

Ian posa ses lèvres sur l'autre mamelon, l'embrassant d'abord avant de refermer gentiment les dents autour de lui. Et voilà. Rick allait mourir, torturé par une bouche.

Son cœur tambourina et alors qu'il s'apprêtait à supplier à nouveau, Ian ouvrit la bouche autour de la couronne du sexe de Rick, lui dérobant complètement son souffle.

Ian glissa sur toute la longueur, l'avalant en un mouvement fluide, et fit onduler sa langue contre la veine sous le sexe de Rick. Rick retrouva son souffle et cria alors qu'il explosait sur la langue de son amant. Il voulait lui rendre la pareille mais sa vision s'était obscurcie sous la force de son orgasme et il ne pouvait que rester allongé là, paralysé, tandis que Ian s'installait de toute sa longueur contre son corps, sans avoir été soulagé. Un dernier baiser, à la saveur de sa propre semence, fut suffisant pour que Ian éjacule entre eux.

Rick avait dû s'assoupir quelques instants parce que lorsqu'il ouvrit à nouveau les yeux, il était propre et bordé aux côtés de Ian qui avait allumé la télévision. Peut-être que s'il avait été conscient quand Ian les avait placés dans une position si intime et confortable, il aurait trouvé l'énergie d'attraper son pantalon pour s'en aller, mais il était étrangement heureux d'être allongé nu à côté de Ian, à regarder des rediffusions.

RICK GLISSA le long du mur dans le couloir et s'assit sur le tapis pour enfiler ses chaussures. Cela commençait à devenir une mauvaise habitude.

Il avait établi des règles pour une raison. Une putain de bonne raison. Il en avait déjà enfreint deux : celle de dormir après l'acte et celle de ne pas avoir sa voiture avec lui, chacune d'elle répétée deux fois en autant de week-ends. Puis il avait ignoré sans réserve la règle de ne pas embrasser. *Sans réserve.*

Une fois encore, il avait réussi à se réveiller suffisamment tôt pour se faufiler hors de chez Ian avant que la plupart des voisins soient levés et témoins de son départ furtif, mais face aux orgasmes causés par Ian, il se sentait diminué physiquement.

Sortant dans la lueur du petit matin, il frissonna et marcha jusqu'au même arrêt de bus duquel il avait appelé un taxi le week-end précédent. Au moins, il avait ses clés et pouvait prendre le taxi jusqu'à sa voiture, puisque errer dans le coin sans tee-shirt et en pantalon ultra moulant criait sa honte d'un 'lendemain de fête trop arrosée', s'il ne hurlait pas tout simplement 'prédateur sexuel'. Ces messages n'étaient pas ceux qu'un orthophoniste respecté avec un cabinet florissant voulait faire passer. Ce serait encore pire s'il devait rentrer – une fois encore – par effraction chez lui en ayant l'air d'avoir été violé.

Il fit courir un doigt léger sur ses lèvres. Bien qu'il n'ait pas pris le temps de les regarder dans le miroir, elles devaient ressembler à celles de Ian après leur session marathon de roulage de pelles. S'embrasser pendant des heures était comme un jeu aux règles particulièrement sadiques, et quand Ian l'avait finalement sucé, il avait joui si fort qu'il s'était presque évanoui.

Ce qui signifiait tout simplement qu'embrasser était aussi dangereux et intime qu'il l'avait cru quand il avait établi ses règles, mais malgré cela, il ne pensait pas pouvoir résister si Ian était enclin à recommencer.

Étrangement, ils avaient paressé au lit et regardé des rediffusions de *Friends* et *Robot Chicken*. Il avait été surpris que leur sens de l'humour soit semblable. Ian avait passé un bras autour de Rick et ils s'étaient endormis dans cette position. Rick s'était réveillé au même endroit et il n'avait pas été facile de s'extirper sans réveiller Ian.

Merde.

Il frotta son visage d'une main. Pendant une publicité, Ian avait mentionné vouloir échanger leurs numéros de téléphone, mais ils s'étaient endormis avant que Rick ait eu à prendre la décision de le faire ou pas. Même maintenant, aussi fort qu'il souhaitait revivre une nuit comme celle-ci, la pensée d'échanger leurs numéros le faisait haleter et sa gorge se serrer de panique.

Puis il n'allait pas retourner lui demander son numéro maintenant. Ni le demander à Davy. Il allait attribuer cette décision à son subconscient en se disant qu'il le protégeait d'un homme aux tendances sérieuses. La nuit avait été fabuleuse, mais ne plus revoir Ian était plus sûr. Rick pourrait facilement s'habituer à la façon de baiser de Ian mais il refusait de se laisser avoir par un coup d'une vie aguicheur en sous-vêtements. Il en était hors de question.

Le taxi s'arrêta et le hasard voulut que ce soit le même chauffeur que le week-end précédent. Merde. Rick connaissait parfaitement ce regard : cet homme le regardait avec pitié.

Cela ne devait plus avoir lieu de nouveau. *Ian* ne devait plus avoir lieu de nouveau.

65

L'EMPLOYÉ DU café était plus long que d'habitude mais Ian se fichait d'être en retard au travail. Prendre son pied faisait des merveilles sur son humeur. Bien que Rick l'ait abandonné – encore – il ne pouvait nier avoir eu la meilleure relation sexuelle qu'il ait jamais connue. De sa vie. Ian se disait qu'une partie de cela était due à cette nouvelle possibilité d'avoir un homme dans son lit, mais Rick lui convenait parfaitement. Ils allaient vraiment bien ensemble mais il n'avait pas réussi à obtenir le numéro de Rick, pour l'instant. Il l'aurait. Bien sûr qu'il l'aurait. Il avait juste à être patient.

Son téléphone vibra ; il jeta un coup d'œil à la file d'attente. Il avait probablement assez de temps pour prendre un appel sans être impoli envers l'employé derrière le comptoir, ce qu'il ne voulait particulièrement pas être aujourd'hui puisqu'il s'agissait d'un jeune homme plutôt mignon. Sortant son portable de sa poche, il vit le nom de Kurt inscrit sur l'écran. Il fronça les sourcils et répondit.

— Salut, Kurt. Tout va bien ?

— Oui, pourquoi ? répondit-il avec une voix empreinte de confusion.

— Il est juste un peu tôt pour que tu m'appelles, c'est tout, dit Ian en ajoutant un peu de légèreté dans son ton avant d'enchaîner. Je ne pensais pas que les tire-au-flanc comme toi se levaient avant midi.

— Ha ha, fit-il, sarcastique. Dans quelques années, les gens se souviendront probablement de la fois où je me suis fait tirer dessus comme de la période où j'avais passé des semaines à *glander*. J'espère bientôt retourner au travail, j'essaie de reprendre un rythme de sommeil régulier.

— D'accord, mais il est tout de même étrangement tôt pour que tu m'appelles, que les nouvelles soient bonnes ou mauvaises.

— Comme j'ai oublié de t'appeler ce week-end, Davy m'a engueulé, alors je voulais t'avoir avant que tu partes au travail.

— Waouh. Davy t'a grondé. Si un jour on m'avait dit que…

— Oh, tais-toi.

Mais il n'y avait aucune colère dans la voix de Kurt, et Ian avait su qu'il n'y en aurait pas. C'était un tel soulagement de retrouver cette confortable amitié avec son frère, plus forte que jamais grâce à leurs secrets partagés.

— Tu viens ou pas ?

S'il ne s'était pas trouvé dans un lieu public, il aurait pu lancer une réplique déplacée vu la perche que lui tendait Kurt.

— Venir où ?

— À la pendaison de crémaillère. Samedi.

— Tu fais une pendaison de crémaillère samedi ?

— Oui, nous invitons tous ceux qui nous ont donné un coup de main à la partie de peinture… Oh, attends ! C'est vrai ! Tu es parti en douce avec Rick avant que nous puissions t'inviter. Tu travailles vite, frangin !

Bon sang. Kurt ne manquerait jamais une occasion de le lui rappeler, n'est-ce pas ? Ian n'était pas prêt à admettre qu'il n'avait cessé de penser à Rick depuis lors. C'était un secret que Kurt n'avait pas besoin de connaître. En tout cas, pas pour le moment. À la place, il essaya de détourner son attention.

— J'ai beaucoup de pratique, petit frère, beaucoup de pratique. Je pourrais te donner quelques détails.

Son frère feignit de vomir au téléphone.

— Tu n'as pas intérêt. Contente-toi de venir samedi, d'accord ?

— Je serai là.

Ian s'interrompit un instant, mais il était hors de question qu'il demande à Kurt si Rick serait de la partie. Il n'aurait qu'à y aller et espérer. Même si Rick ne venait pas ce samedi soir, Ian aurait sûrement d'autres occasions de le voir maintenant que Kurt et lui se parlaient à nouveau.

— Super.

Kurt raccrocha et, comme il y avait toujours deux personnes devant lui, Ian s'autorisa à réfléchir à la manière dont il pourrait apaiser la nervosité de Rick. Ce serait un défi puisqu'il n'avait jamais fait face à une telle situation.

Quelqu'un se plaça derrière lui dans la file d'attente et tapota son coude, interrompant une scène très explicite dans son imaginaire, et il fronça les sourcils en regardant le nouvel arrivant.

— Salut, Ian.

— Oh, bonjour Leon.

Ian tempéra son irritation. De toute manière, il ne devrait pas être en train de penser au corps nu de Rick. Il n'avait pas besoin d'arborer une érection en se rendant au travail. Ou de donner de fausses idées au jeune serveur.

— Comment vas-tu ?

— Bien, bien. Ça te dérange si j'attends ici avec toi ? La queue est…

Leon fit un geste de la main pour indiquer la file de personnes derrière Ian. Ce dernier se décala légèrement et sourit à son nouvel ami.

— As-tu passé un bon week-end ?

— Pas aussi bon que le tien, je parie, répondit Léon sur un ton suggestif alors qu'il soulevait un sourcil.

Bon sang, qu'entendait-il par là ?

— Euh…

— Je t'ai vu à l'Anaconda. Je ne pensais pas que c'était le genre d'endroit que tu fréquentais, mais j'ai cru voir que tu avais trouvé un homme tout à fait à ton goût.

Oh, nom de Dieu. Bien qu'il sache que d'autres homosexuels que lui travaillaient au *Errant*, il avait craint le jour où quelqu'un le verrait dans une boîte de nuit. Au moins, il avait fini par faire son coming out avant que cela arrive, bien qu'il n'ait pas vraiment eu l'intention de rendre cette information publique au bureau.

— Oui, effectivement.

La personne devant eux s'en alla et Leon s'avança pour commander. Lorsque vint son tour, Ian ne s'était pas complètement débarrassé de son rougissement et le sourire du serveur semblait être un peu plus entendu que d'habitude, ce qui ne fit qu'empirer l'état de Ian.

— Désolé, dit Leon. Nous ne sommes pas obligés d'en parler, mais si jamais un jour tu veux que je t'y accompagne, appelle-moi, hein ?

Ian ne savait pas du tout comment répondre. Il s'était toujours rendu en boite en solitaire. Comment cela fonctionnerait-il, exactement ? En outre, ce n'était plus vraiment son terrain de chasse. Il ne le savait pas de façon certaine, mais il supposait que trouver des hommes sérieux avec qui sortir à l'Anaconda était plus difficile que d'y trouver un hétéro. Il commençait à penser à lui-même comme à une personne ayant dépassé le stade des baises anonymes pour le reste de sa vie. Avant qu'il puisse répondre à Leon, ce dernier continua de parler.

— Je suis supposé travailler avec un des éditeurs confirmés cette semaine. Avery. Tu la connais ? Tu as des conseils ?

Ian laissa échapper un petit soupir de soulagement alors qu'ils se dirigeaient vers leurs bureaux. C'était un sujet bien plus facile à aborder pour un homme qui avait passé la majeure partie de sa vie à se cacher. Il était heureux d'avoir un ami gay mais s'ouvrir à lui demanderait du travail.

— Avery est compétente. C'est une vraie emmerdeuse qui ne lâche jamais rien lorsqu'il s'agit de son travail et elle a un sixième sens pour dénicher les histoires qui généreront le plus d'attention. Si tu l'écoutes, tu apprendras beaucoup.

Leon grimaça légèrement et Ian rit.

— Ne t'inquiète pas. Elle peut aussi être très amusante. Fais-moi confiance : donne le meilleur de toi-même et elle te traitera bien.

Les portes de l'ascenseur s'ouvrirent, les déposant à leur étage.

— Merci, je garderai ça en tête.

Leon le salua avec sa tasse de café et fonça dans la direction opposée du bureau de Ian. Ce dernier sourit. Il ne savait pas vraiment si cela était une relation d'amitié ou de tutorat, mais quoi qu'il en soit, cela le mettait de bonne humeur.

IV

RICK S'ESSUYA à l'aide d'une serviette et s'observa dans le miroir. Il était plutôt pas mal. Toujours assez sexy. Mais qu'allait-il porter ce soir-là ? Il devait bien y réfléchir.

Seigneur. Il devait se débarrasser de ses foutues incertitudes. Et les papillons dans son ventre devaient lui laisser un répit. Oui, il espérait que Ian serait à la pendaison de crémaillère, autant qu'il espérait qu'il n'y serait pas. Ce n'était pas la première fois qu'il arrangeait un plan cul régulier ; il n'y avait aucune raison pour toute cette anxiété. Cette dernière était principalement causée par la peur du rejet de Ian. Stupide, vraiment. Ce n'était que du sexe. Une connexion sexuelle agréable, merveilleuse, possiblement prodigieuse, mais rien de plus. Si Ian refusait sa proposition, d'autres hommes l'accepteraient, même si Rick avait des difficultés à en trouver dernièrement.

Peut-être n'avait-il pas été juste envers Oscar. Après tout, Rick n'avait pas bénéficié d'un roulement digne de ce nom depuis quelques mois. Cela n'avait été qu'Oscar, sporadiquement, ces derniers mois.

Oscar s'était peut-être dit que cela ressemblait à une relation sérieuse. Pourtant, une fois que cet homme allait récupérer des heures de sommeil bien nécessaires, il réaliserait qu'il avait mal interprété les choses. Rick ne comprenait pas pourquoi des personnes souhaitaient devenir docteurs quand leur baptême du feu consistait à se priver de mois, voire d'années de sommeil, à la limite de la torture.

Enfin, ce n'était plus comme si le planning d'Oscar le concernait désormais. Merde. Il n'avait toujours pas découvert ce que Ian faisait dans la vie. C'était trop espérer qu'il exerce un métier qui l'oblige à porter l'uniforme ; les uniformes l'excitaient vraiment. Rick souffla, se moquant de lui-même. Ian avait difficilement besoin d'aide pour être excitant. Connaître ses disponibilités serait intéressant. Il semblait être libre durant les week-ends, ce qui était bien plus simple à gérer qu'une personne ayant un travail où les équipes tournent. Il devait faire en sorte d'être aussi sexy que possible ce soir-là, afin de mettre toutes les chances de son côté. Si Ian bavait, il n'y avait aucune chance qu'il refuse la proposition de Rick.

Un léger bruit attira son attention. Venait-il du sous-sol ? Il frissonna légèrement. Il devrait songer à prendre un chat pour pouvoir l'accuser de tous les bruits bizarres. Cependant, la fenêtre de son sous-sol ne fermait pas correctement et, il le savait d'expérience, une personne pouvait s'y faufiler.

Après avoir bien accroché sa serviette autour de sa taille, il se rendit à son placard et attrapa une batte de base-ball.

Il réfléchit une seconde à enfiler des tongs. Le sol de la cave était en béton et vraiment froid, mais s'il essayait d'y entrer en douce, il ne pouvait pas se permettre de faire autant de bruit qu'un homme en train de se faire fesser lors d'une nuit spéciale fétichisme.

L'oreille aux aguets, Rick descendit l'escalier. Il ne faisait même pas noir dehors, donc il n'était pas particulièrement effrayé, plutôt... prudent. La dernière chose qu'il voulait voir en rentrant chez lui après la pendaison de crémaillère de Kurt, ivre et possiblement accompagné de Ian, était sa maison sens dessus dessous après avoir été cambriolée.

Il espérait également ne pas avoir à signaler une effraction dans sa tenue actuelle.

Il n'y avait aucun bruit sortant de l'ordinaire pour un samedi soir, mais cela n'empêcha pas le minuscule frisson d'appréhension de faire dresser les poils de sa nuque quand il mit un pied au sous-sol.

Après avoir vérifié quelques endroits où quelqu'un pourrait se cacher – et il n'y en avait pas beaucoup dans sa cave – il se dirigea droit vers la fenêtre cassée. Il y avait quelque chose par terre, directement sous elle.

Il se pencha et poussa la chose du bout de sa batte avant de pousser un hurlement et de sauter en arrière. Un écureuil. Un écureuil mort. Cette fois, le frisson s'épanouit en un véritable tremblement. Au moins, il était raide, probablement tué sur la route et récupéré par l'un des gamins du voisinage qui pensait pouvoir l'utiliser pour faire une bonne plaisanterie. Du moins, c'est ce qu'il espérait. Oscar n'avait pas été si en colère à propos de leur 'rupture'.

Quoi qu'il en soit, l'écureuil devait partir. Maintenant.

Attrapant un balai et un ramasse-poussière, il se demanda s'il devait le jeter dans la poubelle, mais le ramassage des ordures n'aurait lieu que mardi. Il n'y avait rien à faire. Il allait devoir s'habiller et sortir déposer l'écureuil... quelque part. Les poubelles publiques deux rues plus loin ou le carré d'arbustes derrière la maison. Ensuite il allait devoir désinfecter cette tache au sol et se laver – encore.

La semaine suivante, il réparerait cette fenêtre.

71

LE DOIGT de Rick hésita au-dessus de la sonnette. Puis il se reprit. Il ne devait pas laisser à Ian le pouvoir de lui dicter ses actions. Il était déjà arrivé bien plus tôt qu'il l'avait prévu, mais il n'était pas certain de savoir si c'était parce qu'il espérait éviter Ian ou être sûr de ne pas le manquer. Ou si l'intrusion de l'écureuil l'avait juste complètement paniqué.

Merde. Ce n'était qu'une fête, il savait faire la fête. Saisissant la poignée de porte, il l'ouvrit et entra d'un pas désinvolte dans la maison de Davy.

Quelques personnes se pressaient dans le séjour, mais il n'en connaissait aucune. Une étrange sensation déconcertante s'épanouit dans son estomac. Soulagement. Ce devait être du soulagement.

Il se rendit directement à la cuisine parce qu'il savait que Davy s'y trouverait. Il pourrait même passer une grande partie de la fête dans la cuisine, perdant son temps avec des mises en bouche et des préparations alcoolisées.

Jouer les esclaves à la partie de peinture deux semaines plus tôt avait vraiment fait la différence. La cuisine, avec ses nouveaux tons jaune citron, était ensoleillée et accueillante bien qu'il commence à faire noir dehors.

— Chéri, tu es magnifique.

Davy se tourna à ses mots et sourit.

— Salut, Rick. Je ne t'attendais pas si tôt. Je suppose que tu as des plans pour la soirée, hum ?

Rick faillit froncer les sourcils mais il réussit à garder son sourire plaisant collé aux lèvres. Ses amis le voyaient-ils vraiment de cette façon ? Davy avait passé dix ans dans une relation extrêmement isolée, en couple avec un flic si terrifié à l'idée de faire son coming out qu'il avait pratiquement gardé Davy sous les verrous, au point de lui interdire de voir ses amis durant leurs dernières années ensemble. Quand cet homme était décédé, Davy avait retrouvé ses amis et ils avaient eu l'impression de ne jamais s'être quittés. Rick était si heureux que Davy ait non seulement trouvé un nouveau partenaire, mais qu'il ait aussi arrêté de se cacher – il ne le ferait tout simplement plus. Cette pendaison de crémaillère était davantage une célébration de cette décision que le simple emménagement de Kurt. Pensaient-ils qu'il était trop superficiel pour le comprendre ?

— Non, mon chou. Pas du tout. Je ne voulais tout simplement pas manquer un seul de tes petits fours au crabe.

Rick en attrapa un sur le plat soigneusement arrangé que Davy portait et l'engouffra. Encore une fois, s'il continuait de dire des choses comme ça, il n'était pas étonnant que tout le monde pense qu'il n'était rien de plus qu'un fêtard en deux dimensions.

Il prit le plat des mains de Davy et le posa sur le comptoir.

— Écoute, mon chou, je sais que je suis rarement sérieux. Et je sais que je ne t'ai jamais dit ça, mais je suis tellement fier de toi. En ce qui me concerne, ce n'est pas une pendaison de crémaillère, c'est une célébration de votre force. La tienne pour t'être battu afin d'obtenir la relation de couple que tu désires et que tu mérites et celle de Kurt pour avoir pris la bonne décision en révélant son homosexualité bien qu'il ait été effrayé. Bien qu'il ait cru t'avoir déjà perdu.

Davy cligna des yeux, ces derniers devenant soudain larmoyants. Rick eut lui aussi besoin de cligner un peu des paupières pour voir par-delà le flou inattendu de sa vision.

— Tu as raison.

Davy jeta ses bras autour de Rick et ils s'étreignirent. Il n'avait pas beaucoup d'amis et lorsqu'il avait perdu le contact avec lui, cela avait laissé un sacré vide dans sa vie.

Rick ignora gracieusement le reniflement de Davy et s'essuya rapidement les yeux du revers de la main avant de le relâcher.

— J'aurais probablement dû devenir psychologue. Il me serait plus facile de dire des choses comme ça.

En fait, il y avait pensé. Mais lorsqu'il avait eu besoin d'aide dans le passé, la seule personne à avoir voulu et pu l'aider avait été une orthophoniste – ou pour être plus exact, une étudiante en orthophonie. En signe de gratitude, il avait pris la même orientation professionnelle qu'elle, bien qu'il soit suffisamment mature aujourd'hui pour réaliser que la psychologie aurait pu être plus utile. Cependant, il aimait vraiment aider les gens. Son choix de carrière en valait donc la peine.

Davy inclina la tête et s'apprêta à parler mais des bruits de pas l'interrompirent. À vrai dire, Rick était surpris qu'ils aient été seuls dans la cuisine pendant si longtemps, mais il était encore tôt. Une fois que les gens auraient été présentés, ils se disperseraient.

— Salut, Rick.

Rick se tourna vers Kurt avec l'intention de dire quelque chose de scandaleux. L'homme ne se troublait pas – beaucoup – mais il adorait voir Davy voler à son secours.

Cependant, au lieu de cela, il regarda Kurt et ne put dire un mot. Il n'était pas difficile de voir les cheveux sombres de Ian et ses yeux bleu clair prendre la place des cheveux bruns de Kurt et de ses yeux bleu foncé. Cela lui embrouilla l'esprit et il imagina Kurt en train de lui faire les choses intimes et excitantes que Ian lui avait faites. Il n'était pas aussi attiré par Kurt qu'il l'avait pensé au début, et les corps des deux frères étaient bâtis différemment, mais il avait l'impression d'avoir quasiment baisé Kurt, et la sensation était si déconcertante qu'elle lui déroba la voix.

Comment les gens faisaient-ils pour coucher avec des frères, que ce soit en même temps ou l'un après l'autre ? Rick était chamboulé d'une manière totalement inattendue.

Les regards inquiets de Kurt et Davy suffirent à le faire réagir et il prononça quelques mots.

— Euh, salut, Kurt.

À en juger par le froncement de sourcils de Kurt, Rick n'avait pas du tout réussi à se comporter de manière habituelle.

Une rougeur ardente enflamma ses joues alors qu'il se demandait soudain si le sexe de Kurt était fait du même moule que celui de Ian. Alors, il rougit encore plus fort parce que Rick n'était jamais embarrassé quand il s'agissait de sexe. Jamais. Il avait mentalement déshabillé Kurt et les avait imaginés en train de baiser chaque fois qu'ils avaient traîné ensemble, même s'il ne ferait jamais, absolument jamais, une telle chose dans la vie réelle. Pas à Davy. Pas même si Kurt et Davy rompaient. Ses amitiés étaient plus importantes que le sexe avec quiconque. Mais pas une fois, pas jusqu'à ce qu'il aille chez Ian après l'avoir rencontré à l'Anaconda, il ne s'était senti aussi embarrassé.

Davy le poussa à l'épaule.

— Ça va ?

Non, ça n'allait pas.

— J'ai juste besoin d'un verre. Longue journée.

Pas vraiment un mensonge. C'était le premier samedi du mois où il recevait des clients et ces derniers avaient défilé toute la journée, depuis l'ouverture du cabinet jusqu'à sa fermeture, et il avait à peine eu le temps de respirer entre deux consultations, peu importait les besoins comme manger ou aller aux toilettes. Si l'invitation avait été faite par n'importe qui d'autre que Davy – ou peut-être Jon – il l'aurait déclinée parce qu'un samedi de consultations le drainait comme peu de choses pouvaient le faire. L'écureuil mort n'avait pas aidé non plus.

Kurt hocha la tête.

— Bien entendu. Il nous reste ce vin que Davy et toi avez savouré il y a quelque temps. Davy dit que tu ne bois plus de tequila.

La rougeur avait commencé à refluer mais les mots de Kurt la firent revenir. Il n'y avait aucune récrimination dans son ton, seulement de l'amusement. Mais il avait été là ce jour-là, en train de boire, à cause de Ian.

— Super. Il est au frigo ? Je peux le prendre.

Mais Kurt l'en empêcha et se pencha dans le réfrigérateur pour attraper la bouteille. Comme une épave, Rick ne put s'empêcher de mater le cul de Kurt, et spéculer et comparer et...

— Tu as un verre ?

Rick sursauta à la question inattendue. Il n'avait même pas remarqué que Kurt s'était redressé et lui faisait face. Ni que Davy avait quitté la cuisine.

Kurt s'avança et se pencha vers lui. Rick se pressa contre le comptoir dans son dos et regarda désespérément par-dessus l'épaule de Kurt, priant à la fois pour un sauvetage et craignant qu'il arrive, mais totalement incapable de forcer ses muscles à lui obéir lorsque tout ce qu'il voulait était fuir. Kurt n'allait certainement pas... Davy ne lui pardonnerait jamais, ne lui adresserait plus jamais la parole.

Rick leva les yeux vers Kurt, confus, effrayé et désarçonné comme jamais, quand soudain Kurt sourit de toutes ses dents et recula, lui présentant le verre de vin qu'il venait d'attraper sur l'étagère au-dessus de sa tête.

Le soulagement l'envahit avec une telle force que ses genoux faiblirent. Prenant le verre dans sa main droite, il utilisa la gauche pour s'accrocher au comptoir, essayant de rester sur ses pieds.

Il se félicita de ne rien montrer de plus qu'un léger tremblement qui n'affecta pas Kurt quand il lui servit le vin.

Comme s'il savait que Rick allait descendre le verre d'une traite à la seconde où il lui tournerait le dos, Kurt sourit et posa la bouteille de vin ouverte sur le comptoir près de la main gauche aux jointures blanchies de Rick.

Kurt indiqua un plat d'houmous et des chips sur la table de la cuisine.

— Amène-ça avec toi, veux-tu ? J'ai un tas de bières à prendre.

Plongeant dans le frigo à peine quelques secondes, Kurt sortit plusieurs bouteilles de bière et laissa Rick seul dans la cuisine.

Il avala le verre de vin comme s'il était à une compétition de cul-sec et respira profondément, laissant l'alcool calmer son agitation. C'était entièrement la faute de Ian. Quand donc une bonne partie de jambes en l'air lui avait-elle dérangé l'esprit autant, voire plus, que n'importe quelle autre partie de son anatomie ? Rick savait que les deux autres frères de Kurt et Ian n'étaient pas gays mais il espérait les rencontrer ce soir-là. Voir s'il avait une réaction similaire face à eux. Peut-être qu'il ne s'agissait de rien de plus qu'un léger faible pour Kurt, suivi d'une fantastique rencontre sexuelle avec un frère qui lui ressemblait fortement. Ce devait être ça. Il n'y avait rien de spécial chez Ian O'Donnell.

Cette affirmation ne l'empêcha pas de verser le reste du vin dans son verre, le remplissant à ras bord.

Il venait juste de prendre le verre, le portant assez près de sa bouche pour que le parfum fruité du Chardonnay lui chatouille les narines, quand une femme plus âgée entra. Elle était un peu rondelette, mais elle avait un visage serein et joyeux, presque comme la femme du père Noël. Elle présentait assez de ressemblance avec Ian et Kurt pour qu'il n'y ait pas vraiment de doute quant à son identité.

— Eh bien, bonjour, mon grand.

Elle l'inspecta de la tête aux pieds et Rick envisagea la possibilité de faire le mort. Tout s'accumulait pour que cette nuit soit la pire de sa vie.

— Vous devez être Rick.

Comment savait-elle ça ? Rick ouvrit la bouche mais rien ne sortit. C'était comme s'il était de retour au lycée. Son cœur se mit à battre plus fort alors que de la transpiration se formait sur sa lèvre supérieure.

— Je suis Deirdre O'Donnell.

Elle lui adressa un sourire doux, mais Rick savait combien il était facile pour ce genre de mère de montrer de faux sourires et de prononcer des mots empoisonnés à un monde qui ne voyait que le bon côté des choses.

Il réussit à hocher la tête, son larynx étant paralysé.

— Mon fils vous a décrit à la perfection. Un blond scandaleux et sexy.

Son sourire se fit plus large.

— J'aime vraiment beaucoup votre chemise.

Rick baissa les yeux sur lui-même, soulagé de ne pas être totalement nu, bien qu'il porte une chemise sur mesure pourpre à manches longues coupée dans un tissu extrafin et transparent, enfoncée dans un pantalon assez serré pour lire les veines sur son sexe comme le ferait un phrénologue. Il avait même mis un peu d'eye-liner ce soir-là, noir au coin puis bordeaux étincelant pour accentuer le choix de couleur de ses vêtements. Mais, dans la ligne de mire de la matriarche des O'Donnell, c'était une chance qu'il se souvienne de son propre nom tellement il était paniqué. De la sueur continuait de se former sur son visage et sous ses aisselles.

— Oh, voici le houmous.

La rusée Madame O'Donnell attrapa le plat qu'on avait demandé à Rick d'emmener dans le séjour.

— Mon Sean l'a demandé. Vraiment, il adore ça.

Elle pinça ses joues avant de s'en aller.

— Nous discuterons plus tard.

Rick se tint là, frissonnant, dans le sillage de la mère de Kurt... de Ian. Cette fois, sa main tremblait si fort que le vin déborda et alla éclabousser le sol.

Merde, merde, double merde. Au lieu d'attraper une serviette en papier, il prit une profonde inspiration. Plusieurs profondes inspirations. Traiter avec des mères poules – réelles ou fausses – dans le cadre de son travail était une chose. Il était capable de se préparer mentalement pour chacune d'elle. Bêtement, il aurait dû s'attendre à ce que les parents de Kurt assistent à la pendaison de crémaillère, mais il ne s'était pas préparé, pas du tout, et il avait été renvoyé à cette horrible époque du lycée où il avait été incapable de parler à qui que ce soit.

Il leva le verre et prit une gorgée avant de le poser prudemment sur le comptoir. Il fredonna quelques mesures d'une simple comptine, un exercice qu'on lui avait donné quand il avait commencé à retrouver sa voix. S'entendre vocaliser remit ses émotions sur les rails et il attrapa finalement quelques serviettes en papier pour essuyer les taches de vin.

Ce ne fut pas avant qu'il soit agenouillé, à frotter le sol, qu'il se souvint de ce que Madame O'Donnell avait dit sur lui.

Quel fils avait dit à sa mère que Rick était sexy ?

RICK PASSA les mains sur sa chemise et respira profondément. Inspire, expire. Encore. Bon sang, il n'allait pas se cacher toute la nuit dans la cuisine.

Il pourrait éviter les parents de Kurt. Ils étaient plus âgés. Ils ne resteraient certainement pas très longtemps.

Reprenant son verre de vin, il colla un sourire sur son visage et entra dans le séjour à grandes enjambées comme s'il était la pièce de choix la plus délectable faite homme.

Personne ne s'arrêta pour le regarder quand il entra dans la pièce. Personne ne le pointa du doigt pour rire de lui. Tout était si douloureusement normal que la tension qui étreignait sa poitrine s'apaisa. Il fit un rapide examen de la pièce, prenant bien note de l'endroit où Madame O'Donnell riait avec une jeune femme qui présentait assez de points communs avec Kurt pour être l'une de ses sœurs.

Portant une grande cape d'insouciance, Rick se déplaça vers l'exact opposé de la pièce comme si c'était exactement l'endroit où il voulait être. Alors, il cligna des yeux. Un homme inattendu et familier se tenait juste à quelques mètres, son bras enveloppé autour d'une jeune et jolie petite chose qui lui rappelait la mer de chair masculine ayant récemment atteint l'âge légal à l'Anaconda.

Rick couina de pur plaisir.

— Ivan, je ne savais pas que tu serais là !

Ivan leva les yeux de son absolue contemplation du beau jeune homme dans ses bras, et son regard brilla lorsqu'il le reconnut.

— Rick ? Comment vas-tu ?

Il étreignit l'homme qui aurait pu avoir une position de choix sur son tableau de service s'il n'avait pas été un homme sérieux jusqu'au bout des ongles. Rick jeta un œil au petit ami d'Ivan, même s'il n'arrivait pas à se rappeler exactement son nom. Parker, pensa-t-il, mais ce n'était pas comme s'ils avaient été présentés. Rick ne voulait pas d'une relation durable pour lui-même, mais si c'était ce qu'Ivan souhaitait, il méritait le meilleur. Ce gamin était-il suffisamment mature pour donner à son ami ce dont il avait besoin pour être heureux ?

— Je suppose que tu connais Kurt, n'est-ce pas ? demanda Rick.

Ivan était magnifique, musclé et chaleureux, et Rick appréciait le confort d'être étreint par quelqu'un qui se souciait de lui sans rien attendre en retour. Le regard sombrement jaloux de Parker lui procura également un plaisir coupable. Il était bon de savoir qu'une beauté comme Parker pouvait se sentir menacée par son cul presque dépassé.

— Oui, je le connais. Nous allons nous retrouver dans le même département quand je retournerai travailler. Et toi, comment le connais-tu ?

C'était logique qu'ils se connaissent. Après tout, il ne pouvait pas y avoir tant d'inspecteurs gays que ça à Toronto, n'est-ce pas ? Mais s'il y en avait davantage, comment Rick pouvait-il les trouver ? Il y avait quelque chose chez les flics – ou les pompiers, les urgentistes, les soldats – qui lui faisait beaucoup d'effet.

— Davy est l'un de mes meilleurs amis. Dis-moi, mon fort et grand flic, est-ce que tu te sens mieux ?

La dernière fois qu'il avait vu Ivan, ce dernier était accaparé par une opération dingue et foireuse pour son boulot. Rick n'avait pas demandé de détails, mais il avait eu l'impression que cela avait impliqué Parker. Étant donné l'attitude heureuse et détendue d'Ivan, et la présence de Parker, il avait dû se tromper. Mais il ne s'était pas trompé concernant le regard acculé d'animal blessé qu'il avait vu dans les yeux d'Ivan.

Les yeux de Parker étincelèrent et il s'avança plus près.

— C'est mon fort et grand flic.

— Oh, le garçon montre les dents.

Ainsi qu'une nature possessive, mais n'importe quel idiot pouvait voir à quel point cela réjouissait Ivan, donc cela rendait également Rick heureux.

— Rick, ça suffit.

C'était mignon qu'ils soient protecteurs l'un envers l'autre. Rick espérait simplement que cela durerait.

— Je ne suis pas un garçon et il est à moi.

Rick serra les dents, essayant de ne pas rire. Parker était si adorable ; il n'y avait aucun doute sur la raison pour laquelle Ivan avait craqué. Il devrait probablement lâcher la nuque d'Ivan, mais il était curieux de voir jusqu'où il pouvait provoquer Parker.

— Tu es sérieux, Rick ? N'es-tu pas un peu trop vieux pour te lancer dans un crêpage de chignon avec un jeunot ?

Tout le monde tourna la tête pour regarder le nouvel arrivant. Rick avait reconnu la voix immédiatement, mais la pointe de colère et d'amertume dans les mots de Ian l'avait choqué.

— Ian ?

— Ivan ?

Oh, putain de merde. Il resserra ses bras autour du cou d'Ivan, mais il n'était pas sûr de savoir s'il essayait de rendre Ian jaloux ou s'il voulait lui tordre le cou – ou celui d'Ivan.

Cette fois, cependant, on ne pouvait se méprendre sur l'énervement de Parker.

— Ivan. As-tu couché avec ces deux mecs ?

Rick avait essayé de faire sortir Parker de ses gonds, mais c'était Ian qui avait déclenché sa vraie colère.

Carrant les épaules, Ivan se libéra de l'étreinte de Rick. Ce dernier s'écarta lentement, les nerfs vibrant sous la tension. Le dernier endroit où il voulait se trouver était entre deux forces opposées sur le champ de bataille.

Ian, cependant, se fichait complètement du drame qui couvait entre Ivan et Parker. Il fixait un regard bleu furieux sur Rick.

— On ne dirait pas qu'il va te ramener chez lui ce soir. Que vas-tu faire ? ricana Ian, surprenant Rick par sa véhémence.

Tellement de répliques lui vinrent à l'esprit, mais chacune d'elles le ferait ressembler à une adolescente agacée.

— Tu me demandes ce que je vais faire ? Qu'est-ce que *toi* tu vas faire ?

Ce n'était pas mieux mais, au moins, Ian et lui s'étaient éloignés des oreilles indiscrètes.

— Je ne me glisserais certainement pas hors de son lit comme une traînée sournoise.

Un son inarticulé de rage s'échappa de ses lèvres. Le sarcasme de Ian piqua comme un millier de coupures de papier, et toute la confusion et la peur de Rick au sujet de Ian s'amalgamèrent en une boule de fureur enflammée.

— Je ne suis pas celui qui erre à la recherche de plans cul anonymes dans des bars remplis de jeunots, trop effrayé pour utiliser son propre nom, chéri.

Il laissa le dernier mot s'étirer comme l'aurait fait la reine des drag queen, sachant que cela énerverait Ian. Rick n'avait pas manqué le fait qu'Ivan connaissait le vrai nom de Ian et cela brûlait comme du jus de citron sur les plaies que Ian avait ouvertes avec ses mots vicieux. Il avait espéré pouvoir retourner la faveur.

— Espèce de connard. Où est-ce que tu prends ton pied, toi ?

Si Rick n'avait pas été aussi foutrement en colère, il aurait fait une plaisanterie sur le fait de jouir au bout de la queue de Ian, mais cela n'avait rien d'amusant.

Un rire enjoué rompit la tension lourde et coléreuse entre eux. Rick jeta un regard au reste de la pièce et se souvint qu'il était à une fête.

— Je refuse de faire ça ici.

Ou même un autre jour, en fait. Il prit un moment pour s'assurer qu'il avait bien ses clés et son portefeuille avant de contourner Ian et de sortir de la maison. Il s'excuserait auprès de Davy et Kurt plus tard pour son départ précipité mais il n'allait pas les embarrasser, ni lui-même d'ailleurs, en ayant une querelle étrange et bruyante avec le frère de Kurt. Ian lui avait peut-être donné des orgasmes spectaculaires au cours des deux dernières semaines, mais il n'y avait aucune raison pour toute cette… émotion.

Il ralentit le pas dès qu'il fut à l'extérieur, l'impression de déjà-vu étonnamment forte étant donné les circonstances différentes pour lesquelles il laissait Ian derrière lui ce soir-là, comparé aux deux précédents matins mémorables. Le désespoir, noir et collant, se déployait comme des plantes grimpantes à travers sa poitrine, rendant difficile le simple fait de respirer. Cela pouvait-il être un effet secondaire du vin ? Peut-être l'avait-il bu trop vite ? Il ne pouvait pas être énervé à l'idée de ne jamais plus pouvoir coucher avec Ian.

— Mais qu'est-ce qui se passe ?

Rick flancha. Il n'aurait pas dû ralentir après être sorti mais il ne s'était réellement pas attendu à ce que Ian le suive. Son sentiment inattendu de soulagement était plus terrifiant que le désespoir. Parce qu'il ne ressentait pas cela avec les mecs qu'il baisait. Ce n'était pas intelligent, ce n'était pas possible, et ce n'était pas prudent pour lui de s'impliquer. Cela n'allait pas arriver.

— Rick.

Le ton de Ian était bien plus paisible mais il était trop tard. Rick descendit l'allée et traversa la rue, vers sa voiture, sans même regarder par-dessus son épaule. Ian avait beau être un enfoiré sexy, Rick n'avait pas besoin de ça. Ses doigts tremblèrent, cherchant une cigarette qu'il n'avait pas fumée depuis plus de dix ans.

Debout près de la portière conducteur, il fouilla sa poche, essayant d'en sortir ses clés.

Les pas de Ian l'alertèrent de sa présence. Pourquoi ne laissait-il pas tomber l'affaire ? Ils ne signifiaient rien l'un pour l'autre ; ils n'étaient même pas amis. Il n'y avait aucune raison de se prendre la tête, même s'il appréciait à contrecœur la détermination de Ian.

Faisant volte-face, il s'adossa à sa voiture.

— Pour qui t'es-tu habillé comme ça ? Lui ?

La voix de Ian était grave, presque menaçante.

— Quoi ?

Ian ne semblait pas ivre mais il ne voyait pas ce qui pouvait justifier son comportement, mis à part l'alcool.

— Ça.

81

Ian se rapprocha et fit courir ses mains sur le torse de Rick, de sa taille à ses pectoraux, avant de pincer ses mamelons à travers la chemise extrafine.

— Tu l'as mise pour Ivan ?

— Non.

La jalousie apparente de Ian provoqua son déni.

— Même si cela ne te regarde pas.

Les lèvres de Ian se courbèrent en un semblant de rictus.

— Qui, alors ? Kurt ? Davy ? Eux tous ?

Rick haussa les sourcils. D'où cela sortait-il ? Ce n'était peut-être pas important. Il se pouvait que Ian soit trop volatil et sentimental pour être ajouté à son planning de rotation. Il avait appris sa leçon avec Oscar, mais cela ne l'avait pas empêché d'espérer bêtement que Ian et lui puissent maintenir une relation sexuelle basée sur ses conditions. Le fait même qu'il soit en train de parlementer sur le sujet devrait lui faire prendre ses jambes à son cou. Au lieu de quoi, il jeta un regard noir à Ian.

— Peut-être pourrais-tu enlever tes mains de mes tétons.

Il mit autant de venin dans sa voix qu'il le put, car Ian avait déjà découvert combien il aimait qu'on joue avec ses tétons et il ne voulait pas lui donner la chance de faire disparaître sa colère dans une brume de désir.

Dans d'autres circonstances, le pincement plus fort avec lequel Ian répondit aurait mis Rick à genoux, la bouche ouverte, prête à recevoir une queue. Mais cette soirée avait été un grand huit émotionnel dont Ian était le vortex. L'attitude de Ian anéantissait toute possibilité d'une érection.

— C'est quoi ton problème, bordel ? s'énerva Rick en repoussant Ian, sans faire attention aux doigts qui le pinçaient toujours.

Ian vacilla, les yeux voilés d'une ombre projetée par un lampadaire. L'obscurité profonde empêcha Rick de déterminer si Ian était plus ou moins énervé qu'avant, mais il avait appris il y a bien longtemps à se défendre quand c'était nécessaire.

Rick attendit pendant que Ian mordillait sa lèvre.

— J'ai juste… je pensais…

— Tu pensais quoi ? Qu'en agissant comme un connard jaloux… je sucerais ta queue devant ta famille ? Qu'en m'attaquant dans la rue, j'écarterais les jambes contre le capot de ma voiture pour t'offrir mon cul ? Ou est-ce que tu en veux à Ivan de s'être trouvé quelqu'un d'autre ?

— Non, non…

Ian avait du mal à lui répondre mais Rick ne s'était pas attendu à obtenir des réponses en posant ces questions.

— C'est juste que je n'avais pas réalisé qu'Ivan et toi aviez couché ensemble.

— Oh, alors la seule chose que tu as trouvé à faire lorsque tu t'en es rendu compte, c'est d'agir comme un crétin ? C'est bon à savoir, chéri. Je m'en souviendrai la prochaine fois que tu rencontreras un de mes plans cul.

Ian pinça les lèvres.

Bonne idée, compte tenu du fait que chaque mot prononcé par Ian ce soir-là ne faisait qu'aggraver son cas. Le plus surprenant était que Rick ne s'en aille pas et continue de le regarder s'enfoncer.

— Mon chou, ni toi ni moi n'étions vierges. Et nous n'étions pas non plus dans une relation sérieuse. Nous avons baisé. Deux fois. Et après cette… connerie, nous allons devoir nous en satisfaire. Nous voulons clairement des choses différentes.

Ian grogna comme si Rick l'avait frappé à l'estomac. Étrangement, Rick éprouvait aussi des difficultés à respirer, comme s'il avait reçu un coup inattendu au plexus.

— À un de ces quatre.

Rick se tourna à nouveau vers sa voiture et sortit les clés de sa poche. La poigne sur son épaule qui l'empêcha de continuer fut ferme, mais pas douloureuse.

— S'il te plaît, je suis désolé.

Rick laissa sa tête tomber en avant un moment, réfléchissant au fait de briser une autre règle. Il prit une profonde inspiration et céda à la requête non formulée de Ian en se tournant.

Cette fois, il ne dit rien. Il se contenta d'attendre. Et de se dire qu'il donnait une seconde chance à Ian seulement parce que c'était le frère de Kurt et qu'il ne voulait pas que son amitié avec Davy en pâtisse.

La main de Ian se retira lentement et il la porta à sa nuque – le mouvement indicatif d'une forme de détresse interne.

— Pardonne-moi, Rick. Tu as raison. J'ai agi comme un connard. Et je sais que je n'ai aucune raison de le faire. Nous ne sommes pas partenaires, nous ne sommes pas amis, nous ne sommes rien. Je n'ai jamais été jaloux comme ça. Absolument jamais.

Cela effrayait Rick, mais il ne pouvait nier qu'il était gratifiant de l'entendre. Même si rien ne pouvait en ressortir par la suite.

— Ces derniers temps, ma vie est assez mouvementée. Tu sais que je viens juste de sortir du placard, n'est-ce pas ? Eh bien, quand je t'ai ramené à la maison, c'était la première fois que j'amenais quelqu'un chez moi.

Rick émit un petit rire. Ian n'allait quand même pas revenir sur les propos de Rick, lorsque ce dernier avait dit que ni Ian ni lui n'avaient été vierges, et déclarer que cela avait été le cas pour lui, si ? Personne, pas même Casanova, ne pouvait être aussi naturellement talentueux. Jouer avec le corps d'un homme comme d'un instrument de musique venait avec des années de pratique.

— Arrête de mentir. Il n'y a aucune chance que tu aies été vierge.

Un rire surpris s'échappa des lèvres de Ian.

— Euh. Non. Je ne suis plus vierge depuis bien longtemps.

Ian soupira.

— Pouvons-nous aller quelque part ? Je te dois des excuses ainsi que des explications, mais nous pourrions le faire de manière plus confortable qu'en restant debout dans la rue, non ?

Il n'allait pas se laisser avoir. Encore une fois.

— Un café ? Pas chez toi.

À cette heure-ci, il devrait prendre un déca.

— D'accord. Parfait.

Ian regarda autour de lui comme si un Starbucks allait se matérialiser juste là. Il ne connaissait peut-être pas bien le quartier. La maison de Davy n'était pas particulièrement proche de Boystown, et l'appartement de Ian était à un jet de pierre de Charles Street.

— Il y a un café à deux pâtés de maisons au nord d'ici sur Jane. Suis-moi.

Rick soupira lorsque Ian commença à se pencher vers lui. Sans un contact physique pour l'hypnotiser, il ne briserait pas une nouvelle fois sa règle sur le moyen de locomotion.

— D'accord. Oui. Ma voiture est au coin de la rue. Je serai là dans une minute.

Ian le fixa un moment comme pour chercher à savoir si Rick s'en irait à la minute où il lui tournerait le dos. Ce qui n'était rien de moins que ce que Ian méritait, et l'option la plus sage selon lui, mais Rick savait qu'il ne lui ferait pas ça. L'âge le rendait tendre. Il ferait mieux de ne pas être aussi indulgent envers tous les hommes avec lesquels il coucherait à partir de maintenant.

IAN SUIVIT Rick dans le café, le remords et le regret tuant tout désir de s'adonner au plaisir. Il paya pour leurs *latte* décaféinés et laissa Rick les mener dans un coin où se trouvaient des chaises confortables. C'était étonnamment isolé.

Par-dessus le rebord de sa tasse, il laissa son regard errer tandis que Rick ajoutait quatre sachets de sucre à son café et le remuait. Sous la lumière fluorescente, l'hommage gay et sexy de Rick à la mode goth aurait dû paraître sévère et exagéré. Mais il avait simplement l'air sexy, comme il l'avait été chez Kurt et à l'extérieur, dans la sombre nuit d'été.

Le tissu bordeaux extrafin de son haut était parfaitement assorti à la couleur blond doré de ses cheveux. Et, même s'il ne laissait rien à l'imagination, Ian souhaitait toujours le lui arracher. Puis il y avait le pantalon ultra moulant. Déshabiller Rick jusqu'à ce qu'il soit nu serait un challenge, mais un challenge bienvenu.

Ian leva les yeux pour observer ceux maquillés de Rick. Son maquillage était suffisamment extravagant pour que même le caissier du café cligne des yeux, mais Ian avait été excité à la seconde où il l'avait vu. Il avait baisé un certain nombre d'hommes qui portaient du maquillage. Il avait toujours plutôt bien aimé ça, mais les yeux de Rick contrastaient de manière si saisissante avec son teint de porcelaine qu'il paraissait bien plus délibérément sensuel.

Le manque de sang dans son cerveau était loin d'être une excuse pour son comportement merdique, mais c'était certainement un facteur. Il espérait que Rick le comprendrait.

Concentrant son regard sur sa propre tasse, il réalisa qu'il n'avait pas dosé son *latte*. Il y ajouta rapidement du sucre et leva les yeux pour voir que Rick l'observait comme s'il était une espèce étrangère.

Il soupira, prit une gorgée et retint avec difficulté une grimace. Bien trop chaud. Il posa sa tasse sur la table et s'installa dans la chaise.

— Donc.

Super début, Ian. Rick serait incapable de lui résister après cette entrée en matière extraordinaire.

— Donc, le copia Rick, mais avec une minuscule inflexion, comme s'il était amusé par le trouble de Ian.

— Je ne mentais pas. Tu es le premier homme que j'ai amené à la maison. Tu es le premier homme avec qui j'ai eu des relations sexuelles dans un lit.

Les yeux de Rick s'agrandirent de manière comique avant de se plisser, la suspicion brillant dans son regard bleu.

— Mais je n'étais pas vierge, ajouta Ian avant que Rick ne lui pose la question.

— Non. Impossible. Il n'y a pas moyen. Comment cela aurait-il pu être aussi bon ?

Même si Rick n'avait pas l'air heureux, ses mots apportèrent quand même une rougeur d'embarras sur les joues de Ian. Les mecs qu'il avait baisés ne s'étaient jamais plaints, mais savoir qu'il avait rendu cela agréable pour Rick était profondément satisfaisant. Et le savoir ne fit absolument rien pour faire retomber son érection.

— Écoute, je ne suis pas vierge. Tu m'as vu à l'Anaconda.

Les yeux de Rick s'étrécirent à nouveau.

— Oui, je t'ai vu. Steve.

Seigneur. Il fréquentait rarement l'Anaconda. Il préférait se rendre dans un club qui réunissait davantage d'hommes de son âge partageant le même état d'esprit, mais il avait voulu se sortir Rick de la tête et avait pensé que l'Anaconda serait le dernier endroit où il le trouverait.

Personne n'avait attiré son attention jusqu'à ce qu'il remarque un blond mince en train de danser sur la piste, les muscles de son dos brillant de transpiration sous l'effort physique. Ian n'avait jamais eu de genre, mais coucher avec Rick en avait apparemment déclenché un, et il s'était préparé à l'attaque dans l'intention de gagner. Seulement pour découvrir qu'il avait ciblé le seul homme qu'il essayait de se sortir de l'esprit.

Cependant, une fois qu'il avait tenu Rick dans ses bras, toute la colère provoquée par son départ en douce au petit matin s'était évaporée. Il avait été déterminé à le baiser jusqu'à ce qu'il en oublie ses règles ou, s'il échouait, à dormir d'un sommeil suffisamment léger pour l'empêcher de quitter son lit au matin. Il avait failli sur les deux tableaux et, depuis, il n'avait rien fait d'autre que ressasser sa perte.

— Je ne suis pas un moine. J'ai couché avec un tas de gars.

Plus qu'il ne devrait probablement l'admettre.

— Mais j'étais dans le placard jusqu'à récemment. Je n'ai jamais osé aller chez quelqu'un et je n'ai jamais fait assez confiance à quelqu'un pour le ramener chez moi. J'ai baisé des mecs derrière des clubs et dans des toilettes, mais je n'ai jamais eu le luxe du temps. Je n'ai jamais été capable d'explorer, ou de les laisser m'explorer. Je sais que nous ne sommes pas compagnons ou mariés ou engagés l'un envers l'autre d'aucune façon. Je sais que ce n'était que du sexe.

Il n'était pas entièrement convaincu qu'il ne s'agissait que de sexe pour lui mais Rick était déjà suffisamment chatouilleux sur le sujet. Ian n'allait pas admettre qu'il était intéressé par plus si c'était seulement pour que Rick tourne les talons et s'enfuie en courant. Mais quelque chose dans le fait que Rick ait une peur évidente de l'engagement attirait Ian. C'était peut-être idiot, mais il sentait que sa réticence n'était pas causée par le manque d'intérêt ou le désir irrésistible de baiser tout ce qui bougeait. Il y avait une raison derrière cette peur et Ian voulait savoir laquelle.

— Alors pourquoi cette crise de jalousie ?

— Ce n'était pas de la jalousie, pas exactement.

Bien évidemment que c'était de la jalousie, mais même Ian savait que ce sentiment était trop fou et présomptueux pour une rencontre aussi récente.

— C'était plus comme si j'étais… blessé. La manière dont tu t'es faufilé hors de mon lit m'a fait me sentir incompétent. Comme si tu avais honte de t'être abaissé à coucher avec un minable comme moi.

— Chéri, je suis désolé de t'avoir fait ressentir cela. Je ne regrette pas d'avoir couché avec toi, du tout.

De manière inattendue, la froideur moqueuse de Rick disparut et il avança la main pour tapoter le bras de Ian. Même ce léger contact lui picota la peau. Il ne savait pas du tout si son attirance pour Rick avait quelque chose à voir avec le fait qu'il soit son premier partenaire sexuel depuis son coming out, mais Ian voulait qu'il fasse partie de sa vie.

— J'en suis heureux, parce que c'était la meilleure nuit de ma vie.

Peut-être qu'il n'était pas sage de l'admettre, en particulier lorsque Rick avait été si déterminé à le jeter, mais Ian ne reviendrait pas sur ses mots. Pas quand ils provoquaient un rougissement qui s'épanouissait sur les joues de Rick ainsi que la perte de sa désinvolture habituelle.

— Oh… euh, mon chou, c'est…

Rick était troublé, ses yeux s'agitant d'un côté à l'autre du café comme si les autres clients pouvaient lui souffler ce qu'il devait dire.

Charmé au-delà de l'imaginable, Ian ne pouvait que l'observer.

Rick prit une gorgée de son *latte*, essayant de retrouver sa contenance. Il ne fut pas difficile de pointer le moment où son bouclier se remit en place parce qu'il posa sa tasse et regarda Ian avec un petit sourire coquin.

— Nous avons besoin de déterminer quelques règles. Si nous avons l'intention de continuer à nous voir.

— J'écoute.

Il n'était pas vraiment sûr d'être prêt à accepter toutes les règles que Rick définirait, mais il était entièrement d'accord pour faire en sorte que son amant soit le plus à l'aise possible avec cet arrangement. Il finirait peut-être par envisager une relation mais Ian suspectait qu'aucun d'eux ne savait comment en entretenir une. Ce qui voulait dire que tout ce qui comptait en cet instant, c'était de faire en sorte que Rick continue de parler. Parler était habituellement un domaine dans lequel Ian était bon. Il passait quarante heures par semaine à essayer de négocier les compromis les plus raisonnables et bénéfiques pour toutes les parties impliquées. Il n'y avait pas de raison qu'il n'y parvienne pas dans sa vie personnelle.

— Je ne fais pas dans les relations. Pas d'attaches. Pas d'attentes.

Il considéra cela un moment. Parce que, pour une fois dans sa vie, il *voulait* avoir des attentes. Un tel souhait pouvait être inattendu et soudain, mais maintenant qu'il s'était autorisé à être un homme *avec* des attentes, il ne voulait plus les nier. Et peut-être qu'il n'avait pas à le faire.

— Je comprends mais je pense que nous devons aussi prendre en compte le fait que nous sommes liés d'une manière particulière. Parce que nous avons déjà des attaches.

— De quoi est-ce que tu parles ?

La peur prit vie dans les yeux de Rick et Ian répondit immédiatement pour le calmer. Il n'avait jamais monté un cheval de sa vie, mais il avait lu des choses à propos de chevaux surexcités qui nécessitaient une main douce pour être sellés, et Rick lui faisait fortement penser à un cheval sauvage qui n'avait jamais senti le poids d'une selle sur son dos.

— Tu es ami avec Davy. Et Kurt est mon frère et mon meilleur ami. Même si toi et moi finissons par nous haïr, nous serons toujours amenés à nous rencontrer l'un l'autre. Ce sont des attaches.

La respiration de Rick s'égalisa un peu.

— Oui, c'est vrai. Et je préférerais ne pas avoir à m'inquiéter de… créer une scène. En ces situations.

Il y était presque. Ian avait juste à encourager son point de vue.

— Je suis d'accord. Je pense que la réponse à notre inquiétude est que nous devenions amis.

— Amis ?

Rick ne s'était clairement pas attendu à cette option.

— Amis. Avec avantages. Pas d'attaches, pas d'exclusivité.

Ian dut se faire souffrance pour ne pas s'étrangler sur ces mots, mais il était trop tôt. Merde, même Ian n'était pas prêt à s'attacher ou à s'impliquer dans une relation permanente. Pas encore. Mais à la différence de Rick, il était prêt à envisager l'idée comme un futur état de fait. Prêt, bon sang, il était plus que simplement prêt, mais il avait besoin de tempérer son enthousiasme.

— Cela nous donnerait l'opportunité de passer du temps ensemble et, quand les occasions se présenteraient, nous finirions au lit.

La peur dans les yeux de Rick disparut alors qu'il réfléchissait aux paroles de Ian.

— Amis avec avantages. N'est-ce pas la même chose qu'un plan cul régulier ?

— Tu as déjà passé du temps avec un plan cul sans baiser ?

— Eh bien, non, pas vraiment. Sauf avec Ivan.

Les narines de Ian se gonflèrent. Il ne ferait pas une crise de jalousie. Il n'en ferait pas.

— D'accord. Pourquoi as-tu fait une exception pour lui ?

Il méritait une putain de médaille pour avoir gardé un ton neutre.

— Je n'en suis pas vraiment sûr. Je l'ai rencontré peu de temps après qu'il était sorti d'une longue relation et il enchaînait les hommes. Nous avons couché ensemble plusieurs fois mais, très rapidement, il est devenu clair qu'il voudrait d'une nouvelle histoire un jour. La plupart du temps, quand un mec décide qu'il veut quelque chose de plus sérieux, il décide d'arrêter de me fréquenter au même moment. Cependant, Ivan n'était pas encore prêt pour une relation sérieuse, mais nous savions tous les deux que cela arriverait et pas avec moi. Sans savoir comment, nous avons fini par nous contenter de passer du temps ensemble sans coucher. C'était sympa.

Seigneur, il détestait penser à Ivan et parler de lui, parce qu'il ressentait toujours cette colère froide, même s'il cherchait à la dissimuler.

Ian eut une pensée soudaine.

— Et tes autres amis ? Davy et Jon ? Tu as déjà couché avec eux ?

On lui avait présenté deux autres hommes lors de la partie de peinture chez Kurt mais il ne se souvenait pas de leurs noms.

Rick plissa les yeux.

— Pourquoi veux-tu le savoir ?

Ian leva ses mains, paumes ouvertes, comme s'il se préparait à être victime d'une explosion.

— Je veux juste m'assurer que nous fassions bien les choses.

Rick fronça les sourcils, mais répondit.

— Non, jamais. Ça a failli, deux fois, mais ça n'est jamais arrivé.

Si le sexe de Ian avait été doué de parole, il aurait laissé échapper un gémissement de désespoir. C'était exactement ce que Ian avait craint. Le sexe n'aiderait en rien sa cause et pourrait même finir par lui faire du tort. S'il voulait se rapprocher de Rick, il devrait le faire sans l'avantage... des avantages.

— D'accord, très bien. Faisons en sorte de devenir amis. Il y a une projection de minuit des *Aventuriers de l'Arche Perdue* dans un cinéma indépendant près de chez moi. Tu veux y aller ?

— Harrison Ford à son âge d'or ? Bien sûr, cela ne me dérange pas le moins du monde.

Ian ne manqua pas le ton lascif de Rick, et il approuva. C'était l'un de ses films préférés, pour plusieurs raisons.

— Mais qu'allons-nous faire jusqu'à minuit ?

Rick le fixa comme s'il attendait qu'il dise 'sexe'.

Ian se força à hausser les épaules.

— Je ne sais pas. Tu as mangé ? Nous pourrions aller dîner quelque part. Essayer de mieux nous connaître.

— Cela ressemble étrangement à un rendez-vous, chéri.

Un jour, Rick l'appellerait par un nom doux qu'il n'utilisait pas avec chaque personne qu'il croisait au hasard. Un jour.

— Tu ne manges jamais avec Davy ? Tu ne vas jamais boire un coup avec Ivan ? Tu ne regardes jamais de film avec Jon ?

Un haussement d'épaules réticent répondit à sa question.

— Et qu'en est-il des avantages ?

— Concentrons-nous d'abord sur la partie 'amis'. Nous verrons ce que nous ferons de la partie 'avantages' plus tard, nous aviserons.

Au plus grand désarroi de son sexe. Mais le regard déterminé et heureux de Rick indiqua à Ian qu'il faisait la bonne chose. Il avait besoin de dompter ce cheval en douceur pour l'amener à penser comme lui.

— Ça me plaît, chéri, dit Rick en se levant et en lui tendant le bras. Devenons amis.

LE MARDI suivant la pendaison de crémaillère devenue soirée cinéma, Rick suivit Ian dans un petit bar rempli de monde. Ils passèrent l'hôtesse et plusieurs tables avant de monter un escalier étroit. Après avoir dépassé quelques tables supplémentaires, Ian repoussa un rideau et le laissa sortir sur un patio au plancher en bois. L'endroit était entouré par une clôture en bois que Rick associait aux piscines de jardin ou à des chiens qui aboyaient et qui étaient susceptibles de mordre. Étrangement, le patio semblait avoir été construit autour de quelques arbres, et la clôture ainsi que les arbres étaient décorés de petites lumières de Noël blanches.

Ils prirent place à une table isolée et Ian leur commanda des bières.

— C'est un endroit superbe, déclara Rick dès que le serveur s'en alla.

— Oui. D'ailleurs, une partie d'un show télévisé a été filmée ici. C'est supposé être à Washington, mais un bar est un bar, pas vrai ? J'aime que ce petit coin de nature soit ici.

Rick pouvait en comprendre la raison. L'ambiance faisait très 'barbecue au jardin', même si les plats du jour inscrits non loin de là sur un tableau noir étaient des hamburgers gastronomiques et de la cuisine fusion. Il but une gorgée de sa bière et regarda la clientèle. Elle était composée de personnes que l'on croise quotidiennement, normaux.

Pendant plusieurs minutes, ils restèrent assis et burent.

Le silence entre eux commença à rendre Rick nerveux. Après tout, l'objectif derrière cette… rencontre… n'était-il pas d'apprendre à mieux se connaître l'un l'autre ? Il refusait résolument d'appeler cela un rencart, bien que ça le soit probablement davantage que lorsqu'on prend une simple bière avec un ami ou un collègue. Parce que sous tout cela se trouvait la requête de Ian pour qu'ils travaillent à devenir amis. Il ne se souvenait pas d'avoir un jour travaillé pour faire en sorte qu'une de ses relations d'amitié se développe mais bon, comme Ian l'avait souligné, il couchait rarement avec ses amis. Il suspectait pourtant toujours un motif ultérieur.

Motifs ultérieurs ou non, sortir boire un mardi soir représentait si peu de pression que Rick n'avait même pas hésité à accepter la proposition de Ian pour se voir après un rendez-vous d'affaires tardif. Trois jours plus tôt, ils avaient passé une super soirée à regarder *Les Aventuriers*, et si Rick avait commencé à s'inquiéter de la sincérité de l'offre d'amitié de Ian durant les jours qui avaient suivi, personne n'avait besoin de le savoir.

Ian leur commanda une deuxième tournée et quand elle arriva, Rick ne put se contenir plus longtemps.

— Tu ne vas me poser aucune question ?

— Il n'y a pas vraiment d'urgence, si ? Tu as autre chose de prévu ce soir ?

Eh bien, vu comme ça…

— Non. Je pensais juste que tu avais des questions.

— Bien sûr que j'en ai. Mais ce n'est pas un interrogatoire. Nous pouvons simplement rester assis et profiter de la compagnie de l'autre.

Avec un suprême effort de volonté, Rick réussit à ne pas lever les yeux au ciel.

— Oh, eh bien d'accord, mon chou. Je peux faire ça.

Pendant dix autres minutes, peut-être. Le suspense le tuait.

Ian rit.

— Si tu es si impatient, pourquoi ne me demandes-tu pas quelque chose ?

Inclinant la tête, Rick étudia Ian. Que voulait-il savoir à propos de cet homme, si vraiment il souhaitait savoir quelque chose ? Il n'y avait aucune raison de suspecter que Ian et son beau gosse de frère baraqué aient quoi que ce soit de semblable en dehors de leur apparence, mais Rick en savait déjà beaucoup à propos de leur famille grâce au temps qu'il avait passé avec Kurt et Davy. En vérité, il en connaissait probablement davantage sur leurs interactions familiales qu'il le voulait, et il ne pouvait vraiment croire qu'elles soient aussi bonnes que Kurt le laissait entendre.

Jon ne semblait jamais se lasser d'écouter les histoires de Kurt mais cela n'était pas étonnant vu que sa propre famille stupide, qui l'avait jeté dehors lorsqu'elle avait découvert qu'il était gay, lui manquait toujours. Il n'y avait absolument rien qui manquait à Rick chez sa propre famille. La seule nostalgie qu'il avait à propos de son enfance impliquait la culture pop, pas la famille.

— Où travailles-tu ? Tu exerces quel métier ?

Kurt avait peut-être mentionné ce que ses frères et sœurs et leurs époux faisaient dans la vie mais, s'il l'avait fait, Rick ne se serait pas embêté à essayer de retenir cette information.

— Je travaille pour *Errant*.

— Tu te fous de moi. Chéri, tu n'y travailles pas vraiment, n'est-ce pas ? Je pensais que seuls la génération des mordus de vampires gothiques et les vieilles folles caquetant sur le dos des autres travaillaient là-bas !

Errant prenait un virage original en tant que site sur l'actualité des stars, ajoutant les histoires les plus bizarres, comme la manière de savoir si votre voisin était un extraterrestre ou un vampire ou un chupacabra. Les meilleures chroniques étaient celles où ils réussissaient à combiner les scandales de stars avec une touche de paranormal ridicule, comme des bijoux ou décors de film maudits. Ce site ressemblait à une fusion entre le magazine qui rapportait régulièrement avoir vu l'homme chauve-souris et les torchons relatant l'actualité des stars. Avec une tournure résolument canadienne, bien sûr. Rick le lisait secrètement tout le temps.

Ian rit.

— Eh bien, nous avons un peu des deux. Et je suis certain d'avoir déjà entendu le propriétaire se qualifier lui-même de vieille folle. Mais je reconnais ce regard. Tu es un fan, pas vrai ?

— Non, chéri, ce site est absurde. Il ne peut certainement pas y avoir autant de décors de film maudits dans le monde.

— Mmh mm. Pourquoi je ne te crois pas ?

— Très bien, d'accord. Je le lis. C'est un plaisir totalement coupable.

— Exactement ce que le grand patron voulait.

— C'est trop bizarre. La combinaison ne devrait pas marcher du tout et pourtant ça fonctionne. Et sous-entendre que la dernière grosse panne électrique était due à une incursion extraterrestre – simplement grandiose !

Ian prit un instant pour commander une assiette de frites avec un assortiment de sauces mayonnaise et aïoli. Cet homme diabolique devait avoir le même métabolisme rapide que son frère ; Rick n'avait jamais vu Kurt faire attention aux niveaux de graisse des aliments qu'il introduisait dans sa bouche.

— Je sais. Notre patron aimait les deux concepts et il ne pouvait se décider sur la direction à prendre. Alors il a choisi les deux. Entre toutes les émissions de télévision et les films tournés ici, puis le Festival du Film de Toronto, il y a des tonnes de célébrités dans le coin. L'absurdité paranormale fantasmatique donne au *Errant* un concept original qui, je peux en attester, fonctionne.

— Alors dis-moi, chéri, es-tu en charge de photographier le dessous des jupes des célébrités ou de faire des recherches sur les habitudes d'accouplement du loup-garou canadien ?

— Ha ha. Je ne suis pas l'un des pigistes ou des éditeurs. Je suis un responsable de clientèle confirmé. Je suis celui qui collecte l'argent engendré par la publicité. Enfin, je ne suis pas le seul, mais j'ai fait augmenter le chiffre d'affaires de deux cents pour cent sur les trois dernières années.

— Oh, eh bien dans ce cas, je pense que je vais te laisser payer la note ce soir, mon chou.

— En fait, c'est grâce à mon travail que j'ai entendu parler de cet endroit. Beaucoup de bars locaux et de restaurants font leur publicité chez nous, et je vais souvent tester ceux qui semblent intéressants.

— Un garçon intelligent.

Ian eut un large sourire et leva sa bière dans un toast légèrement ironique.

Les frites arrivèrent, chaudes, pleines de graisse et salées. De la salive inonda la bouche de Rick et il connut un regrettable instant où il détesta le flegme de Ian quand il enfourna quatre frites en même temps.

— Prends-en.

Rick secoua la tête mais à chaque bouchée que Ian prenait, sa résolution faiblissait. Il se prépara à ce que Ian le questionne à son tour à propos de sa carrière. Il n'avait absolument pas honte du métier qu'il exerçait, cependant les gens voulaient inévitablement savoir pourquoi il avait choisi cette voie, et c'était une information qu'il ne partageait avec personne.

— Et toi ? Comment subviens-tu as tes besoins ?

Nous y voilà.

— Je suis orthophoniste.

— Qu'est-ce que c'est, exactement ? Enfin, je peux probablement me faire une idée globale en me basant sur la construction du mot, mais j'ai peut-être tort.

Rick plongea un ongle dans une fissure sur la table.

— J'aide principalement les adultes. Dyslexie, troubles de la parole, divers problèmes de langage liés à des attaques vasculaires ou à des maladies. Quelquefois, j'aide des enfants mais, la plupart du temps, il y a des orthophonistes délégués dans les écoles. De temps en temps, un enfant aura besoin de plus d'attention qu'il ou elle peut en avoir à l'école et les parents viendront me demander mon aide.

— C'est incroyable. Bien plus noble que ce que je fais. Pourquoi as-tu décidé de faire ça ?

C'était là que tout s'écroulait.

— Je ne veux pas en parler.

Ian avala ses frites et lécha le sel de ses lèvres. Aussi fonctionnel que le mouvement ait pu être, il fit malgré tout se tortiller Rick. Ian était un homme sensuel et sexy et Rick avait une connaissance très précise et personnelle de la façon dont les lèvres et la langue de Ian bougeaient contre son corps. En silence, Ian le jaugea, un sourcil se haussa légèrement comme pour essayer de catégoriser les résultats d'une expérience. Dans une tentative d'apaisement de son malaise face à l'inspection, Rick descendit le reste de sa bière et posa bruyamment la bouteille vide sur la table. Jetant un œil autour de lui, il fit un signe au serveur, prétendant tout ce temps ne pas être concerné par l'analyse attentive et appuyée de Ian.

— D'accord. Comment as-tu commencé à traîner avec Davy et les autres ?

Le soulagement l'envahit lorsque Ian mit fin à la discussion sur sa carrière. Cette question, il pouvait y répondre – en majeure partie.

— Jon et moi nous sommes rencontrés à l'université. Nous travaillions dans la même boîte de nuit et nous sommes devenus amis.

Pas besoin de mentionner qu'ils étaient d'abord devenus proches parce que le propriétaire voulait qu'ils s'effeuillent ensemble ni que la boîte en question était en fait un club de strip-tease.

— Lui et Davy étaient amis depuis le lycée, alors ils m'ont en quelque sorte adopté dans le groupe.

Il avait été incroyablement reconnaissant de les avoir trouvés. Il s'avéra qu'ils avaient beaucoup de choses en commun, mais le simple fait de trouver des amis avait rendu sa vie tolérable. Agréable, même, bien qu'il soit difficile de travailler autant d'heures tout en allant en cours. Aucun d'eux ne savait pourquoi il avait quitté sa maison familiale ni déménagé à Toronto, mais cela ne les avait pas empêchés de l'accepter comme l'un des leurs.

— Nous avions beaucoup de points communs et quand nous ne traînions pas dans les dortoirs des uns ou des autres, nous étions en boîte de nuit. Puis Davy a emménagé avec son petit ami, celui avant Kurt, et au fur et à mesure du temps, nous l'avons vu de moins en moins jusqu'à ce que son ex petit ami meure et que Davy rencontre Kurt.

Ian voulait-il faire partie de leur bande ? Si oui, était-ce parce qu'il voulait passer du temps avec Rick, se trouver des amis gays, ou passer plus de temps avec son frère ? Rick ne savait pas du tout si être frères signifiait qu'il fallait passer beaucoup de temps à se fréquenter mais même lui, qui essayait d'éviter les situations émotionnelles, avait été capable de voir que le fossé que Ian avait créé entre lui et Kurt, avant d'avouer son homosexualité, avait blessé son frère.

Puis quelque chose changea, se mit en place. Ce fut peut-être les effets cumulés de l'alcool, ou le manque d'insistance de la part de Ian, ou même la fatigue extrême de conserver ses murs dressés, mais la conversation se détendit et coula naturellement. Et Rick s'autorisa même à manger quelques frites.

RICK LEVA les yeux vers les lumières brillantes du fronton. Il avait été un peu surpris, mais pas mécontent, que Ian l'appelle aussi vite après leur sortie de mardi. Il aimait aller au cinéma.

— Mis à part samedi dernier, ça faisait un bail que je n'avais pas pris le temps d'aller voir un film. Que voulais-tu voir ?

Il y avait quelque chose de trop déprimant dans le fait d'aller au cinéma tout seul. Les boîtes de nuit n'étaient pas un problème, en particulier s'il cherchait à tirer un coup. Mais les films et les dîners en extérieur – il s'était toujours senti exposé dans ces situations, comme s'il y avait eu un grand néon suspendu au-dessus de sa tête informant tout le monde qu'il était seul. Plus ses amis et lui vieillissaient, plus ils devenaient casaniers. Par défaut, Rick était devenu plus casanier lui aussi. La plupart du temps, cela ne le dérangeait pas – il avait toujours apprécié sa propre compagnie – mais parfois sa maison semblait trop grande pour lui.

— Peu importe. Nous pouvons simplement assister à la prochaine séance.

Ian sortit son portefeuille et s'avança dans la file d'attente.

Rick le suivit. Du moins, physiquement, parce qu'il n'avait pas du tout suivi le raisonnement de Ian.

— La prochaine séance de quoi ?

Regardant son poignet, Ian vérifia l'heure.

— Il est vingt heures. Est-ce que tu as faim ?

Rick haussa les épaules.

— Je n'ai pas faim, mais j'aime manger du pop-corn au cinéma.

— D'accord. Dans ce cas, nous n'avons qu'à aller voir le prochain film qui se présente. À moins qu'il commence dans les dix prochaines minutes. Dans ce cas-là, nous irons voir le suivant.

Avait-il manqué quelque chose ?

— Tu ne veux pas aller voir un film en particulier ?

— Non, pas vraiment. Mes parents ne pouvaient pas se permettre d'emmener souvent toute la famille au cinéma et, le peu de fois où c'est arrivé… avec sept enfants, il n'y avait absolument aucune possibilité de consensus. Donc mes parents ont mis en place la règle de la 'prochaine séance'. Quelle que soit l'heure à laquelle nous arrivions au cinéma, nous allions voir ce qui était projeté à la séance suivante. Il y avait parfois des exceptions faites, basées sur les critiques, mais nous avons quasiment tous fini par prendre l'habitude d'aller voir la prochaine séance de ce qui passe au cinéma, peu importe de quoi il s'agit.

— Mais, mais…

Rick ne pouvait trouver aucun argument cohérent. Il n'avait jamais rien entendu d'aussi zen. Pas lorsqu'il s'agissait d'un domaine qui était régi par un planning.

— Et si le prochain film est mauvais ? Ou que c'est un genre que tu n'aimes pas ?

Ian écarta les mains, le geste ultime signifiant 'peu importe'.

— J'ai vu beaucoup de bons films que je ne serais jamais allé voir si je n'avais pas fonctionné de cette manière.

— Hum-mm. Et les navets ?

Le sourire de gamin qui illumina le visage de Ian était tout simplement adorable.

— Les navets te donnent tout un tas de choses à raconter.

— Alors comment se fait-il que tu aies su qu'il y avait une projection de minuit des *Aventuriers de l'Arche Perdue* samedi dernier ?

— Hmm. C'est un classique. Je l'ai vu des dizaines de fois et j'ai entendu qu'il était à l'affiche dans un cinéma indépendant. Tout n'a pas besoin d'être gravé dans le marbre, tu sais.

— D'accord, très bien.

Rick fit un geste pour qu'il avance pour acheter les tickets. Sans surprise, il lui fallut quelques minutes pour convaincre la fille derrière le comptoir qu'il voulait réellement deux tickets pour le prochain film, quel qu'il soit, mais cela ne lui prit pas aussi longtemps que Rick s'y était attendu. Ian avait bien réussi à le convaincre, lui, de briser ou d'assouplir plusieurs de ses règles.

Il n'avait jamais rencontré l'un de ces démons proverbiaux à la langue enjôleuse avant, mais il suspectait que Ian puisse être l'un d'entre eux. Convaincant les chats de devenir végétariens et vendant du sable aux

Égyptiens. Au point où il en était, Rick commençait à croire que Ian pouvait invoquer le ciel bleu par temps de pluie.

Ian revint du comptoir en agitant deux tickets.

— Nous ferions mieux de nous dépêcher. Nous avons quinze minutes pour acheter de quoi grignoter.

Rick s'empara des tickets.

— *European Death Knot* [2] ? Qu'est-ce que c'est que ça ?

Ian haussa les épaules.

— Sais pas. Nous verrons bien, n'est-ce pas ? Allez viens.

Ce mec était dingue et si ce film était une daube sans nom, il ferait en sorte que Ian lui soit redevable pour toujours.

RICK S'AFFAISSA contre Ian, toujours en train de glousser alors qu'ils sortaient du cinéma. Ian mourait d'envie de passer un bras autour de lui, de montrer à tout le monde qu'ils sortaient ensemble, mais il n'osa pas. Rick s'était détendu à ses côtés, mais s'il allait trop vite ou prenait trop de libertés en dehors du cadre de 'devenir ami', il suspectait qu'il se retirerait dans sa coquille.

Ian eut un léger reniflement de dérision. Aux yeux d'une personne extérieure, Rick n'avait jamais eu de coquille. Il était ouvertement gay et fier. Mais Ian avait vu des éclats du Rick intérieur, la vraie personne sous le masque qu'il montrait au monde, et c'était le Rick que Ian voulait connaître.

— C'était hilarant. Absolument horrible, mais également hilarant, déclara Rick qui avait du mal à respirer.

— Ouais, je dois admettre qu'avec un titre comme *European Death Knot*, je m'attendais à un enlèvement ou peut-être à quelque chose qui exploserait.

Rick lâcha un autre petit rire.

— Moi aussi. Je peux seulement supposer que le succès de ce film où le mec ronge son propre bras a fait présumer aux producteurs de celui-ci que n'importe quel film d'escalade aurait un succès équivalent.

Quand ils sortirent du bâtiment, la nuit était noire et dégagée et il y avait une morsure un peu fraîche dans l'air. Rick resta proche, leur chaleur

2 Pris mot à mot : nœud mortel ou nœud de la mort européen. En Alpinisme, il s'agit d'un nœud de jonction. (NDLT)

corporelle augmentant la température des quelques millimètres qui les séparaient.

— Ne s'est-il pas coupé le bras ?

— Rongé, coupé… Pain au chocolat, chocolatine, c'est du pareil au même.

Ian rit. Il aimait vraiment Rick quand ce dernier ne s'inquiétait pas de ce qu'il disait ou de la manière dont il agissait. Le Rick sarcastique et heureux était un homme avec lequel il voulait passer tout son temps.

— Quand même, quand ils ont commencé à balancer des mots comme 'Alpine Cock Ring [3]', 'edging [4]', 'Daisy chain [5]' et 'tea bagging [6]', j'ai cru que quelqu'un avait accidentellement chargé un film porno, dit Ian.

— Je sais, c'est fou non ? Si jamais un truc comme un projet secret gay existe, ce film en est un parfait exemple.

— Vraiment ?

— Mon chou, bien entendu que c'est un gay diabolique qui a placé ces termes. Tu ne trouveras jamais un groupe d'hétéros crédules parlant de 'tea bagging' et de 'cock rings' dans des conversations de tous les jours. Celui qui a inventé ces expressions est probablement littéralement mort d'une crise de rire.

— Peut-être que nous devrions nous essayer à l'escalade.

Ian avait pensé à en faire bien avant de savoir que la moitié des termes évoquait le fait d'être en plein porno gay mais n'avait jamais pris le temps de s'y intéresser. Si tout cela était si divertissant pour Rick, ça pouvait être amusant.

Rick lui donna un coup sur le bras.

---

3 Termes d'escalade ou d'alpinisme ayant tous des connotations sexuelles. Alpine Cock Ring ou ACR est une méthode d'ancrage à la paroi rocheuse qui utilise une corde et un anneau de rappel. Cock Ring est aussi un anneau pénien. (NDLT)

4 Edging : fait de poser la pointe du pied en appui sur une prise sécurisé, ou de se trouver à la limite de basculer vers l'orgasme. (NDLT)

5 Daisy chain : type de sangle à usage spécifique avec de multiples coutures, attaches ou boucles, ou chaîne sexuelle où le partenaire A s'occupe sexuellement du partenaire B qui s'occupe du partenaire C, par fellation, cunnilingus ou pénétration. (NDLT)

6 Tea bagging : quand un grimpeur tombe au-delà de son ancrage, ou quand un homme laisse pendre ses testicules dans la bouche de son/sa partenaire comme un sachet de thé au-dessus d'une tasse. (NDLT)

— Vraiment ? Tu veux que je sorte et que je risque ma vie et mon corps pendant que j'essaie de ne pas me pisser dessus en riant ? C'est juste méchant, chéri.

Si Ian avait pensé une seule seconde que Rick n'utilisait le surnom 'chéri' que pour lui, il aurait pu l'apprécier. Tel qu'il l'employait, il se demandait si ce n'était pas encore un autre moyen pour Rick d'empêcher les gens de trop s'approcher en évitant de les individualiser. Mais il était trop tôt pour se faire un jugement là-dessus. Il ne pensait pas croire au coup de foudre, mais la première fois qu'il avait vu Rick l'avait changé de manière fondamentale, et tout ce qu'il pourrait faire pour se rapprocher de lui, il le ferait, même si cela signifiait être un chéri parmi les millions d'autres de Rick. Pour l'instant.

— Je ne te voudrais jamais aucun mal.

La tentation d'ajouter le mot chéri à la fin de sa phrase était forte, mais Ian savait qu'il ne pourrait pas le dire avec la même désinvolture. Cela aurait une consonance moqueuse ou amère et aucun des deux ne l'aiderait à se faire aimer de Rick.

— Donc l'escalade est exclue. Que dirais-tu d'un café en attendant ? Nous pouvons discuter d'un autre loisir dans lequel nous lancer.

Rick tira son téléphone de sa poche et regarda l'heure.

— Il est un peu tard, non ? Nous travaillons tous les deux demain matin.

Comme un enfant suppliant pour cinq minutes de plus, Ian n'était pas prêt à ce que leur soirée se termine.

— Si tu étais en boîte, serait-il trop tard ? Tu ne rentrerais pas déjà chez toi, n'est-ce pas ?

Impossible de se méprendre sur le regard concupiscent de Rick. S'il était en boîte à l'instant, il serait probablement en train de se faire sucer dans les toilettes. Ian se détourna de Rick alors qu'il déverrouillait la portière de sa voiture pour ne pas que sa réaction immédiate soit visible. Il avait promis qu'ils seraient d'abord amis et cela signifiait que son érection ne serait pas soulagée. Pas avec Rick, pas encore.

— C'est ce que je pensais. Nous avons tout le temps de prendre un café.

— Je suppose. Même si je ne sors plus tellement en boîte en milieu de semaine.

Ian soupira.

— Moi non plus.

Bien trop souvent, l'idée de tirer un coup n'était même plus suffisante pour lui donner l'énergie de s'habiller et de sortir en semaine, en particulier s'il avait des rendez-vous tôt le lendemain. Rick, cependant, le stimulait comme s'il était à nouveau adolescent.

Rick fit écho à son soupir.

— Et prendre de la caféine à cette heure m'empêche de dormir.

— Moi aussi.

Cela n'avait pas toujours été le cas mais, alors que les années passaient, les choses changeaient.

— Mais je parie que nous pouvons prendre des décaféinés.

— D'accord, nous pouvons faire ça.

Il devait essayer.

— Ou nous pouvons aller chez moi, prendre un verre là-bas.

Merde, merde, merde. Grosse erreur. En un battement de cœur, l'attitude détendue de Rick se dissipa et il fronça les sourcils vers Ian, comme si ce dernier était un prédateur sexuel.

— Hé, c'était seulement une suggestion. Rien de plus, je le jure.

Bon. Il avait déjà découvert que le domicile de Rick était hors limite. Clairement, celui de Ian l'était aussi. C'était bon à savoir. Il revêtit son expression la plus innocente, espérant que Rick accepterait la vérité. Parce que la suggestion n'avait vraiment été que de la pure commodité. Ce qu'il voulait en premier lieu, c'était construire les bases de leur relation, parce que c'était la seule façon pour eux d'avancer et de se faire confiance.

Rick se radoucit et Ian laissa échapper un soupir de soulagement.

— Nous allons nous contenter d'aller prendre un café, ou quel que soit l'équivalent si tard.

— Bien.

Une tête aux cheveux sombres ébouriffés attira son regard et Ian étira le cou pour mieux voir.

— Quoi ?

Rick regarda dans la même direction que lui mais l'homme que Ian avait vu s'était évaporé.

— Rien. Je pensais juste avoir vu un ami du boulot, Leon, ce gars dont je t'ai parlé. J'allais dire bonjour, mais peut-être que je l'ai imaginé.

— Tu vois des choses, hein ? Tu as peut-être besoin de sommeil plus que de café.

Rick lui adressa un clin d'œil mais Ian ne mordrait pas à l'hameçon. Pas question.

— Allons-y. Il y a un café décent à un pâté de maisons d'ici. Nous pouvons laisser nos voitures ici et nous y rendre à pied.

Jusqu'à ce qu'ils arrivent au café, les doigts de Ian le démangèrent du désir de prendre la main de Rick et de descendre la rue comme s'ils étaient un couple.

V

RICK N'ÉTAIT pas sûr de la façon dont c'était arrivé, mais au cours des semaines précédentes, Ian et lui étaient tombés dans une sorte de schéma. Les mardis soirs, ils sortaient boire un verre dans un bar stylé ou dîner dans un endroit à la mode dont Ian avait entendu parler ou sur lequel il avait lu une critique. Pour les endroits les plus populaires, il était possible de devoir attendre des semaines avant qu'une réservation puisse être faite en fin de semaine, mais c'était plus facile les mardis. Les jeudis s'étaient transformés en soirées cinéma. Les samedis après-midi et soirs étaient devenus des jours joker.

À côté de cela, il avait aussi été frappé d'une terrible malchance. Mis à part l'écureuil mort, il avait eu ses pneus crevés à trois reprises, sa voiture rayée par une clé, un feu de poubelle sans gravité, quelques surprises désagréables dans sa boîte aux lettres, et un sac d'ordures en feu qui avait roussi l'extérieur de sa fenêtre au sous-sol. Heureusement, il l'avait réparée, sinon il l'aurait certainement retrouvé sur le sol de sa cave. Il espérait qu'ignorer les faits était la bonne tactique à adopter. Ian voulait qu'il aille voir la police ou même qu'il en parle à Kurt, mais Rick était convaincu que le ou les gamins finiraient par se lasser. À moins, bien sûr, qu'il attrape le petit morveux à l'œuvre. Ce serait une autre histoire. Pour l'instant, il s'agissait principalement d'actes inoffensifs, et aucun n'était susceptible d'entamer sa bonne humeur. Passer du temps avec Ian était la chose la plus amusante qu'il ait faite depuis longtemps.

Ils avaient visité des endroits au centre-ville de Toronto et dans les environs dans lesquels Rick n'était jamais allé ou seulement lors de voyages scolaires. Fort York, Casa Loma, la Tour CN, l'île de Toronto. Le festival de la bière n'avait pas été édifiant mais ils s'étaient amusés. Ce n'était pas non plus uniquement du tourisme. Ils avaient joué au mini-golf ou au bowling 'brillant dans le noir'. Pas une fois ils n'étaient tombés à court de sujets de discussion. Rick avait même partagé quelques histoires de sa jeunesse. Des histoires simples, sans réel bagage émotionnel, mais il ne parlait généralement pas du tout de son enfance.

Il voyait toujours Jon et les autres les vendredis soirs, mais il n'avait pas mentionné – pas même à Kurt – qu'il fréquentait aussi Ian. Ils avaient tous supposé que Ian et lui avaient consumé leur attraction après deux nuits au lit. Mais la vérité était que chacun de leurs 'rendez-vous amicaux' ne faisait qu'attiser les flammes de Rick et il avait commencé à rêver de sexe. De sexe avec Ian. De beaucoup, beaucoup de sexe avec Ian.

En temps normal, il aurait déjà été en train de chercher quelqu'un à ajouter à son répertoire de plans cul. Mais il n'avait aucun désir de partir en chasse parce qu'il attendait que Ian réalise qu'ils étaient maintenant assez bons amis pour avancer vers l'étape 'avec avantages'… de leur amitié.

Il devait bien avouer que cela faisait un bail qu'il avait été célibataire pendant sept semaines consécutives. Néanmoins, il appréciait tellement de passer du temps avec Ian que cela lui était égal. Chaque soirée 'amicale' provoquait une érection intense chez Rick, bien qu'ils ne fassent rien de plus que s'effleurer 'accidentellement' du bras, de la main ou de la hanche, mais il ne pouvait se résoudre à demander quand ils reprendraient leurs activités sexuelles. Il y avait une peur profondément enracinée en lui qui lui faisait penser que coucher avec Ian ferait de lui la bonne personne, et la pensée de ne jamais le revoir créait une sensation de malaise au creux de son estomac.

Quoi qu'il en soit, il avait réalisé que, jusqu'à présent, chacun de leur 'rendez-vous' avait été – très bien – planifié par Ian. Il était temps que Rick s'implique à son tour, et le plaisir dans la voix de Ian quand il l'avait appelé pour l'inviter à sortir un mercredi soir lui fit savoir qu'il avait fait la bonne chose. En particulier puisque Ian serait indisponible le samedi à cause de l'anniversaire de sa sœur.

Ian allait le rejoindre dans l'un des endroits où il n'avait amené que ses amis proches. La plupart des mecs de son répertoire n'avaient jamais su quel geek il était et, ce soir-là, il allait mettre Ian dans la confidence. Ian s'en doutait sûrement déjà mais, ce soir-là, Rick allait le lui confirmer. Jon, Davy et lui avaient depuis longtemps décidé que les geeks ne tiraient pas assez leur coup, alors ils avaient fait leur possible pour dissimuler leur amour du jeu à tout le monde, sauf entre eux.

— Salut toi.

Lorsqu'il entendit la voix de Ian, Rick pivota sur lui-même.

L'énorme sourire sur le beau visage de Ian était en train de devenir de plus en plus nécessaire à son bonheur.

Ian se pencha en avant, comme s'il s'apprêtait à l'embrasser, mais il s'arrêta à la dernière seconde. Son sourire ne changea pas d'un iota.

— Je n'ai jamais entendu parler de cet endroit.

— Je n'en suis pas étonné. Ils n'ont pas les moyens de se payer des encarts dans le *Errant* mais leur clientèle les garde bien assez occupés.

— Montre-moi le chemin. Je suis prêt à tout.

Après avoir franchi la porte, Rick chercha une table libre, essayant d'imaginer les pensées de Ian en voyant cet endroit pour la première fois.

Plus loin sur la gauche, un couple se leva, laissant un coin banquette libre.

— Là. Prenons celui-ci.

Ian le suivit et attendit qu'il se place d'un côté de la table avant de se glisser sur la banquette en face de lui.

— Humm, fit Ian en jetant un œil autour de lui. J'en déduis, vu le nombre de plateaux de jeu et de pièces sur toutes les tables, que tu m'as amené dans ton club de strip-tease préféré.

Un rire étouffé et bizarre lui échappa par le nez. Passer du temps avec Ian n'était jamais ennuyeux. Il faillit proposer que, selon le résultat de leur partie, le perdant se déshabille pour le vainqueur, mais il essayait d'être discipliné. Il essayait de faire autant d'efforts que Ian pour que cela fonctionne.

— C'est une bonne chose que tu sois mignon, chéri, roucoula-t-il à l'attention de Ian, laissant traîner un ongle le long de son avant-bras.

Voir le frisson de Ian et la chair de poule apparaître sur sa peau donna envie à Rick de lever son poing et de crier de joie. Il n'était définitivement pas le seul à ressentir les effets de l'attirance entre eux.

Ian remua les sourcils.

— D'accord, donc parle-moi de cet endroit.

— Jeux de société. Nous prenons un jeu sur le mur et nous entamons la partie. C'est tout. Le menu est un peu sommaire mais la bière est fraîche.

Retenant son souffle, Rick attendit la réponse de Ian. Mais Ian ne s'enfuit pas et ne ricana pas avec mépris. Il se contenta de lui adresser un petit sourire affectueux, celui que Rick n'était jamais sûr de savoir ce qu'il avait fait pour déclencher.

— Mmmh. Je savais que tu étais secrètement un geek.

Il n'y avait pas grand-chose à dire pour réfuter cette déclaration. C'était vrai.

— Je le suis, un peu.

Même s'il ne pensait pas avoir été si transparent sur ce sujet.

— Je me rends déjà compte que je ne reconnais aucun de ces jeux, donc je vais te laisser choisir. Y a-t-il des serveurs ou faut-il se rendre directement au bar ?

— J'ai bien peur que tu doives te rendre au bar.

— Va chercher un jeu, dit-il avant de jeter un œil à quelques tables proches. Ils m'ont l'air un peu plus compliqués que le *Cluedo*, donc tu peux l'installer pendant que je vais nous chercher à boire.

Eh bien, cela avait été incroyablement facile. Rick se leva, s'assurant d'ajouter un petit balancement supplémentaire dans son pas. Juste au cas où Ian regarderait.

Se tournant pour regarder les jeux disponibles, il se positionna de telle sorte qu'il puisse jeter un œil discret vers la table. Il était à peu près sûr que Ian avait les yeux rivés sur ses fesses. Il savait qu'ils ne feraient rien à ce propos pour l'instant, mais il était agréable de savoir que Ian aimait toujours autant ses fesses qu'il l'avait affirmé quand ils avaient baisé jusqu'à être complètement en nage.

Ensuite, il détourna son attention de l'homme sensuel qui l'attendait pour la reporter sur la sélection de jeux. Il aimait *Les Colons de Catane*, et ce n'était pas un mauvais choix pour un débutant, mais il fallait un minimum de trois joueurs. Pareil avec *Betrayal at House on the Hill*. *Horreur à Arkham* comportait trop de détails minutieux et de règles pour un novice. Oh, minute, *Pandémie*. Parfait. Pas trop de règles, et au lieu de jouer l'un contre l'autre, ils auraient la possibilité de coopérer pour essayer de défaire les pandémies à venir.

Il ne savait pas comment Ian réagissait face à la défaite, mais lui-même avait tendance à exulter quand il gagnait. Il n'était pas tout à fait sûr qu'ils soient assez bons amis pour survivre à cela, du moins pas quand il y aurait seulement un vainqueur et un perdant. Dans un groupe, il était plus facile de jubiler sans susciter de trop lourdes rancunes. Avec *Pandémie*, soit ils gagneraient tous les deux, soit ils perdraient tous les deux, et Rick aimait bien mieux ces probabilités-là.

Le temps que Ian revienne du bar, Rick avait installé toutes les pièces du jeu. Ian était intelligent et il prêtait attention. En un rien de temps, il avait assimilé les règles.

— Est-ce l'un des jeux auxquels vous jouez avec Davy et les gars ?

Ian déplaça la pièce de bois sur le plateau de jeu.

— Oh, oui. Nous y jouons. Comment le sais-tu ?

Il avait peut-être mentionné ses soirées du vendredi avec les gars, voire même qu'ils avaient joué à un jeu de société en passant, mais il ne s'en rappelait pas. Après toutes ces années, cacher le geek qui sommeillait en lui était presque aussi naturel qu'éviter de parler de son enfance.

— Kurt m'a invité à venir plusieurs fois.

La gorgée de bière passa par le mauvais trou et il s'étouffa puis la recracha.

— C'est vrai ?

Rick n'avait aucune idée de ce qu'il devait faire de cette information. Cela voulait-il dire que Ian n'avait aucun intérêt pour les jeux de société et qu'il faisait semblant pour lui faire plaisir ce soir ?

— Ça va ?

Ian était à moitié hors de son siège, prêt à lui faire le Heimlich ou un truc du genre, mais Rick lui fit un signe de la main.

— Bien, bien. J'ai juste avalé de travers.

Ça, ce n'était pas quelque chose qu'il disait très souvent.

— Est-ce que tu veux un verre d'eau ?

— Non, je suis bon pour continuer.

Ça, d'un autre côté, était quelque chose qu'il disait fréquemment. Il but une autre gorgée de bière pour confirmer ses dires.

— Donc, Kurt t'a invité à te joindre à nous pour les soirées jeux ? Comment se fait-il que tu n'aies jamais accepté ?

Bon sang. Ils n'avaient joué que quelques tours et il y avait déjà des épidémies à Miami et Sydney. Rick avait le mauvais pressentiment qu'ils allaient faillir à empêcher la pandémie.

Ian haussa les épaules et ajouta plus de marques d'infection sur le plateau.

— Je sais que tu ne veux pas que les gens pensent que nous sommes en couple, et je ne voulais pas te mettre mal à l'aise avec tes amis, donc j'ai décliné. Bien sûr, il commence à penser que je déteste les geeks, mais tu sais… je ne les déteste pas du tout.

La chaleur dans les yeux de Ian produisit une réaction immédiate dans son aine. Maudit soit-il. Au moins, il n'avait pas encore perdu la partie. Aucune raison pour lui de se lever et de montrer à tout le monde à quel point Ian l'affectait. Ce qui ne fit rien pour mitiger la culpabilité qu'il ressentait quant au fait que Ian ne soit pas venu aux soirées jeux. D'après ce que Rick savait, celui-ci n'avait pas vraiment d'amis homosexuels, et les traumatismes de Rick étaient en train de l'empêcher non seulement de fréquenter le frère dont il était proche, mais aussi d'apprendre à connaître le compagnon de Kurt et de se faire un nouveau groupe d'amis qui avaient davantage en commun avec sa nouvelle vie d'homme ouvertement gay.

— Je suis désolé.

— Que je ne déteste pas les geeks ?

— Non, chéri. De t'empêcher de…

Il n'y avait aucune bonne façon de finir cette phrase. Toute parole sortant de sa bouche le ferait passer pour un connard égoïste.

Ian plaça une paume chaude au-dessus de sa main, l'empêchant d'entamer son prochain mouvement sur le jeu.

— Hé. Ce n'est rien. Pour l'instant, le plus important, c'est que les choses aillent bien entre nous. Mon objectif actuel est de consolider notre amitié. Je te le promets.

Rick hocha la tête.

— Mais c'est très amusant. Quand tu seras prêt, fais-le-moi savoir et je me joindrais à vous pour une soirée jeux.

C'était trop beau pour être vrai, et pourtant, il avait pensé cela plus d'une fois depuis qu'il avait rencontré Ian. Pas une fois Ian ne l'avait vraiment déçu.

— Prêt à aller manger un morceau ?

Rick avait besoin de quelque chose pour éponger la bière ou il pourrait se retrouver à tout simplement emmener Ian chez lui. Ils avaient perdu deux parties de *Pandémie*, mais ils avaient profité de chaque minute. Il avait été surpris de voir à quel point Ian s'était amusé. Et il se sentait encore plus coupable que Ian refuse de se rendre aux soirées jeux à cause de lui, mais la simple pensée de parler de Ian à ses amis rendait sa respiration laborieuse et ses paumes moites.

— La nourriture ici est-elle vraiment si mauvaise ?

— Oui, chéri. Je te l'assure.

Quand ils étaient à l'université, dépenser une fortune dans de la nourriture super salée et à la limite du rassis alors qu'ils jouaient avait été une vraie gâterie, mais dès que Rick avait décroché un vrai travail, il n'avait plus jamais mangé là.

— Où veux-tu manger, alors ?

Ian le suivit alors qu'il rangeait le jeu sur l'étagère.

— *Chez Lettie* ? proposa Rick.

— *Chez Lettie* ? Je n'y ai pas mis les pieds depuis des années. Nous y allions toujours quand nous étions bourrés. La nourriture est-elle bonne quand on est sobre ?

Rick ne pouvait pas vraiment dire qu'il était complètement sobre, mais *Chez Lettie* était un repaire pour lui et ses amis. Le restaurant était ouvert vingt-quatre heures sur vingt-quatre, faisant de lui l'un des endroits les plus populaires pour les ivrognes qui se faisaient mettre dehors après le dernier appel et ceux avec des gueules de bois naissantes. Puisqu'il n'était pas encore vingt-deux heures trente, la clientèle serait principalement calme.

— Allez viens. Allons-y.

— Je te fais confiance.

— Chéri, tu vas aimer cet endroit. De la cuisine maison comme…, commença Rick avant d'incliner la tête. Enfin bon, tu as une mère dévouée qui a été dans les parages toute ta vie. C'est probablement de la cuisine maison comme tu peux en avoir chez toi, bien qu'elle ne sera sûrement pas aussi bonne. Mais je l'aime.

— C'est tout ce qui m'importe.

Quarante-cinq minutes plus tard, ils étaient confortablement calés dans le coin banquette d'un restaurant brillamment éclairé, décoré façon années cinquante, en train de digérer les restes d'un pain de viande et d'une tourte au poulet. Ian avait une très mauvaise influence sur son régime ainsi que sur la fréquence de ses exercices physiques. Ils devraient bientôt s'envoyer en l'air s'ils ne voulaient pas que Rick ingurgite son propre poids pour cause de frustration sexuelle.

— Je l'admets. C'était sacrément bon.

— Mais pas aussi bon que les petits plats de ta mère, n'est-ce pas ?

— Tu devrais venir à un dîner de famille et le découvrir.

L'adrénaline de Rick monta en flèche à la pensée de croiser à nouveau Madame O'Donnell.

— Euh, non. Tu sais que je ne fais pas dans les trucs de famille.

Ce n'était pas la première fois que Ian avait suggéré qu'il vienne à une réception familiale, mais il laissait toujours Rick se défiler. Comme lors des sorties entre gars, d'ailleurs, mais il n'était pas certain de savoir combien de temps il allait pouvoir continuer ainsi. Même s'il était présenté comme un simple ami, leur discrétion allait en dire long sur leur relation. Il avait toujours refusé d'ajouter des hommes mariés à son répertoire parce qu'il ne voulait pas gérer les secrets inavouables. Pourtant, il était en train de devenir un sale petit secret entièrement de son propre fait, parce qu'il avait insisté auprès de Ian pour qu'il ne parle d'eux à personne.

— Je sais, je sais. Un jour, je t'aurai à l'usure.

Même pas en rêve.

Ian lui sourit et caressa le dos de sa main.

— Pas de truc de famille. Tu n'as pas besoin de le redire. Tu es prêt à y aller ?

— Dans une minute. Je dois juste aller aux toilettes.

Rick se fraya un chemin à travers le dédale de tables jusqu'aux toilettes. Avant qu'il y arrive, une main saisit son bras et le fit se retourner.

— Espèce de sale menteur !

De la bière éclaboussa son bras alors qu'un Oscar ivre et en colère agitait un verre devant lui, son autre main fermée en un poing et armée comme s'il était prêt à envoyer un coup.

— Mais qu'est-ce… ?

— Tu m'as dit que tu n'étais intéressé par rien de plus que baiser. Mais pourtant tu es là, avec un rencard.

Oh, ce n'était pas en train d'arriver. Pas du tout. Il devait pisser, bordel.

— Mais c'est quoi ton problème ? Ce que je fais maintenant n'a rien à voir avec toi.

Oscar planta son doigt devant le visage de Rick.

— Il doit te laisser tranquille, putain. Je t'ai vu le premier. J'ai des droits sur toi.

Des droits ?

— Oscar, combien de putains de verres as-tu bu ?

Oscar vacilla sur ses jambes.

— Pour l'amour de Dieu, tu n'as aucun droit sur moi.

— Ce connard ne peut pas t'avoir.

Oscar jeta son verre à terre où il éclata en une pluie d'éclats et de bière blonde.

Rick gronda, montrant les dents.

— Ne fais pas ça. Tu n'as pas ton mot à dire là-dessus.

Oscar ne pouvait pas ruiner ce qu'il avait avec Ian ; il ne le pouvait pas.

— Ta gueule, Rick. Tu ne sais pas ce que tu veux. Tu ne sais pas ce qui est bon pour toi. Ce n'est pas ce mec.

— Oscar, tu as foutrement besoin de dessaouler. Tire-toi d'ici avant que quelqu'un appelle les flics.

Jusqu'à présent, personne ne les avait remarqués. Il n'était pas inquiet à l'idée d'être blessé – il avait suivi plus que sa part de cours d'arts martiaux et d'autodéfense, mais cela ne voulait pas dire qu'un client bien intentionné ou un serveur n'appellerait pas la police.

— Tais-toi, Rick. Tout ce que j'arrive à faire, c'est penser à toi. Boire est la seule chose qui me laisse dormir la nuit.

Les paroles étaient indistinctes mais il ne pouvait se méprendre sur les mots d'Oscar. Il ne voulait pas en être responsable mais il aurait dû remarquer plus tôt qu'Oscar était un mec sérieux. Non seulement ça, mais aussi un mec collant. Et qu'il devenait un parfait connard quand on y ajoutait l'alcool.

— Tu dois partir, Oscar. Tu vas te faire arrêter.

Rick essayait de rester calme et posé, mais cela semblait énerver Oscar. Il jeta un œil dans le restaurant. Personne ne les regardait… encore.

Oscar l'attrapa, ses doigts mordant dans la chair de ses épaules, et le poussa contre le mur. Merde, il devait vraiment aller pisser.

Avec un mouvement trop rapide pour qu'Oscar, bourré, puisse le contrer, Rick leva les bras et brisa sa prise.

Les sirènes qui se faisaient entendre dehors auraient pu se diriger dans leur direction. Ce n'était probablement pas le cas, mais il allait s'en servir.

— Bon Dieu, Oscar, les flics arrivent. Tu ferais mieux de te tirer d'ici ou ils vont t'arrêter.

Quelque chose dut pénétrer dans le cerveau embrouillé par l'alcool d'Oscar, parce que ses yeux s'agrandirent de panique. Il tourna les talons et s'en alla en vacillant.

Ian se montra alors qu'il était en train de se frotter les épaules.

— Tout va bien ? Ça fait un moment que tu es parti.

Rick continuait de se masser les épaules.

— Ouais, je viens juste de croiser Oscar. Je ne l'avais pas revu depuis la fois où il m'avait apporté des fleurs après que je lui ai dit que c'était terminé entre nous. Il était un petit peu saoul et… agressif.

— Est-ce que tu vas bien ? Tu veux appeler la police ? Ou devrais-je simplement aller lui mettre une raclée pour toi ?

La dernière question le fit sourire.

— Je ne voudrais pas remettre ta virilité en question, chéri, mais Oscar est un mec costaud.

— Ne me sous-estime pas. J'ai trois frères et l'un d'eux est flic. J'ai appris quelques mouvements.

Ian se gonfla un peu et Rick n'aurait jamais admis avoir un léger fantasme incluant Ian et Kurt en train de se battre ensemble. Pour la première fois, il comprit pourquoi les mecs voulaient toujours que Jon et lui se pelotent.

Une bonne chose qu'il ne soit pas prêt à accompagner Ian à l'une de ces réunions de famille. Le rouge écarlate ne lui allait pas au teint et il avait très peur de piquer un sacré fard la prochaine fois qu'il verrait Ian et Kurt ensemble.

— Je vais bien.

Rick se frotta l'épaule.

— Tu en es sûr ?

Ian leva le bras pour toucher le point qu'il venait juste de masser.

— Il m'a agrippé un peu fort. Ce n'est rien.

— Il t'a agrippé ?

Cette fois, Ian lui parut sombre et menaçant. Et tellement excitant.

— Hé. Ce n'était rien. Il était énervé que j'aie arrêté de le voir. Mais il était saoul. Je te promets que ça n'arrivera plus.

Il l'espérait.

— D'accord, si tu en es certain… Allons-nous-en d'ici.

Une crampe violente lui traversa la vessie et il réalisa qu'il avait oublié pourquoi il était venu jusque-là au départ.

— Euh, oui. Donne-moi juste une minute.

Rick tourna les talons et se précipita dans les toilettes.

— Je ne peux pas y aller. Arrête de me harceler avec ça.

Rick vola une frite dans l'assiette de Jon. Il n'en commandait jamais mais en piquer quelques-unes ici et là ne devrait pas avoir d'effet négatif sur sa ligne.

— Et d'abord, tu fais du sport combien de fois par semaine pour être capable de manger des BLT [7] et des frites quand tu veux ?

Jon tira son assiette loin de Rick.

7 Sandwich très populaire aux États-Unis, composé traditionnellement de trois tranches de bacon, de feuilles de laitue et de tranches de tomate, d'où le nom BLT pour Bacon, Laitue, Tomate. (NDLT)

— Interdiction de toucher à mes frites si tu continues de détourner la conversation. Tu vas à la fête d'anniversaire d'Erin.

Rick reporta son attention sur son saumon grillé.

— Non, je n'y vais pas. Tu sais que je ne fais pas dans les trucs de famille.

Il avait eu sa dose de famille à la pendaison de crémaillère de Kurt et il n'avait pas envie de se retrouver à nouveau dans cette situation.

— Kurt est ton ami et veut que nous soyons présents à l'anniversaire de sa sœur. C'est un gros événement. Plus important encore, Davy veut que nous soyons là. Ne veux-tu pas t'assurer que la famille de Kurt le traite comme il faut ?

— Waouh, mon chou. La culpabilité était exactement ce qu'il fallait pour me convaincre. Maintenant je veux vraiment y aller !

Rick leva les yeux au ciel et vola une autre frite.

— Les affaires de famille ne sont pas ma tasse de thé non plus ; tu le sais très bien.

Rick le savait. Être reniés par leurs familles parce qu'ils étaient homosexuels avait été l'une des premières raisons pour lesquelles ils avaient accroché quand ils s'étaient rencontrés au club de strip-tease, tant d'années plus tôt. Jon était l'ami le plus proche qu'il ait jamais eu, mais il ne lui avait jamais confié toute l'étendue de ses problèmes familiaux. Il n'en avait pas eu besoin. Il ne restait aucune famille à Jon et Rick s'était déjà résigné à ne pas en gagner une par l'intermédiaire d'un ami. Quand Jon l'avait présenté à Davy, aucun d'eux n'avait eu d'histoires de famille à raconter. Rick s'était installé dans une existence très confortable, entouré d'amis et de quelques potes avec lesquels il couchait. Il s'était battu pour avoir une carrière lui procurant un sentiment d'accomplissement et de fierté. Il avait toujours supposé que la vie continuerait de la même façon que durant ces dernières années. Rien n'avait laissé présumer qu'il y aurait des obstacles sur sa route. Pas de nids de poules, pas de lézardes et pas de déviations sur la route qu'il empruntait.

Puis il avait fallu que Davy parte et se trouve un compagnon avec des parents ainsi que six frères et sœurs qui semblaient tous anormalement impliqués dans la vie de leur fils ou de leur frère. Cette famille ne cessait de déborder dans la vie de Rick. Et il n'aimait pas ça.

— Alors pourquoi y aller ? Je n'ai jamais rencontré Erin. Pourquoi tout le monde voudrait-il que je me rende à sa fête d'anniversaire ? Selon moi, c'est simplement bizarre.

Une autre frite trouva son chemin jusqu'à la bouche de Rick.

— Bien. Petit un : dois-je commander plus de frites ?

— Seulement si tu le veux, chéri.

C'était la meilleure manière de sous-entendre que oui, parce qu'il ne devrait pas manger de frites et n'allait pas admettre qu'il en voulait.

Jon secoua la tête et fit un signe au serveur. Jon le connaissait un peu trop bien, semblait-il. Après que le serveur fut parti, Jon reprit exactement là où il s'était arrêté.

— Petit deux : n'écoutes-tu pas Kurt ? Ce n'est pas comme si nous allions nous immiscer dans un petit dîner de famille intime. C'est plus comme une grosse fête au bar des O'Donnell. Il y a toujours plein de monde là-bas et Kurt veut que nous y allions. Donc, nous devrions y aller. Si ça se trouve, ça va être sympa.

Sympa. Rick préférerait subir une dévitalisation sans anesthésie, mais s'il n'avait pas une excuse valable comme un enterrement ou un séjour imprévu à l'hôpital, il se retrouverait avec non seulement Jon mais aussi tous les autres sur le dos.

— Ta réticence serait-elle due à un frère O'Donnell en particulier ?

Rick fixa Jon dans les yeux. Jon savait qu'il avait quitté la maison de Kurt deux fois en compagnie de Ian, mais il ne lui avait rien dit à propos de 'l'amitié' que Ian et lui développaient. Tout comme il n'avait pas mentionné l'incident avec Oscar. En temps normal, Jon aurait été la première personne qu'il aurait appelée au sujet d'un truc comme ça. Il n'était pas sûr de savoir pourquoi, mais il n'était toujours pas prêt à mentionner qu'il avait passé du temps avec Ian.

— Non. Pas du tout.

Jon haussa un sourcil blond.

— Tu es sûr ?

— Bien évidemment que j'en suis sûr.

Après être tombé dans une routine de dîners réguliers et de soirées cinéma, il n'était pas inquiet de croiser Ian à cette fête, si ce n'est de sembler trop amical à son égard. Seulement, en parallèle de leur amitié, il développait rapidement un cas de frustration grave. Aucun des avantages n'avait pointé le bout de son nez et, bizarrement, Rick ne s'était pas soucié de chercher un nouveau plan cul régulier pour l'aider à les soulager.

Cela ne l'intéressait tout simplement pas et il se surprenait même à chercher davantage d'activités à faire avec Ian, sachant très bien qu'ils n'allaient pas replonger au lit jusqu'à ce que Ian soit sûr qu'ils soient véritablement amis. Ian avait été assez prévenant pour rester à l'écart des soirées entre amis jusqu'à ce qu'ils soient sûrs qu'il n'y aurait aucune bizarrerie, et Rick supposait que c'était la raison pour laquelle ce n'était pas lui qui l'avait invité à la fête d'Erin. Mais la bizarrerie avec ses amis n'était pas la raison pour laquelle il ne voulait pas aller à la fête. Pas du tout.

— Je n'en suis pas si sûr. Que s'est-il passé entre vous ? Ian avait l'air d'être un chic type. Totalement bandant.

Eh bien, il n'allait pas discuter du fait que Ian soit bandant avec Jon. Pas lorsqu'il n'avait pas été capable d'être lui-même intime avec ce corps depuis bien trop longtemps.

— Très bien. J'irai.

— À la fête ?

— Oui, bien évidemment que je parle de la fête. Tu sais, ce sujet dont nous sommes en train de discuter ? Ton anniversaire approche aussi à grands pas, vieil homme.

Rick échangea leurs assiettes.

— Apparemment, tu as besoin de manger mon saumon, mon chou. Il parait que les huiles Omega-3 font des miracles pour la mémoire.

— Crétin, murmura Jon, mais il commença quand même à manger le saumon de Rick.

Rick fit sauter une autre frite dans sa bouche. L'univers serait injuste, vraiment, si une assiette de frites volées avec dextérité contenait le même nombre de calories que s'il les avait commandées lui-même.

RICK RESTA un peu à l'écart, laissant ses amis ouvrir la marche en traversant le parking qui menait jusque chez *Finn's Frolic*. C'était bien plus grand qu'il s'y était attendu. D'après les dires de Kurt, la pièce du fond était assez grande pour accueillir au moins cinquante ou soixante personnes et il y avait une salle publique à l'avant. Si l'on se fiait au nombre de voitures garées dehors, l'endroit était bondé.

Il avait angoissé sur ce qu'il allait porter. De manière raisonnée, il savait que les O'Donnell étaient tolérants face à la sexualité de Ian et Kurt. Mais il ne pouvait se résoudre à croire que leur bienveillance s'étendrait à sa personne, donc il n'avait pas voulu s'habiller comme s'il sortait en boîte. Personne n'avait jamais de problème à définir son orientation à travers ses tenues vestimentaires. Et histoire de devenir encore plus fou, il *voulait* que la famille de Ian l'apprécie. Il voulait leur laisser une bonne impression.

Il voulait savoir s'ils le traiteraient différemment s'ils pensaient qu'il était plus qu'un ami pour Ian. Comme si ce n'était pas assez, il avait commencé à prendre plaisir à séduire Ian. Rien d'ouvertement provoquant, mais assez pour lui faire regretter son moratoire temporaire sur le sexe.

Jon lui tint la porte ouverte, et il ne put cogiter davantage.

Le *Finn's* était bruyant et rempli de monde. D'après ce qu'il voyait, il s'agissait d'un bar typique. Plutôt conforme à ce qu'il s'attendait à trouver dans un bar-restaurant irlandais. La foule était composée de personnes d'âges et de styles différents mais rien ne laissait penser que ces gens deviendraient soudainement de vrais homophobes et bondiraient de leurs sièges pour le lyncher. Comme on le leur avait indiqué, ils se dirigèrent vers la pièce du fond. Jon donna leurs noms et on les laissa entrer.

Cette salle était aussi comble que celle qu'ils venaient de quitter. Le long du côté droit se trouvaient plusieurs tables de billard et des jeux de fléchettes. Une piste de danse couverte de plusieurs tables occupées se trouvait entre l'entrée et une petite plate-forme surélevée, trop petite pour être appelée une scène. Un peu de place avait quand même été laissée pour danser, mais personne n'en profitait. La partie gauche de la pièce était l'endroit où se situait toute l'action. Un bar en bois démodé s'étendait sur presque toute la longueur de la pièce et près de la moitié des gens étaient rassemblés en petits groupes à portée de main du bar.

Kurt et Davy abandonnèrent leur partie de billard et se dirigèrent vers eux, de grands sourires sur leurs visages.

— Je suis tellement content que vous ayez pu venir, les gars. Venez, laissez-moi vous présenter à tout le monde.

— Tout le monde ? N'avons-nous pas rencontré tout le monde à ta pendaison de crémaillère ?

Jon semblait aussi paniqué que Rick. Kurt se contenta de rire.

— Non, pas tout le monde. Tout événement autre que les fêtes d'anniversaires ne requiert pas la présence de toute la famille. Viens.

Rick les laissa partir et fila tout droit vers le bar. Il réussit à se caler dans un coin derrière deux femmes enceintes qui se ressemblaient vraiment beaucoup. Il devait s'agir des jumelles enceintes que Ian avait mentionnées, mais il n'avait aucune envie de se présenter. Peut-être après un verre de vin ou deux.

Rick commanda du vin blanc et attendit.

— As-tu vu ce mec que Ian a amené ?

Ces mots suffirent pour que Rick s'éloigne du bar et écoute la conversation des jumelles.

— Tellement mignon. Tu penses qu'il y a de la romance dans l'air ?

— Je ne sais pas. Il est peut-être mignon, mais il est également très jeune. Ian dit qu'il s'agit seulement d'un ami.

— Un ami. Je n'y crois pas une seconde. Ian peut appeler ça comme il veut, mais ce Leon n'a qu'une envie et c'est de le dévorer.

Leon ? Ian avait amené Leon ? Rick se rappelait qu'il avait mentionné un ami de son boulot qui s'appelait Leon. Et si sa mémoire était bonne, il était aussi gay.

Un poignard forgé d'agonie et de désespoir lui donna un douloureux goût de jalousie dont il n'avait pas l'habitude, et cela ne lui plut pas du tout.

Le verre de vin arriva et Rick s'en saisit, pas sûr de savoir s'il allait quitter les lieux dans la minute ou s'il allait retrouver Ian pour le lui jeter en plein visage. La partie logique de son cerveau plaida pour garder la raison parce qu'il était celui qui avait insisté pour ne pas avoir d'attaches. Pas d'engagement. Même s'il les avait souhaités, Ian n'était sûrement pas le genre d'homme à les vouloir. C'était tel que cela devrait être. C'était mieux de cette façon.

Son verre en main, il balaya la pièce pour trouver ses amis et se dirigea dans leur direction. La chevelure sombre qu'il aperçut du coin de l'œil appartenait plus que certainement à Ian mais Rick était assez petit. Peut-être que Ian ne le verrait pas dans cette foule.

La main sur son épaule – chaude et familière – le contredit très vite.

— Rick ! Tu as pu venir.

Il pouvait faire ça. Collant un sourire enjoué et pourtant vide sur ses lèvres, il se tourna vers Ian.

— Salut, chéri.

Un léger froncement de sourcils glissa un instant sur le visage de Ian avant que son sourire revienne.

— Comment vas-tu ?

Je suis confus. En colère. Excité. Rick inspecta la chemise bleu pâle impeccablement repassée qui rendait ses yeux électriques, s'accordant à une cravate bleu foncé et un pantalon noir. Ajoutez une veste de costume sur mesure et Rick en aurait joui sur place. Ce qu'il n'allait pas admettre.

— Bien. Et toi ?

Ian sourit largement.

— Tu es superbe, bien que je doive admettre que j'espérais que tu portes la chemise bordeaux extrafine.

Rick lui adressa un rire peu enthousiaste et mit une main sur sa hanche, prenant la pose d'un mannequin.

— Eh bien, ma foi, c'est comme pour les mariages, ce ne serait pas juste d'avoir toute l'attention sur moi, n'est-ce pas ?

En riant, Ian attrapa sa main.

— Viens avec moi.

— J'ai déjà rencontré la majeure partie de ta famille.

Rick ne put arrêter ses mots paniqués.

— Je sais. Viens rencontrer Leon. C'est un ami du travail. Je crois que je t'en ai déjà parlé.

Leon. Bien, d'accord, Rick voulait rencontrer ce type. Il suivit Ian jusqu'à un petit groupe d'hommes près d'un jeu de fléchettes.

À la seconde où ils s'insérèrent dans le noyau d'hommes, Ian lâcha sa main et un jeune homme aux cheveux en bataille rejoignit Ian comme s'ils ne faisaient qu'un.

— Leon.

Ian enveloppa un bras autour d'épaules plus larges que celles de Rick. Il était également plus grand.

— Je te présente mon ami, Rick.

— Ravi de te rencontrer, chéri.

Rick tendit une main, espérant qu'il n'avait pas l'air aussi mal à l'aise qu'il ne l'était.

— Rick. C'est un plaisir de te rencontrer.

Était-ce un rictus de mépris qui accompagnait les mots de Leon ? La légère courbe de ses lèvres aurait pu être un sourire, mais Rick jouait le jeu mondain depuis longtemps, et il était certain que Leon ne ressentait rien de plus que du dédain pour lui.

Bordel de merde. Il était adorable. Virez la chemise et il collait parfaitement à la foule jeune aux corps tonifiés de l'Anaconda de l'autre nuit.

— Ian, est-ce que tu veux une autre bière ?

Ian hocha la tête à l'attention de Leon.

— Oui, bien évidemment.

Il essaya de donner un billet de vingt à Leon mais ce dernier secoua simplement la tête. Pendant un moment, il sembla que Leon allait se pencher et embrasser Ian avant de s'en aller, mais il se ravisa et se dirigea vers le bar.

La conversation s'étendit pour inclure les trois autres hommes qui venaient juste de finir une partie de fléchettes, mais Rick ne pouvait rien faire d'autre que siroter son vin et sourire, le cerveau tout brouillé. Anaconda. Ian avait été à l'Anaconda. Ce qui voulait dire qu'en dépit d'avoir trouvé Rick, il avait dû chercher un homme plus jeune comme Leon. En fait, Rick était probablement en train de regarder l'incarnation du genre d'homme que Ian favorisait.

Tout ce que Rick n'était pas et ne pourrait jamais être. Et il n'avait jamais ressenti ce manque aussi vivement que maintenant. Que Ian ait pu lui mentir était plus douloureux qu'il ne voulait l'admettre. Qu'il ait pu n'être rien de plus qu'un coup facile. Que Ian puisse vouloir qu'ils soient amis, mais n'essaie jamais plus de chercher les avantages – du moins tant que Leon était lui aussi dans les parages. C'était une erreur. Une énorme et grossière erreur. Toutes les choses qu'il avait dites à Ian, croyant en leur soi-disant amitié. Des choses qu'il n'avait jamais dites à personne, même pas à Jon. Il était idiot.

Il scanna le bar des yeux. La sortie de derrière était plus proche que celle de devant. S'il utilisait celle de derrière, il serait plus rapidement dehors et dans un taxi.

— Excusez-moi un instant.

Personne ne l'entendit, et personne ne s'en soucia.

Rick posa son verre de vin sur une table et se dirigea vers le fond de la salle. Peut-être que tout le monde penserait qu'il allait aux toilettes.

IAN N'AVAIT pas été capable de détourner ses yeux de Rick. Ça le tuait de ne pas pouvoir le toucher ou l'embrasser ou le ramener chez lui et le baiser. Jusqu'à ce soir, il avait été certain d'avoir utilisé la bonne tactique. Ils effectuaient déjà des sorties hebdomadaires régulières que Ian appelait secrètement des soirées en amoureux, peu importait l'étiquette 'amicale' qu'il leur collait pour que Rick se sente à l'aise.

Chaque minute qu'il passait avec Rick le faisait se soucier davantage de cet homme blond mystérieux et il avait toute confiance dans la direction que prenait cette relation.

Jusqu'à ce soir.

Rick avait dressé un autre mur et montrait de nouveau ce visage dénué d'émotions à Ian. Il avait ri et souri et Ian doutait que quiconque à part lui ait pu voir qu'il n'y avait pas de réelle émotion derrière cette façade. Pas même quand il regardait Ian. Cela ne pouvait pas être seulement lié à cet événement familial. Bien sûr, la fête d'anniversaire d'Erin était plus importante que la pendaison de crémaillère de Kurt, et de loin. Mais seulement quelques frères et sœurs avaient manqué la fête chez Kurt. Et, aussi submergé que Rick ait été, Ian avait été capable de lire une réelle émotion chez lui.

— Hé, mec !

Dylan lui frappa l'épaule par-derrière et Ian sortit du cercle dans lequel il se trouvait pour lui parler.

— Ils apportent le gâteau. C'est l'heure de la photo.

Oh, la photo du gâteau. Tout comme les anniversaires étaient sacrés, la photo du gâteau était un rite inviolable de la fête d'anniversaire. Il avait légèrement évolué au fil du temps. Il y avait toujours la photo avec ses parents et tous ses frères et sœurs se tenant debout derrière le gâteau. Ensuite le ou la partenaire et les enfants de la personne dont c'était l'anniversaire, puis la famille dans toute son étendue. Si la personne dont c'était l'anniversaire n'avait pas de conjoint ou d'enfants, la famille prenait juste deux photos. Ian sourit.

— J'arrive dans une minute.

Peut-être que lorsque ce serait son tour, il aurait droit à trois photos. Il rejoignit le cercle qu'il venait de quitter pour les prévenir qu'il s'absentait quelques minutes et remarqua que Rick n'était plus là.

— Où est passé Rick ?

Leon jeta un œil derrière eux et fit un geste de la main.

— Sais pas. Par là, au fond. Aux toilettes peut-être ?

Ian serra les lèvres et étudia le fond de la salle. Aucune tête blonde familière ne lui apparut. Les toilettes n'étaient pas la seule chose qui se trouvait à l'arrière. Il y avait aussi une sortie de secours, et la première réaction de Rick face au stress était la fuite.

— Je reviens dans une minute.

Traversant la grande salle, il dépassa les toilettes. Rick pouvait être en train de les utiliser mais s'il avait quitté le bâtiment, Ian n'aurait pas beaucoup de temps pour le rattraper. L'homme était sournois et rapide.

De l'habitude née d'années de pratique, Ian ouvrit la porte, coinça une pièce dans le pas de porte pour éviter de se retrouver enfermé dehors et sortit.

— Rick !

L'homme venait juste de dépasser la zone abritée par des arbres et entrait sur le parking. Mais il s'arrêta quand même et se retourna.

— Quoi ?

— Où vas-tu ?

Rick ferma les yeux un moment et quand il les rouvrit, ils étaient remplis d'un mépris moqueur ; ce regard n'avait pas été dirigé vers Ian depuis leur confrontation à la pendaison de crémaillère de Kurt.

— Chéri, de toute évidence, je m'en vais. Il n'y a pas grand-chose à se mettre sous la dent ici et nous sommes samedi soir. Les boîtes de nuit n'attendent que moi.

Ian serra les dents. Cela faisait des semaines que Rick n'était plus sorti en boîte de nuit les samedis soir ; Ian était bien placé pour le savoir. Le samedi soir était devenu l'un de ceux où ils sortaient ensemble.

— Que s'est-il passé ?

Comme deux charges opposées, Rick et lui s'approchèrent l'un de l'autre.

— Il ne s'est rien passé.

Un léger ricanement déforma les mots de Rick, cachant la blessure qu'il tentait de dissimuler. Blessure que Ian n'aurait pas été capable de percevoir six semaines plus tôt.

— Hé. Quoi que ce soit, nous pouvons arranger ça.

Ian avança dans l'espace personnel de Rick, incapable de supporter la façon prudente dont Rick se tenait, comme s'il voulait s'enfuir ou s'étreindre lui-même mais n'osait faire ni l'un ni l'autre. Il prit le menton de Rick en coupe, lui inclina la tête vers le haut et fit ce dont il avait eu envie depuis des semaines.

La première pression de lèvres fut légère, tendre et douce. Ian eut un instant pour se réjouir du fait que Rick ne s'éloigne pas, ne le réprimande pas d'avoir brisé une règle, n'agisse pas comme un chat acculé. Alors, il arrêta de penser à tout ce qui n'était pas la bouche de Rick, ses lèvres, sa langue, et la direction vers laquelle pouvait mener ce baiser. Embrasser n'avait jamais semblé aussi vital à son existence qu'en cet instant précis.

La bouche de Rick s'ouvrit sous la sienne et Ian en profita, laissant sa langue plonger pour s'entortiller et jouer avec celle de Rick. L'acidité du vin qu'il avait bu disparut après un moment, ne laissant rien d'autre que l'homme derrière elle. Cette nuit serait-elle celle où les avantages entraient en jeu ? Ian avait-il attendu suffisamment longtemps pour le convaincre qu'ils pouvaient être heureux ensemble sur une base plus permanente ? La complaisance de Rick – non, son active participation – le convainquit qu'il avait réussi à apaiser ses peurs d'engagement.

Se laissant porter par le baiser, il fit glisser ses mains du visage de Rick pour l'attirer plus près de lui. Sans directive consciente de son cerveau, ses hanches ondulèrent contre Rick comme la dernière fois qu'ils avaient dansé dans un club. Rick était tellement à sa place dans ses bras. Plus que n'importe quoi d'autre.

Rick le repoussa et Ian trébucha sous cette force inattendue.

Il s'avança à nouveau. Son cerveau reptilien, non évolué, ne voulait rien d'autre que continuer à éprouver du plaisir et n'avait pas tout à fait saisi les événements en cours. Rick était en colère. En colère comme Ian ne l'avait jamais vu.

— Non. Ça suffit.

— Pourquoi ?

Son cerveau reptilien détenait toujours bien trop de contrôle, parce que Ian était bien plus éloquent que ça d'habitude.

— Ne devrais-tu pas être en train de faire ça avec ton *rencard* ?

Cette fois, le ricanement de mépris n'était pas léger, du tout.

— Mon rencard ? Je n'ai pas de rencard.

— Oh, vraiment ? Et qu'en est-il de Leon ?

— Leon ? Tu n'es pas jaloux de Leon, n'est-ce pas ?

Ian n'avait pas eu l'intention de le dire tout haut, mais la possibilité l'avait réchauffé de l'intérieur. Bien sûr, Leon était mignon, mais c'était un bébé. Et même s'il avait eu son âge, il n'était tout simplement pas Rick. Mais la question rendit Rick encore plus furieux.

— Bien sûr que non, répliqua-t-il sèchement. Pourquoi le serais-je ?

Ian n'était pas sûr de la direction à prendre à partir de là.

Après avoir observé ses frères et sœurs attiser l'attention de leurs conjoints, il avait pensé pouvoir maîtriser ce genre de situation à la perfection, mais il ne s'était jamais trouvé dans une relation avant. Et il était certain qu'il n'arriverait pas à débarrasser Rick de sa colère comme il le ferait avec l'un de ses frères.

— Leon est juste un ami.

— Bien sûr. C'est pour ça que tu l'as invité ici.

— Je dis la vérité.

L'antagonisme de Rick était en train d'exalter la colère de Ian, mais il fit son possible pour la contrôler.

— Je savais que Kurt allait t'inviter alors je ne l'ai pas fait. J'ai pensé que cela te mettrait moins la pression, comme c'est un événement familial.

— Oh, vraiment ? Et en quoi est-ce que cela me concerne ?

Ian laissa tomber ses bras en un geste exaspéré.

— Après tout le temps que nous avons passé ensemble ? Je pensais que tu en serais heureux.

— Oh, je t'en prie ! Si tu voulais sortir avec Leon, tu n'avais qu'à me le dire.

— Je ne veux pas sortir avec lui. Leon est un ami.

— Tout comme je suis un *ami* ? Foutaises. C'est pour ça que tu étais à l'Anaconda cette nuit-là. Tu cherchais Leon, ou quelqu'un comme lui.

Vrai, en quelque sorte. Il était allé là-bas parce qu'il s'était dit qu'il trouverait quelqu'un qui n'était pas Rick et ne lui rappellerait même pas Rick, mais le destin avait eu d'autres plans.

— Cependant, je suis rentré avec toi.

— Oh, ne te sacrifie pas pour moi. Tu es libre de chercher de la compagnie où tu le désires. Si l'odeur du Biactol t'excite, fonce. Pas d'attaches, pas d'engagement, tu te souviens ?

Cette fois, le sarcasme concernant le jeune âge de Leon et le sourire dédaigneux sur le visage de l'homme pour lequel Ian était complètement en train de craquer furent la goutte d'eau qui fit déborder le vase.

— Pas d'attaches… Tu te fous de ma gueule ou quoi ? N'as-tu pas encore compris ? Les amis sont des attaches. Être amis est un engagement. Et tu as besoin de te rentrer ça dans le crâne : nous sommes déjà plus que des amis, même sans le sexe.

Les yeux de Rick s'agrandirent comme des soucoupes face à cette explosion de colère et Ian voulut retirer ses mots inconsidérés dès qu'il les eut prononcés.

— Eh bien, je romps ce lien dès maintenant. C'est terminé, Ian. Qu'importe ce que tu as cru voir, c'est fini. Ne m'appelle plus.

Les yeux brillants, Rick carra les épaules.

— Attends, quoi ? Rick, ne…

La porte derrière lui s'ouvrit avec fracas et frappa le côté du bâtiment avec un claquement métallique qui le fit se retourner.

Son père se pencha dans l'ouverture.

— Te voilà, mon garçon. Nous t'avons cherché partout. Rentre, maintenant. Je commence à penser qu'Erin pourrait aussi être enceinte vu la manière dont elle continue à vous attendre le gâteau et toi. C'est l'heure de la photo.

Ian hocha la tête et se tourna pour supplier Rick de revenir à l'intérieur, de lui donner une chance de… faire tout ce qu'il avait à faire pour inverser cette déclaration qui sonnait comme une fin, mais il était déjà parti.

— Allez viens, maintenant. Que fais-tu là dehors, de toute façon ?

Son père jeta un coup d'œil aux environs.

— Humm. C'est un peu envahi par la nature ici. Nous devrons y remédier, peut-être ajouter un peu plus de lumière. Je ne veux pas que quelqu'un pense qu'il peut faire de drôles d'affaires dans le coin.

Ian n'était pas sûr de savoir si son père pensait qu'il avait été en train de faire de 'drôles d'affaires' mais cela n'avait pas d'importance. Rick était parti et son père le tuerait s'il partait maintenant. Résigné, il le suivit à l'intérieur. Son père continua à parler mais tout ce que Ian pouvait entendre, c'était les mots de Rick, en boucle. Fini. Ils ne pouvaient pas en avoir fini. Quelques minutes plus tôt, ils étaient en train de s'embrasser, de s'embrasser comme Ian n'avait jamais embrassé personne d'autre. Il avait été si sûr de Rick. Ils ne *pouvaient* pas en avoir fini.

Ses yeux brûlèrent et il déglutit avec difficulté. Il ne voulait pas avoir à expliquer à tout le monde ce qui était arrivé. Il pouvait faire bonne figure jusqu'à ce que le gâteau soit coupé et faire en sorte de sourire sur commande, même s'il n'en avait jamais eu moins envie de sa vie.

DES RIRES écorchèrent les oreilles de Ian. Même quand il avait recherché des mecs sexy dans la foule en prétendant évaluer les femmes, il avait toujours aimé l'agitation et le bruit du bar. Ça lui avait donné de l'énergie. Bon sang, la salle n'était même pas entièrement remplie, mais le bruit et le nombre de personnes le secouaient comme des coups au corps. Rien de comparable à la blessure presque mortelle que Rick lui avait portée quelques instants plus tôt et dont il absorbait encore le choc.

C'était la première fois qu'il tentait de construire une relation sérieuse et il n'y avait pas de raison que son cœur soit impliqué aussi vite, mais ça devait être le cas. Cette impression de vide dans sa poitrine n'était pas la conséquence d'un simple ego froissé. Avec six frères et sœurs qui ne donnaient jamais de coups métaphoriques, il était habitué aux sensations d'un ego froissé et de sentiments blessés. Cela en était si loin qu'il ne comprenait pas pourquoi tout le monde cherchait à s'installer dans une relation durable. Son échec était presque suffisant pour le renvoyer tout droit dans son placard.

— Allez viens, Ian, il ne manque que toi.

Erin lui fit signe de s'approcher avec un énorme sourire. Une femme ne devrait pas être aussi heureuse de dépasser les quarante-cinq ans mais sa sœur aînée, tout comme leur mère, ne semblait pas se soucier de son avancée en âge. En même temps, aucune d'elles ne faisait le chemin seule. Même si Ian avait sa famille, il venait de rencontrer l'homme avec lequel il serait capable de partager sa vie, d'une façon dont il ne le pouvait avec ses frères et sœurs et ses parents.

Ian s'approcha de la table sur laquelle était disposé un énorme gâteau d'anniversaire. Sans poser de questions ou se plaindre, il laissa ses sœurs le positionner pour les photos, le coinçant dans la famille entre Kurt et Dylan.

— Tout va bien ? murmura Kurt tandis qu'ils se bousculaient pour la photo.

Ian ne put le regarder dans les yeux. Hocher la tête ne lui donnait pas autant l'impression de mentir, donc c'est ce qu'il fit avant de coller un grand et faux sourire sur son visage quand le barman, appelé pour prendre les photos, cria : 'Cheese !'.

Deux flashs aveuglants de lumière blanche plus tard, sa mère frappait dans ses mains.

— Le reste de la famille, maintenant.

Les conjoints et les enfants, désormais tous habitués à cette routine, s'avancèrent dans la foule rassemblée pour se tenir aux côtés de leur propre 'fratrie'. Une main effleura le côté de Ian et il tourna la tête pour regarder Kurt.

La douleur le saisit à la gorge. La main qui l'avait effleuré avait été celle de Davy lorsqu'il se frayait un passage dans le groupe et enveloppait son bras autour de la taille de Kurt.

Ian avait su. Le jour où il avait avoué son homosexualité à sa famille, il avait su qu'il serait le seul à n'avoir personne sur cette photo, mais il n'avait pas su à quel point ce serait douloureux.

S'il n'avait pas commencé à craquer pour Rick, n'avait pas imaginé Rick se tenant à ses côtés, faisant partie du clan O'Donnell, peut-être n'aurait-il éprouvé qu'un léger sentiment de remords et une urgence renouvelée de sortir davantage pour fréquenter des hommes. Le problème était qu'il ne voulait trouver personne d'autre. Il ne voulait même pas aller dans l'un de ses repaires habituels pour tirer un coup. Il faisait une fixation sur un homme qui ne voulait plus jamais le revoir et il ne savait pas quoi faire à ce sujet.

Jetant un œil dans la salle, il remarqua Leon qui se tenait debout auprès de Parker et Ivan. Leon était en train de devenir un bon ami et pourrait lui tenir compagnie en boîte de nuit, mais Ian ne comprenait pas comment Rick pouvait croire qu'il y avait quelque chose entre eux.

Après d'interminables minutes, cette fichue photo fut prise, mais chaque couple fut saisi d'un incontrôlable besoin de s'embrasser. Il tourna les yeux vers la foule réjouie et davantage de flashs se déclenchèrent alors que des photos supplémentaires étaient prises.

Entouré par sa famille et ses amis, Ian ne s'était jamais senti plus seul dans sa vie. Son coming out n'était-il pas supposé avoir réglé tout cela ? Avouer la vérité le concernant n'était-il pas supposé le faire se sentir entier ? C'était un soulagement, bien sûr, qu'il n'ait pas à faire semblant, mais le désir ardent qu'il éprouvait envers Rick ruinait ce qui aurait dû être un moment décisif dans sa vie.

Sa sœur lui tendit un morceau de gâteau sur une assiette en carton et Ian prit une fourchette et en coupa un bout par habitude. Quand il le porta à son nez, le doux parfum sucré du glaçage lui retourna l'estomac. Il reposa l'assiette, la brûlure de son estomac répondant au tourbillon de ses pensées étourdissantes. Le bruit et les rires dans le bar se firent de plus en plus assourdissants. Il devait vraiment se tirer d'ici.

Il se retourna, essayant de se faufiler vers la porte de derrière – de la même façon que Rick s'était échappé – dans l'intention d'éviter toute conversation à rallonge. Leon n'était pas un problème. Il lui suffirait d'envoyer un message de sa voiture ou de chez lui pour l'avertir qu'il était parti.

— Mon cœur, qu'est-ce qui ne va pas ?

Bon sang. Les habiletés psychiques de sa mère montraient toujours leur nez aux moments les plus inopportuns. Ian prit une profonde inspiration. Ses yeux brûlaient et sa lèvre tremblait, mais il réussit à sortir un 'rien' crédible et fort.

— Conneries.

Ian cilla, la surprise prenant le pas sur son énervement pour le rabaisser à un niveau presque raisonnable. Sa mère ne jurait presque jamais et le faisait généralement seulement pour faire valoir un point de vue. Il ne savait simplement pas quel point elle allait soulever maintenant.

— Tu penses que je ne sais pas quand quelque chose ne va pas avec l'un de mes enfants ?

Son regard bleu se déplaça vers Kurt avant de se poser à nouveau sur Ian.

— Même quand il nous évitait, je le savais dans mon cœur. Avec toi juste là, sous mes yeux ? Je peux voir à quel point tu es fragile. Je suis ta mère et je t'aime.

Les oreilles de Ian chauffèrent, un méli-mélo de souvenirs de son enfance où l'amour affiché de sa mère pour toute sa famille les avait tous embarrassés à un moment ou un autre refaisant surface. Mais la sœur dont c'était l'anniversaire avait commencé à ouvrir ses cadeaux et personne ne leur prêtait attention.

Il avait peur de parler. Peur de laisser toute cette émotion inattendue sortir pêle-mêle en se bousculant. Mais sa mère n'irait nulle part avant d'avoir obtenu une réponse.

— Je pense que je viens juste de me faire jeter.

Il ne put réussir à parler plus fort qu'un murmure sec.

Sa mère lui adressa un sourire triste et doux et le regarda dans les yeux.

— Oh, mon cœur. C'est aussi nouveau pour ce garçon que pour toi. Et il a peur.

— J'ai peur aussi.

Elle laissa échapper un petit rire plaintif.

— Certainement pas autant que lui. Crois-moi. Il est adorable, mais quand j'ai parlé avec lui chez Kurt, j'ai cru qu'il allait déguerpir comme un lapin effrayé.

Ian fronça les sourcils et observa Leon, qui n'était jamais allé chez Kurt, n'avait jamais eu une chance de parler à sa mère. Si sa mère était en train de supposer qu'il tombait amoureux de quelqu'un, ne supposerait-elle pas que c'était de Leon ? Il était certain de n'avoir jamais rien mentionné à propos de Rick à sa famille, même si Kurt devait savoir qu'ils avaient couché ensemble plusieurs fois.

Sa mère répondit avec une tape légère sur son épaule.

— Je ne suis pas bête, tu sais. Ce garçon est assez jeune pour être mon petit-fils. J'ai su à la minute où j'ai vu ce délicieux Rick et la façon dont tous les deux vous vous regardiez l'un l'autre.

Il ne devrait jamais douter des pouvoirs de sa mère.

— Il a dit qu'il ne voulait plus jamais me revoir. Je… je…

Ian ferma la bouche, effrayé que ses larmes se mettent à couler en même temps que ses mots.

— As-tu fait quelque chose de stupide ? Comme inviter ce garçon ici ?

Sa mère haussa un sourcil.

— Leon est juste un ami. Et je savais que Rick était nerveux à l'idée que… quiconque pense que nous sommes quoi que ce soit l'un pour l'autre.

Seigneur, il avait l'impression d'avoir à nouveau quinze ans, maladroit et incertain. Ça craignait vraiment.

Secouant la tête, sa mère attrapa sa main et la tint, lui donnant un peu plus de réconfort.

— Je pense que tu tiens beaucoup à ce Rick, mon garçon. Ce qui signifie que tu vas devoir le lui montrer, même si ce n'est pas ce qu'il pense vouloir. Et cela inclut de lui montrer que tu ne vas pas trouver un substitut séduisant simplement parce que c'est plus facile. Tu dois aller le chercher. Te battre pour lui. Régler ça. Faire en sorte qu'il sache que Leon n'a aucune chance, parce qu'aussi sûr que j'ai des yeux pour voir, ce Leon te récupérerait en une fraction de seconde.

D'accord, sa mère n'était pas infaillible. Leon ne l'aimait pas de cette manière. Ian serait capable de le dire. Mais le reste de son conseil… il n'aurait aucune chance avec Rick s'il l'autorisait à couper complètement les ponts. Il devait régler cette histoire. Maintenant.

— Vas-y, mon cœur. Il est encore tôt. Je vais aller t'excuser.

Ian sourit et sa mère essuya une larme égarée qui s'échappait.

— Merci, maman.

— Tu sais que je veux te voir heureux. Vous tous. Rick va te mener dans une poursuite sans fin, mais si c'est lui l'élu, c'est lui, point.

Ian étreignit sa mère et courut vers la porte par laquelle il avait eu l'intention de s'échapper quelques instants plus tôt.

Il franchit la porte précipitamment et était sur le point de se diriger vers sa voiture quand il s'arrêta net et sortit son téléphone. Après avoir envoyé un court message, il se mit à faire les cent pas, attendant une réponse. Sa mère avait dit qu'elle allait présenter des excuses pour lui – se montrer à nouveau au bar ruinerait ses loyaux efforts.

Quelques minutes plus tard, Kurt ouvrait la porte de derrière.

— Mais que se passe-t-il, bon Dieu ?

— J'ai besoin de l'adresse de Rick.

— Quoi ? Pourquoi ?

— J'ai besoin de lui parler. Ce soir. C'est important.

— Il est ici au bar. Parle-lui à l'intérieur.

Ian laissa presque échapper une tirade à propos du manque d'observation de son inspecteur de frère mais, quand il y repensa, son altercation avec Rick et le départ de ce dernier avaient probablement eu lieu vingt ou trente minutes plus tôt. Quarante-cinq minutes, au plus. Il n'y avait pas de raison que Kurt sache que Rick était déjà parti vu le nombre de personnes encore présentes dans le bar.

— Il est parti. Nous nous sommes disputés.

— Ian, mais que se passe-t-il, bon sang ? Rick ne se dispute pas avec les gens. Et toi non plus, pas vraiment.

Cette fois, il fit en sorte de regarder Kurt bien en face. Il laissa transparaître toute sa peur pour que son frère la voie.

— J'ai merdé et j'ai besoin de réparer ça. S'il te plaît.

La tension autour des yeux de Kurt s'adoucit.

— Je ne ferais pas ça si tu n'étais pas mon frère, tu sais ? Rick n'aime pas que les gens sachent où il vit.

C'était étrange, n'est-ce pas ?

— Vit-il dans un endroit qui n'est pas…

Kurt coupa court aux mots de Ian avec un geste de la main.

— Non, mais c'est un petit gars sacrément secret. Tu as bien plus de chance de le voir grimper sur une table et arracher son pantalon que tu en as de le voir simplement laisser entrer quelqu'un dans sa maison.

— Je ne suis pas juste quelqu'un. Je te le promets.

Seigneur. Il devait être plus que 'juste quelqu'un'. Il le devait.

— Alors tu dois me promettre que si tu ne parviens pas à régler ça – quoi que ce soit – tu perdras cette adresse. Rick n'a pas besoin que tu lui fasses des histoires. Compris ?

Kurt devint soudain un officier de police bienveillant mais sévère et, s'il n'avait pas été désespéré d'arriver chez Rick, Ian aurait levé les yeux au ciel.

— Je le jure, je le jure.

Kurt retroussa les lèvres, puis envoya une adresse à Ian par texto. Aussitôt que son téléphone vibra avec le message, Ian étreignit son frère et courut vers sa voiture.

VI

RICK VERROUILLA la porte derrière lui et s'écroula contre elle, haletant. Il se rappelait à peine du trajet jusque chez lui mais il avait conduit comme s'il avait le diable à ses trousses. Se laissant glisser jusqu'au sol, il ramena ses genoux contre sa poitrine et enroula ses bras autour d'eux. Dans la sécurité de sa maison, il laissa les larmes couler, les mêmes larmes qui lui avaient brouillé la vue et lui avaient brûlé les yeux depuis le bar.

Comment Ian avait-il pu lui faire ça ? Il lui avait dit qu'il ne pouvait pas passer leur samedi soir habituel ensemble à cause de l'anniversaire de sa sœur. Kurt l'avait déjà supplié d'y assister en compagnie de Jon et des autres, donc ce n'était pas un problème. Il avait stupidement pensé que Ian ne l'avait pas invité parce qu'il avait deviné que sa famille le rendait nerveux.

C'était vrai. Mais ils tenaient une place importante dans la vie de Ian donc il avait cédé et y était allé. Il avait espéré que ce ne serait pas aussi éprouvant s'il se présentait à la fête en tant qu'ami de Kurt plutôt qu'en tant que pseudo rendez-vous de Ian. Il ne voulait personne en train de spéculer à propos de leur... relation.

Mais Leon avait changé la donne. Retourné tout ce qu'il croyait savoir sens dessus dessous. L'avait fait réfléchir au nombre 'd'amis' que Ian pouvait bien avoir. Et se demander lesquels recevaient les avantages que lui-même devrait recevoir. Quels autres mensonges Ian lui avait raconté.

En l'espace de quelques minutes, il était devenu un idiot jaloux.

Nom de Dieu. Il avait été heureux de passer du temps avec Ian, capable de prétendre qu'ils étaient amis. Sur le point de devenir amis avec avantages. Il s'était même surpris à réfléchir à d'autres activités qu'ils pourraient faire ensemble, aux moyens de passer encore plus de soirées avec Ian. Tout ça sous le couvert facile de l'amitié.

C'est alors que Ian lui avait arraché son bandeau.

Comme s'il appuyait sur une plaie ouverte en essayant de la faire saigner davantage, il laissa les mots de Ian remonter à sa mémoire.

Nous sommes déjà plus que des amis, même sans le sexe.

C'était vrai. Ce qui rendait la décision de Ian d'inviter Leon encore plus inexplicable. Maudit soit-il. Ian avait fait en sorte que Rick s'implique plus qu'il le devrait. Plus que ce qui était prudent. Couper les ponts entre Ian et lui était la chose la plus sage qu'il avait jamais faite, mais pourquoi cela devait-il faire aussi mal ?

Un sanglot se coinça dans sa gorge. Avait-il vraiment dit à Ian qu'il ne voulait plus le revoir ? Il vit le nombre d'heures passées sans lui dans une semaine s'étirer à l'infini. Si seulement Ian n'avait pas fait cette remarque, ils auraient pu préserver leur amitié. Rick aurait pu prétendre qu'il ne se souciait pas autant de lui et Ian aurait pu fournir les avantages qu'il avait promis. Cela n'aurait pas été une relation, mais ça aurait été tout ce que Rick pouvait s'autoriser à avoir. Maintenant, il n'aurait plus jamais le réconfort de sa compagnie.

Il renifla et passa une manche de chemise en travers de son visage pour se sécher les yeux. Le rouge marbré n'était tellement pas une couleur qui lui allait. Pleurer sur un homme. Il n'avait jamais fait ça et il n'avait jamais pensé qu'il le ferait. Il faudrait qu'il ajoute une nouvelle règle. Ne pleurer sur personne.

Aussi raide et grinçant qu'un vieil homme, Rick se remit sur pieds.

Il se débarrassa de ses chaussures et lâcha ses clés dans un bol près de la porte. Puis il marcha, comme un zombie, jusqu'à sa chambre. Il commençait à retirer sa chemise quand son regard tomba sur l'horloge. Était-il sérieusement en train d'envisager d'aller se coucher à vingt-et-une heures un samedi soir ? Un éclair de colère l'aida à enterrer sa tristesse. Et si Ian avait essayé de le rendre jaloux ? La frénésie des boîtes de nuit n'avait même pas encore commencé, et il pouvait sortir pour se trouver un joli minet comme Ian l'avait fait. Lui montrer qu'ils pouvaient être deux à jouer à ce jeu-là. Un regard dans le miroir dissipa cette idée. C'était lui le joli minet. Mais, un ourson dehors en ville... ce serait une magnifique contre-mesure à Leon. En supposant que Rick revoie Ian un jour, bien entendu.

Retournant son placard, il trouva la tenue parfaite. Une tenue provocante qui appelait le sexe. Rick était déterminé à sortir et à ne pas revenir jusqu'à ce qu'il ait partagé un orgasme avec quelqu'un qui ne soit pas Ian. Il avait déjà passé des semaines sans que personne d'autre ne le fasse jouir. Sa main droite n'avait jamais été autant mise à contribution. Ce soir-là, il changerait cela. Il allait commencer un nouveau petit carnet. Que Ian aille se faire foutre de l'avoir empêché de le faire plus tôt.

Devant le miroir, Rick passa une main sur sa chemise bordeaux ultrafine. Accompagnée de son pantalon noir moulant, il était superbe. Une fois qu'il arriverait dans cette boîte, il aurait une bouche chaude autour de sa queue en l'espace de dix minutes ; il aurait pu parier de l'argent là-dessus. S'il y avait quelqu'un ici avec qui parier. Étudiant ses yeux, il constata qu'un peu de marbrures dues à ses larmes persistaient. Il devrait probablement se maquiller un peu.

Des larmes montèrent à nouveau, soudaines et inattendues, quand il réalisa qu'il portait exactement les mêmes vêtements que ceux de la nuit où Ian l'avait convaincu de donner une chance à leur amitié peu orthodoxe.

Il ne pouvait se décider entre pleurer à chaudes larmes ou hurler de colère. Ces émotions contradictoires l'avaient presque envoyé dehors pour baiser un inconnu et il avait l'impression d'avoir été déchiré de l'intérieur. Alors, les larmes rompirent leur barrage et coulèrent le long de son visage, une autre règle brisée, celle-là en un temps record. Foutu Ian. Rick se jeta en travers du lit, reconnaissant finalement qu'il avait perdu le désir de coucher avec n'importe qui d'autre, mais n'osant pas s'autoriser à avoir Ian.

Il était en train de perdre l'esprit. Exactement comme sa mère avait perdu le sien.

DES COUPS exagérés sur la porte d'entrée de sa maison lui firent lever la tête de ses oreillers trempés. Il était peut-être trop tôt pour sortir en boîte, mais il était sacrément tard pour que quelqu'un frappe à sa porte.

D'accord, il avait envoyé un bref message à Jon après avoir quitté le bar en disant qu'il ne se sentait pas bien et qu'il rentrait chez lui. Il n'était pas complètement du domaine de l'impossible que Jon soit venu pour s'assurer qu'il allait bien.

Les coups à la porte s'interrompirent un moment ; puis la sonnette retentit deux fois et les coups reprirent à nouveau. Il essuya ses yeux mais il n'avait aucun moyen de cacher les vestiges de rouge dus aux larmes. Même s'il appréhendait de raconter à quel point il avait été stupide, s'il devait le faire avec quelqu'un, Jon serait son premier choix. Et comme son ami ne semblait pas prêt à partir de sitôt, il pouvait aussi bien faire avec.

Il alluma la lumière extérieure et ouvrit la porte à la volée.

— Jon, je…

Mais ce n'était pas Jon. Ian se tenait dehors, pâle comme un linge, un sourire hésitant ornant ses lèvres pleines et suprêmement talentueuses.

— Que fais-tu ici ?

Le brusque élan de colère causé par le fait que Ian ait ignoré ses souhaits fut rapidement noyé par une vague de soulagement de le voir à nouveau. Ce qui fut d'ailleurs la raison principale pour laquelle il ne lui claqua pas la porte au nez, comme il aurait probablement dû le faire.

Le regard de Ian le balaya des pieds à la tête et son sourire s'évanouit alors qu'il pâlissait davantage.

— Est-ce que tu sors ?

— Je…

Rick ne savait pas quoi dire. Bien qu'il ait fait tout ce qui était en son pouvoir pour éviter d'avoir une relation sentimentale, il sentait qu'il avait réussi à blesser Ian profondément. Le fait qu'il soit rentré chez lui et se soit préparé à sortir dans la foulée devait ressembler à un coup de poignard dans le dos. Blesser délibérément Ian n'était pas quelque chose qu'il voulait faire, peu importait combien Ian le blessait ou l'effrayait.

— S'il te plaît, ne sors pas. Je veux te parler, tout remettre en ordre. Je ne veux pas te perdre. Je ne veux pas en avoir fini. S'il te plaît.

Une rougeur soulignait les yeux de Ian, un signe révélateur prouvant qu'il ne s'en était pas mieux tiré que Rick ces dernières heures. Savoir que Ian tenait tant à lui le réconforta autant que cela l'effraya. Aussi fou que cela puisse paraître, il ne pouvait se résoudre à répéter le même rejet qu'il avait fait au bar. Si parler lui donnait la chance de garder un petit bout de Ian, il le prendrait. Mais une relation sérieuse était hors de question, peu importait ce qu'il voulait.

Son cœur battant furieusement, il recula, laissant Ian entrer chez lui.

Ian répondit à l'invitation muette et entra dans sa maison, mais il ne prit pas la peine de regarder les lieux ou de faire un commentaire sur son intérieur.

— Étais-tu sur le point de sortir ?

La voix de Ian craqua sous la blessure qu'il ne pouvait masquer.

Rick haussa les épaules.

— Non. Pas vraiment. Pendant quelques minutes, ça m'a semblé être une bonne idée.

Prenant son visage en coupe, Ian lui inclina la tête et l'observa attentivement. Rick cilla, ses yeux encore gonflés et fatigués. Ian caressa la peau tendre de ses pouces.

— Tu es parti pour toutes les mauvaises raisons.

La tendresse dans la voix de Ian le fit frissonner.

— Regarde-toi. Nous faisons vraiment la paire, pas vrai ?

Avec un minuscule hochement de tête, Rick acquiesça. Il ne se faisait pas confiance pour parler. Pas encore.

— Aussi magnifique que tu sois dans cette chemise, nous avons vraiment besoin de parler. Y a-t-il un endroit où nous pouvons nous asseoir ?

Un rougissement fit pulser la peau fine gonflée par les larmes. Comment Ian pouvait-il encore le qualifier de magnifique ? Il ressemblait à une épave. Mais Ian avait raison ; ils avaient besoin de parler.

— Bien sûr.

Pleurer avait rendu sa gorge sèche et sa voix éraillée.

— Suis-moi.

Rick les conduisit dans le séjour où son canapé confortable et luxueux faisait face à la télévision.

— Est-ce que tu veux boire quelque chose ?

De son côté, un peu de courage liquide ne lui ferait pas de mal.

— De l'eau, s'il te plaît.

Reportant leur conversation de quelques minutes supplémentaires, Rick leur apporta un verre d'eau. Même s'il mourait d'envie de boire de l'alcool pour l'aider à traverser cela, il n'avait pas besoin d'être encore plus déshydraté qu'il l'était maintenant.

Quand il revint dans le séjour, il envisagea de s'asseoir dans le fauteuil solitaire sur la droite, mais Ian tapota la place sur le canapé à côté de lui et Rick céda à la requête.

Ian enroula un bras autour de lui, l'attirant plus près. La chaleur de son corps s'insinua en lui, un confort dont il n'avait pas fait l'expérience depuis la dernière fois qu'il s'était réveillé dans le lit de Ian. C'était bon, si bon, mais il n'osa pas s'autoriser à y prendre goût.

Ils restèrent ainsi pendant plusieurs minutes, se touchant simplement. Ils restèrent assis là si longtemps que Rick se demanda même si Ian s'était endormi, alors il remua pour lever les yeux vers lui.

— Je ne sais pas par où commencer, déclara Ian, comme s'il sentait la question de Rick. Leon est un ami. Rien de plus, je te le promets. En fait, je n'ai couché avec personne depuis que je t'ai rencontré. Je n'en ai pas eu envie.

On ne pouvait se méprendre sur l'écrasante sincérité de Ian.

— Moi non plus.

Ce n'était pas un comportement stupide s'ils avaient tous les deux agi de la même manière, n'est-ce pas ? L'étreinte de Ian se resserrant autour de lui fut une garantie suffisante qu'il avait dit ce qu'il fallait, pour changer.

— Je pense que ta réaction à la soirée était due à bien plus que Leon. Je sais que ma famille te met mal à l'aise mais je ne sais pas pourquoi. Je sais que tu es contre les relations sérieuses mais je ne sais pas pourquoi. À mon avis, tu veux être avec moi autant que je veux être avec toi mais quelque chose te retient. J'espère que tu me feras assez confiance pour m'expliquer ce qui se passe. Si je sais quel est le problème, nous avons une meilleure chance de le surmonter ensemble.

— Es-tu certain d'être responsable de clientèle ? J'aurais plutôt dit que tu étais psychologue.

— C'est responsable de clientèle *confirmé*.

Ian lui sourit et déposa un baiser sur sa tempe.

— Et même s'il y a certainement un peu de psychologie impliquée dans le fait de garder tout le monde heureux et prêt à accepter les compromis, je pense plutôt que j'ai retenu quelques conseils de mes sœurs. De temps en temps, je les écoute vraiment.

L'expression de Ian se fit sérieuse.

— Mais tu es en train de tergiverser. Ne me fais-tu pas confiance ? Peu importe le reste, nous sommes toujours amis. S'il te plaît, dis-moi ce qui te fait si peur.

Le cœur de Rick manqua un battement. Il voulait le dire à Ian. Il n'avait jamais raconté cette histoire à quelqu'un, jamais. Jon en connaissait une partie mais, quand il avait rencontré Jon, ils venaient tous deux de vivre une expérience brutale et s'étaient rapprochés grâce à cela sans jamais demander à connaître les détails de leurs vies passées.

— J'ai peur de moi, murmura-t-il.

La tendresse confuse dans les yeux de Ian lui donna du courage, mais il ne pouvait raconter cela et s'inquiéter de sa réaction à chaque mot, alors il se cala contre lui, face à l'écran de télévision noir.

— Mes parents ont vécu une vie de couple marié très explosive. Je réalise maintenant que ma mère avait dû présenter des symptômes précoces de maladie mentale. Bipolaire, peut-être. Ils continuaient d'avoir des aventures chacun de leur côté, puis se disputaient l'un avec l'autre à cause d'elles, puis ils se remettaient ensemble et les choses se calmaient pendant un moment avant que le cycle infernal recommence. Je n'étais rien de plus qu'un effet secondaire. Un accident. Ils étaient trop impliqués dans leur propre drame pour s'inquiéter de l'effet que cela avait sur moi. Mais ce n'était pas si mal. Du moins jusqu'à ce que j'aie… quatorze ans. Je savais déjà que j'étais gay et je ne réussissais pas vraiment à le cacher à l'école. J'ai été un peu harcelé, pas tabassé, heureusement, mais il n'y avait aucun endroit… calme où je me sentais en sécurité. Mes parents n'étaient pas enchantés par mon orientation sexuelle mais ils étaient si enfermés dans leur monde qu'ils ne s'en préoccupaient pas vraiment.

Rick s'interrompit le temps de reprendre sa respiration et de rassembler ses pensées.

— Quelques jours avant la fin de l'année scolaire, mon père est rentré à la maison et a dit à ma mère qu'il s'en allait. Cette fois, il éprouvait des sentiments pour sa maîtresse et refusait de la laisser tomber pour la vie chaotique qu'il menait avec ma mère. Elle n'a pas été capable de l'accepter, alors elle a attrapé un couteau de cuisine et l'a poignardé sept fois.

Ian haleta de surprise et le serra plus fort contre lui. Jusqu'à cet instant, Rick s'était attendu à un rejet. Du dégoût, peut-être. Enfin, cela pouvait toujours arriver – il n'avait pas encore fini – mais il était reconnaissant que Ian soit près de lui.

Les doigts de Rick devinrent froids et engourdis alors qu'il essayait désespérément de ne pas se rappeler du sang. Des yeux sans vie de son père. Il frotta ses mains contre ses cuisses, espérant que la friction aiderait.

Ian saisit les mains de Rick de sa propre main libre. Comparée à celles exsangues de Rick, celle de Ian était aussi brûlante contre sa peau que le soleil.

— Qui… je veux dire… comment…

Rick comprit ce que Ian voulait savoir.

— Un voisin a entendu les cris et a appelé la police. Je suis rentré de l'école pour trouver ma maison encerclée par des voitures de police, des camions de pompiers et une ambulance. Je suis arrivé au moment où ils sortaient mon père sur un brancard. D'abord, j'ai pensé qu'il avait peut-être fait une attaque. Jusqu'à ce que je rentre et voie tout le sang.

Il prit son verre d'eau et en avala une gorgée. Même après tout ce temps, le souvenir le rendait nauséeux. Il s'éclaircit la gorge. Aucune raison de parler de l'épreuve du procès et de son année perdue à l'école.

— Ma mère a été déclarée inapte à être jugée et a été internée.

— Et tu avais quatorze ans ? Que t'est-il arrivé ?

Rick haussa les épaules.

136

— À ce moment-là, j'avais quinze ans. Mon seul parent était la sœur de mon père. Elle a fait son devoir de bonne chrétienne et m'a accueilli chez elle, mais elle détestait ma mère d'avoir tué son frère. Et elle me détestait d'être le fils de ma mère. J'ai été autorisé à rendre visite à ma mère – c'est ma tante qui m'amenait – mais elle voulait seulement savoir pourquoi mon père ne venait pas la voir.

— Tu veux dire qu'elle ne savait pas qu'elle l'avait tué ? Comment est-ce possible ?

— Je suppose qu'elle a bloqué ce souvenir. Aucun des médecins ne voulait me dire quoi que ce soit et, après qu'elle s'est suicidée, je n'étais plus capable de parler pour découvrir le pourquoi du comment.

— Je suis tellement navré, Rick. Attends… tu n'étais plus capable de parler ? Tu veux dire que ta tante refusait de te laisser poser des questions ?

— Non, je ne pouvais vraiment plus parler. Le traumatisme, je suppose. S'il n'y avait pas eu cette conseillère à l'école, qui suivait une formation pour devenir orthophoniste, j'aurais pu ne jamais m'en remettre.

Sa tante n'avait été que plus heureuse qu'il ne soit plus capable de poser de questions ou de se plaindre.

— Donc c'est pour ça que tu as choisi cette profession ?

— Oui. Ce n'était peut-être pas entièrement éthique de sa part de me soigner alors qu'elle était en train de se former, mais quoi qu'ait prétendu ma tante, elle ne s'en souciait pas assez pour me faire aider ou dépenser de l'argent, et j'étais trop frustré et gêné pour chercher de l'aide par moi-même. Mes amis se sont tous éloignés durant le procès et je n'avais personne à part Mademoiselle Abernathy. J'ai eu de la chance qu'elle m'aide parce que, dès que j'ai obtenu mon diplôme, ma tante a décidé qu'elle avait fait son devoir envers son neveu gay et m'a jeté dehors. Parler était une nécessité pour trouver du travail. J'ai déménagé à Toronto et j'ai commencé une toute nouvelle vie.

Il n'était probablement pas utile de lui dire qu'il avait encore de temps en temps des attaques de silence, généralement déclenchées par des femmes comme la mère de Ian, qui essayaient de le materner.

— Inutile de préciser que je n'ai pas eu les meilleurs modèles en ce qui concerne les relations sentimentales et que je n'ai pas vraiment de respect pour le concept de famille.

Ce qui était une façon polie et diplomatique de dire que les familles l'effrayaient complètement.

— Je ne sais pas quoi dire. Je n'en avais aucune idée.

Rick patienta, s'attendant à ce que Ian s'en aille. Dieu savait que lui le ferait. Il n'y avait aucun moyen que Ian se soit attendu à ce que Rick ait un tel bagage émotionnel, si énorme et infini. D'une minute à l'autre, il réaliserait qu'il avait eu les yeux plus gros que le ventre et s'en irait. Même s'il ne partait pas, il restait toujours un dernier clou à enfoncer dans le cercueil de leur relation. Jusqu'à ce que Ian effectue ce dernier pas pour partir, il profiterait du confort de ses bras. Ses plans cul n'étaient pas très câlins. Sauf Oscar, et ça avait toujours été plus étouffant que réconfortant.

Ils restèrent assis en silence, l'oreille de Rick pressée contre la poitrine de Ian, écoutant le battement stable et apaisant de son cœur.

Ian remua et Rick se recroquevilla sur lui-même, se préparant à un nouveau rejet alors que Ian s'en allait. Il fut légèrement choqué de se retrouver assis entre ses jambes, le dos appuyé contre sa poitrine, alors que Ian s'adossait lui-même contre le haut accoudoir de son canapé.

Les mains chaudes de Ian frottèrent ses bras de haut en bas et, pendant un moment, Rick attendit qu'il bouge. Heureux au-delà de toute mesure de découvrir qu'il avait tort, il se réinstalla contre Ian qui enroula ses bras autour de la poitrine de Rick.

— Je suis tellement désolé que tu aies dû traverser ça. Je ne sais pas si j'aurais survécu, mais tu n'as pas seulement survécu, tu… tu es si fort. Drôle, adorable, avec une brillante carrière… Je n'aurais jamais deviné.

Fort ? Brillante carrière ? Ian devait être en train de parler de quelqu'un d'autre.

— Merci de t'être confié à moi. Je te comprends beaucoup mieux maintenant et, même si cela va me prendre un certain temps de tout assimiler, il y a une chose que tu as dit qui me laisse perplexe. Tu as dit que tu avais peur de *toi*. Qu'est-ce que ça veut dire ?

Ses yeux le brûlant, il cligna plusieurs fois des paupières pour éloigner les larmes alors que ses membres commençaient à trembler. C'était spécifiquement pour éviter de se retrouver dans cette situation, ou même d'y penser, qu'il avait établi des règles mais il avait déjà tellement donné à Ian qu'il pouvait tout aussi bien aller jusqu'au bout. Il ne pouvait pas continuer à fréquenter Ian sans que ce dernier sache exactement dans quoi il s'aventurait. Ce ne serait juste pour aucun d'eux, pas si Ian désirait plus d'une relation que ce que Rick pouvait lui donner.

— Je suis le fils de ma mère. Et si je faisais la même chose ? La maladie mentale peut être héréditaire. Qu'arrivera-t-il si ma jalousie se transforme en une rage meurtrière ? Je ne peux pas prendre ce risque.

Rick se redressa sur le canapé. Il ne pouvait pas faire ça. Il ne pouvait pas compromettre la vie de Ian de cette manière. Pas même si cela signifiait que son propre bonheur devait être sacrifié.

— Tu devrais partir maintenant. Nous ne devrions plus nous voir.

Rick se leva et s'éloigna, tournant le dos au canapé, avant d'enrouler ses bras autour de lui. Ils n'étaient même pas un pauvre substitut de la force des bras de Ian, mais les bras de Ian allaient partir pour ne plus revenir.

— Non.

Rick se retourna.

— Comment ça, non ?

— D'accord, je comprends pourquoi tu as peur. Mais je n'ai pas peur. Pas de toi. Je n'ai rien vu qui me conduirait à penser que tu es dangereux. Et je ne veux pas partir. Je pense que tu es la bonne personne pour moi. Et je ne crois pas que l'infidélité sera un problème. J'ai baisé un tas d'autres mecs et aucun n'a jamais signifié quoi que ce soit pour moi. Je ne veux pas retrouver cette vie. Je veux construire une vie avec quelqu'un. Quelqu'un qui me comprenne, quelqu'un avec qui j'aime passer du temps, quelqu'un qui m'excite tellement que je pourrais jouir rien qu'en l'embrassant. Je veux que ce quelqu'un soit toi et j'ose penser que tu le veux aussi, et que c'est la raison pour laquelle tu m'as raconté tout ça. Tu me fais confiance avec ton passé, et je te fais confiance pour ne pas me blesser. Ça va marcher, Rick. S'il te plaît, donne-nous une chance.

Ce devait être un rêve. Il était impossible qu'un homme comme Ian signe pour ça.

— Tu es sûr ? Je ne peux pas… je ne suis pas sûr de me faire confiance. Tu risques ta vie en acceptant cela.

Ian se rapprocha et Rick tomba dans ses bras comme s'il était né pour s'y trouver.

— Je suis prêt à mettre ma vie en jeu et, d'après moi, c'est un bon pari. Le meilleur. Mais si tu es inquiet, tu peux toujours parler à un professionnel. Il n'y a pas de honte à demander de l'aide. Même si tu as les mêmes prédispositions que ta mère – ce dont je doute – je suis certain qu'il y a des traitements disponibles et bien plus efficaces que ceux qui existaient il y a vingt ans. Nous pouvons surmonter cela.

— D'accord, murmura-t-il.

Ian se pencha légèrement en arrière pour regarder dans les yeux de Rick.

— D'accord ? D'accord, quoi ?

Rick le voulait plus que tout au monde et si ça ne fonctionnait pas, il ne savait pas ce qu'il ferait.

— D'accord, donnons une chance à cette relation.

Le sourire de Ian était une vision magnifique et il lui donna l'espoir que peut-être, juste peut-être, cela pourrait fonctionner.

— Tu ne le regretteras pas.

Mais ses peurs n'étaient pas apaisées aussi facilement.

— Pouvons-nous… pouvons-nous rester discrets pour l'instant ? J'ai toujours eu une piètre opinion des relations sérieuses et je ne veux pas avoir à m'expliquer sur ce sujet avant de m'assurer – de nous assurer – que cela fonctionne.

— Tout ce que tu veux, bébé. Nous pouvons garder ça pour nous pendant un temps. Mais tu dois me promettre que tu assisteras à une réunion familiale en tant que petit ami. Même si ce n'est pas tout de suite, je veux que ma famille sache ce que je ressens pour toi.

— D'accord. Oui, je peux travailler là-dessus.

Il ne ressentit même pas le besoin de faire une remarque sarcastique sur le fait d'être appelé *bébé*. En temps normal, il détestait ça, mais étrangement, cela ne le dérangeait pas venant de Ian.

— Et nous sommes exclusifs. C'est seulement nous.

Rick inclina la tête.

— Je le veux. Vraiment. Mais que savons-nous de la fidélité ?

— Était-ce difficile pour toi de ne pas coucher avec d'autres gars ?

Il réfléchit à la question.

— Eh bien, non.

— Pour moi non plus.

— Mais comment pouvons-nous être certains que ce sera toujours le cas ?

Ses parents avaient sûrement pensé qu'ils seraient fidèles l'un envers l'autre lorsqu'ils s'étaient mis en couple, mais c'était complètement parti de travers.

Ian haussa les épaules.

— Nous ne le pouvons pas. Tout ce que nous pouvons faire, c'est essayer.

Il s'interrompit un moment.

— Écoute, si cela devient trop dur, nous devons faire en sorte d'en discuter. Je peux te promettre ça. Nous discuterons avant d'en arriver au point de tromper l'autre. Qu'est-ce que tu en dis ?

Oui, bien sûr, c'était une promesse qu'il pouvait tenir.

— Ça me paraît bien.

Sentiments, promesses, relation amoureuse et règles brisées. Rick aurait dû être complètement mort de trouille. Au lieu de ça, il voulait juste dévorer Ian.

— Maintenant, mon adorable petit ami…

Un délicieux frisson remonta le long de sa colonne vertébrale aux mots de Ian, son sexe se remplissant et pressant contre sa braguette. Il était le petit ami de quelqu'un. À trente-cinq ans, il était un peu vieux pour être pris de vertige comme un étudiant, mais il ne pouvait réprimer son excitation.

— Oui ?

Ian pinça ses mamelons, qui avaient pointé quand son sexe s'était durci.

— Je crois que j'ai besoin de te montrer à quel point j'adore quand tu portes cette chemise. Où est ta chambre ?

Un léger froncement de sourcil entacha l'instant.

— À moins que… est-ce que c'est trop rapide ? Est-ce que tu veux attendre ?

Si c'était possible, Rick était encore plus excité maintenant.

— Oh non, pas question !

Le sourire de Ian revint et il attira Rick plus près, pressant leurs lèvres ensemble.

Rick gémit et écarta les lèvres sous la langue curieuse de Ian. Il n'avait jamais su ce qu'il ratait en n'embrassant pas ses partenaires – mais après tout, peut-être que seules les lèvres de Ian pouvaient provoquer ces émotions chez lui.

Il leva les mains pour les poser sur les joues de Ian. La sensation de mouvement sous ses paumes était étonnement érotique, comme quand un mec le suçait. Mais c'était meilleur. À la fois plus doux, plus chaud et plus délicieux. Sa légère barbe crissa sous ses doigts et il voulut la sentir contre son ventre, contre son gland et contre son visage quand Ian s'introduirait en lui.

Mais prendre le temps de dire à Ian où se trouvait la chambre signifierait perdre le plaisir intoxicant de ses baisers. Au lieu de ça, il l'encouragea à reculer, le dirigeant vers le lit en le guidant avec son corps.

IAN DEVAIT rêver. Rick avait accepté de leur donner une chance. Bien sûr, il voulait garder leur relation secrète, mais après tout ce qu'il avait traversé, Ian ne pouvait l'en blâmer.

Maintenant, Rick était en train de l'embrasser comme s'il ne voulait jamais s'arrêter. Ian n'était pas sûr de vouloir s'arrêter non plus mais, bon sang, il voulait une autre chance d'explorer le corps nu de Rick. Il n'avait pas pleinement profité de ce corps les deux premières fois et il n'allait pas refaire la même erreur.

L'arrière de ses jambes heurta le lit. Enfin.

Il les fit pivoter et poussa Rick en arrière sur le lit. Leurs lèvres se séparèrent et Ian en ressentit la perte comme celle d'un de ses membres.

Baissant les yeux sur Rick, étendu contre les draps bleus, son sexe palpita dans son jean. Son petit ami – qu'il aimait utiliser ce mot – était si foutrement sensuel.

Il fit courir un doigt sur le visage de Rick, survolant le col de la chemise vers ses mamelons érigés, si visiblement tentant ; la finesse du tissu ajoutait quelque chose de délicieux. Tout était offert à la vue de Ian et pourtant, il se languissait toujours de la peau nue. Après avoir légèrement effleuré ces pointes durcies, il fit glisser sa main le long de la légère ligne de boucles qui cheminait de son nombril jusqu'à son aine. Rick portait son pantalon assez bas pour dévoiler un soupçon de la toison coupée court au-dessus du tissu. La tentation de glisser les mains sous cette ceinture et de tirer, libérant ainsi le sexe de Rick, était presque irrésistible.

Rick se moquait peut-être que Ian fonde sur lui et déchire ses vêtements pour s'adonner au plaisir d'une relation sexuelle sauvage et animale. Et Ian pouvait toujours succomber à ce désir, mais il voulait que leur première fois en tant que couple soit un moment mémorable – spécial. C'était peut-être pathétique et sentimental mais il ne pouvait s'en empêcher. Sa mère croyait en l'amour avec un grand A et elle avait élevé tous ses enfants pour qu'au moins ils le respectent, à défaut de le vouloir. Il s'avérait qu'ils le voulaient tous, même s'il n'avait jamais imaginé que ce serait son cas.

Il tempéra son désir intense et chevaucha Rick. Ses bras le soutenant de chaque côté du corps de Rick, il baissa la tête et aspira doucement les lèvres douces qui s'offraient à lui. Rick gémit et le laissa ouvrir la voie avec de tendres baisers. Un éclat de barbe dorée sur la mâchoire de Rick l'appela, alors il déplaça les lèvres sur la légère rugosité, grignotant la ligne forte de cette mâchoire avant de frotter leurs joues l'une contre l'autre. Cette fois, le grondement de plaisir était le sien.

Se déplaçant vers la peau tendre du cou de Rick, il la mordilla et la suça doucement, Rick se tortillant et haletant sous lui.

— Plus fort, demanda Rick.

— Ça va laisser des marques, dit Ian, bien que son sexe ne vît aucun inconvénient à cette opportunité.

— Bien.

Avec un grondement, Ian ouvrit la bouche sur le cou de Rick et suça. Le long gémissement bas qui déchira sa gorge le fit presque jouir dans son pantalon. Bordel, c'était si excitant !

Reculant, il observa la marque rougie et une sensation inhabituelle de fierté le remplit. C'était sa marque sur son petit ami et la notion primaire du 'mien !' qui résonna dans son cerveau était indéniable.

Il ne pouvait attendre plus longtemps. Il commença par les boutons de la chemise de Rick, les défaisant un à un et léchant la peau révélée par le tissu qui s'entrouvrait.

Rick tenta de le déshabiller mais Ian glissa plus bas sur son corps et replaça les mains de son amant sur le matelas. Au lieu de rester étendu en laissant Ian faire tout le travail, Rick plaça ses doigts dans les cheveux de Ian et caressa son cuir chevelu. Il n'y avait aucune pression, aucune intention de sa part d'essayer de le diriger, seulement la vague impression d'avoir besoin de le toucher en retour.

Ian plaça une main sur le ventre de Rick et écarta les doigts, libérant ainsi son torse du dernier bout de tissu pourpre. Avec la peau dorée de Rick dévoilée au regard de Ian, le rosissement d'excitation qui tachait sa poitrine et son cou était facilement visible.

Il se pencha à nouveau pour embrasser le chemin de boucles blond foncé sous son nombril. Sa gorge reposant contre la bosse dure et chaude de son érection piégée, il lécha le bas de son ventre. Les doigts se contractèrent dans ses cheveux à ce délice prolongé, tirant vigoureusement à chaque fois que Ian trouvait un point sensible.

Finalement, la chaleur et le parfum musqué du sexe de Rick devinrent irrésistibles. Ian était désespéré de libérer son propre sexe et supposait que Rick éprouvait ce même besoin.

Faisant courir sa langue sous la ceinture de son pantalon, il trouva la tête nue et moite de son sexe. Ils gémirent en tandem à la connexion langue-queue. Si Rick n'était pas sur le point de jouir pour *lui*, Ian se serait peut-être un peu mis en colère en découvrant qu'il ne portait pas de sous-vêtements sous son jean.

Il s'assit et ouvrit le pantalon de Rick d'un coup sec, se réjouissant de l'érection qui se trouva soudainement libérée.

— S'il te plaît, murmura Rick.

— Alors comme ça, un quelconque inconnu mérite que tu ne portes rien là-dessous ?

D'accord, il était possible qu'il soit toujours un peu en colère.

Au lieu d'avoir l'air penaud, comme Ian s'y était attendu, Rick lui adressa un sourire malicieux.

— Je ne portais rien chez *Finn's*.

Ian en resta bouche bée et il frissonna. Si les choses s'étaient passées différemment ce soir-là, et s'il avait su que Rick était délicieusement nu sous son pantalon, il aurait très bien pu prendre Rick contre le mur du bar de ses parents.

— Oh, mon Dieu. Je suis si heureux de ne pas l'avoir su.

Rick fronça les sourcils. Ian se rappela ses paroles et réalisa qu'elles n'étaient peut-être pas sorties aussi flatteuses qu'il l'avait voulu.

— Je voulais seulement dire que je n'aurais pas été capable de te résister. J'aurais voulu te mettre la tête la première contre le mur pour pouvoir m'enfoncer en toi.

Rick se tortilla un peu, comme s'il venait de s'imaginer exactement le même scénario. Les doigts de Ian se resserrèrent impatiemment sur les hanches de Rick, se réjouissant de voir la manière dont ses mots le faisaient s'agiter et provoquaient l'apparition de minuscules perles de fluide sur la fente qui surmontait sa queue.

— Je vais te préparer, tu as du lubrifiant ?

La peau rosée de Rick s'empourpra davantage et ses yeux volèrent vers la table de chevet ou se trouvait un petit sachet contenant plusieurs lubrifiants, certainement préparé pour tenir dans sa poche quand il était venu au bar. Ian sourit au plan soigneusement pensé de Rick et attrapa le sachet. Il retira complètement le pantalon de Rick et lui écarta les jambes en grand avant d'appliquer un peu de liquide sur ses doigts et de transformer ses mots en action.

— Mais s'il n'y avait pas eu de lubrifiant, je me serais mis à genoux, j'aurais écarté tes fesses et utilisé ma langue pour t'ouvrir bien comme il faut.

Un gémissement d'agonie quitta les lèvres de Rick et Ian eut un large sourire. Oh oui, il allait adorer essayer *cela* plus tard. Pour l'instant, il arrivait à peine à se retenir de ne pas arracher son pantalon pour plonger en lui. Il ne se maîtrisait plus assez pour rendre Rick complètement dingue de plaisir de cette façon, même s'il semblait qu'éviter toute friction contre sa queue fasse plutôt du bon travail.

Il s'essuya les doigts sur son jean, se fichant de devoir le laver plus tard, et plongea la main dans sa propre poche pour en sortir un emballage carré qu'il plaça sur l'estomac de Rick.

— Ensuite, j'aurais sorti mon préservatif très utile et l'aurais roulé sur ma queue.

Ian ouvrit son jean et tira la fermeture d'un coup sec. Un boxer noir comprimait son sexe dur et il repoussa la ceinture sous ses bourses, libérant son érection massive. Il ouvrit l'emballage du préservatif en un temps record et l'enfila. Il positionna les jambes de Rick sur ses bras, les soulevant et les écartant en même temps.

— Puis, je glisserais directement à l'intérieur.

Le dernier mot de Ian fut à peine plus qu'un grognement, la sensation d'être pressé dans l'étroite chaleur de Rick agréable au-delà du supportable. Rick se tortilla, essayant de faire en sorte que Ian s'enfonce davantage en lui ou d'obtenir un contact sur sa queue – quoi que ce soit, cela envoya la dernière once de contrôle de Ian aux oubliettes.

Il se retira et s'enfonça brusquement, encore et encore. Rick grogna mais vint à la rencontre de chaque poussée, la sueur rendant leur peau glissante.

— Touche-moi, bon sang !

Cependant, Ian conservait toujours une minuscule pointe de volonté, alors il sourit à Rick en ignorant délibérément sa demande. Rick aurait pu enrouler une main autour de son propre sexe mais, comme pour la plupart des choses jusqu'à présent, ils étaient sur la même longueur d'onde. Le sexe de Rick appartenait entièrement à Ian et ils le savaient tous les deux.

Il modifia l'angle de ses poussées et Rick montra les dents.

— Ian, bon Dieu !

Rick serra ses muscles internes de frustration.

Soudain, le précipice que Ian côtoyait depuis quelques minutes apparut devant lui et il ne put se retenir d'y plonger. Ses hanches tressautèrent de façon incontrôlable alors qu'il se vidait en Rick, un bruit blanc dans les oreilles alors que le corps de son amant tirait de lui un orgasme hallucinant.

Sans force, il se laissa tomber sur Rick. Quand son esprit s'éclaircit quelques secondes plus tard, Rick était en train de chercher une friction contre le corps de Ian, son corps entier vibrant de son proche orgasme. Ian secoua la tête et glissa prudemment hors de Rick, qui le maudit et envoya son poing contre son épaule.

— J'étais si près, bordel, Ian.

Ian ne prit pas la peine de répondre, il ouvrit simplement la bouche et avala le sexe de son amant sur toute sa longueur en un mouvement fluide.

Son partenaire laissa échapper un sanglot étouffé et poussa, sa queue tressautant et crachant sa jouissance salée dans la gorge de Ian, qui avala chaque goutte puis embrassa la pointe gonflée de son sexe avant de se déplacer pour se blottir contre Rick.

— Connard, murmura Rick entre deux respirations laborieuses.

— J'en conclus que tu ne veux pas recommencer ?

— Bien sûr que si. Connard.

Ian sourit contre la nuque de Rick, se gorgeant du parfum de l'homme satisfait et en sueur.

— Tu sais, tout à l'heure, quand j'ai dit que j'étais heureux de ne pas avoir su que tu ne portais pas de sous-vêtements…

Il s'interrompit et, comme il s'y attendait, Rick se raidit dans ses bras.

— Eh bien, si je l'avais su, cette soirée aurait pu se dérouler un peu différemment, et j'aurais pu être enfoncé jusqu'aux couilles dans ton adorable petit cul quand mon père est venu me chercher.

Rick se tint coi, comme s'il n'était pas sûr de savoir comment répondre, mais ensuite il commença à rire. Ian se mit à rire avec lui et ils firent trembler le lit à la force de leur hilarité.

— Oh, mon Dieu. Il accepte peut-être ton orientation sexuelle mais je doute qu'il veuille te voir en train de baiser un homme devant lui.

Ian renifla de dérision.

— Je t'en prie. Il ne voudrait voir aucun de ses enfants baiser qui que ce soit. Surtout pas à l'extérieur de son bar où nous pourrions faire fuir des clients potentiels ou avoir besoin de quelqu'un pour payer notre caution. Peu importe que tu sois un gars ou une fille, j'aurais eu droit à un sermon sur la protection et le respect de mon partenaire.

Rick rigola et se tourna pour lui faire face.

— Peut-être que nous devrions essayer de le faire la prochaine fois. Ça pourrait être excitant.

— Bien entendu, voyons ! Excitant pour toi, peut-être. Tout ce que tu veux, c'est voir mon père me remonter les bretelles.

— Peut-être.

Le haussement d'épaules nonchalant ne trompa pas Ian une minute. Rick aurait adoré voir ça. Mais même s'il voulait donner à Rick tout ce dont il avait besoin pour être heureux, il n'était pas sûr de pouvoir se résoudre à être surpris – par n'importe lequel des membres de sa famille – en train de baiser.

Il se leva lorsqu'une sensation de fraîcheur sur sa queue lui rappela qu'il portait encore le préservatif.

— Salle de bain ?

Rick s'étira avec la grâce d'un chat avant d'indiquer la porte à sa gauche.

Quand il revint, Rick n'avait pas bougé, ne s'était pas couvert. Ian aurait pu être d'attaque pour un second tour mais, après toute cette agitation émotionnelle, il était épuisé. Il rampa dans le lit et attira son amant contre lui comme s'ils avaient passé toute leur vie à dormir en cuillère ensemble.

— Pas de départ en douce cette fois, c'est compris ? Nous sommes ensemble.

— Même si personne ne le sait ?

— Même si personne ne le sait. Cette relation est pour nous, et nous pouvons édicter nos propres règles sur la façon dont elle devrait se dérouler.

— D'accord, très bien, chéri. Je promets de ne pas filer en douce de ma propre maison.

Rick se blottit dans ses bras.

Le contentement endormi émanant de Rick le réconforta sur le fait qu'il n'était pas du tout ennuyé de s'endormir avec un petit ami. Avec son premier petit ami.

RICK S'AGITA dans les draps au bruit que faisait Ian en utilisant la salle de bain. C'était étrange et plaisant à la fois. Le jour s'étirait devant eux et ils n'avaient rien d'autre à faire que se donner mutuellement du plaisir. Une journée à paresser avec son petit ami. Rick n'avait jamais imaginé qu'un jour comme celui-ci arriverait, principalement parce qu'il ne s'était jamais attendu à avoir un petit ami. Ils s'étaient réveillés tard après une nuit chargée en émotions et Ian avait eu à cœur de le baiser jusqu'à ce qu'il en perde la raison, encore. Rick n'était rien de plus qu'une nouille molle ce matin. Une nouille molle qui se sentait étonnamment légère. Entre les orgasmes, l'acceptation de son passé par Ian et la certitude que ce dernier avait envie de construire quelque chose en prenant en compte les traumatismes de Rick, se trouvait un contentement libérateur et intense.

Bien qu'il ait eu d'autres mecs dans son lit, il n'avait jamais autorisé aucun d'eux à dormir ici ou à passer la nuit. Si des mecs restaient, il n'y avait plus d'échappatoire et cela créait une intimité implicite. Et Rick n'avait jamais voulu l'entretenir. Dormir avec Ian avait été différent de ce à quoi il s'était attendu. Il s'était senti en sécurité, à l'aise et détendu. Et il n'avait pas l'intention de s'en priver plus longtemps.

Ian voudrait-il rester les week-ends à partir de maintenant ? Cela ne dérangerait pas Rick et il aimait son chez lui. Il pourrait envisager de rester chez Ian mais, en toute honnêteté, il ne pouvait pas promettre de ne pas s'enfuir à l'aube s'il dormait là-bas. Ian serait certainement furieux s'il partait de cette manière et Rick commençait à apprécier cette relation qu'ils avaient entamée. Pour continuer dans la bonne direction, il allait devoir convaincre Ian que les nuits passées ensemble devaient se dérouler chez Rick.

Ian revint de la salle de bain, entièrement nu et la peau chauffée par sa douche. Il se glissa dans le lit, l'haleine fraîche et mentholée, et Rick fronça les sourcils.

— Chéri, tu as amené une brosse à dents ? Sache que d'habitude je ne suis pas un homme si facile à mettre dans son lit.

Parce que c'était bizarre, n'est-ce pas ? Comment Ian aurait-il pu être certain que Rick n'allait pas lui claquer la porte au nez ou appeler les flics la nuit précédente ?

— Donne-moi le bénéfice du doute, *chéri*.

Ian mit une petite pointe d'ironie dans ses mots.

— J'ai utilisé ton dentifrice et mon doigt. Cependant, si cela ne t'ennuie pas, je pourrais avoir l'utilité d'une brosse à dents ici, voire même d'un rasoir.

Il lui fallut un moment pour analyser ses sentiments à ce sujet. Étonnamment, cela lui semblait aussi sensé que de laisser Ian passer la nuit ici. Il devait remercier son petit ami pour ça. Faire en sorte qu'ils deviennent d'abord amis avait fait des merveilles pour rendre tout cela acceptable. Mieux qu'acceptable. Agréable.

— Je pense que ce serait bien.

Ian sourit, un sourire doux qui le fit paraître plus jeune et pas aussi dur qu'il en avait souvent l'air. Puis, sans se préoccuper du fait que Rick ne s'était pas encore brossé les dents, Ian l'embrassa.

Rick rompit le baiser avant que celui-ci ne s'approfondisse. Il avait rendez-vous avec la douche et sa brosse à dents avant qu'ils remettent le couvert.

Son estomac gronda alors qu'il sortait du lit et il s'arrêta un moment. Ian rit et l'attrapa au niveau de la taille, embrassant son ventre vide.

— Va te doucher. Je vais essayer de nous préparer un petit-déjeuner.

Ian lui donna un autre baiser sur le ventre avant de lui mettre une claque sur les fesses.

— Vas-y.

Quelque peu déconcerté, Rick se retrouva dans la salle de bain, se préparant à sauter dans la douche. Personne ne lui avait jamais fait le petit-déjeuner avant. Une fois encore, c'était probablement un avantage réservé aux hommes qui acceptaient de passer la nuit avec leurs conquêtes, ce que Rick n'avait jamais fait jusqu'à maintenant.

Il se doucha avec un grand sourire. Le fait d'avoir un réel petit ami semblait prendre une tournure des plus intéressantes. Il refusait de céder à la peur bien ancrée en lui qui lui soufflait que ceci n'était rien de plus que le calme avant la tempête. Il avait traversé assez de tempêtes. Ne méritait-il pas enfin un peu de soleil dans sa vie ?

Au lieu du pantalon de survêtement qu'il portait généralement pour traîner chez lui, Rick enfila un simple bas de pyjama noir. Le survêtement ne faisait pas parti du style qu'il montrait au monde et il était un peu réticent à l'idée de partager un autre de ses secrets avec Ian si rapidement, même mineur.

Propre et rafraîchi, il s'aventura dans la cuisine.

Ian se tenait devant la cuisinière, vêtu uniquement de son jean et, étant donné que Rick avait débarrassé l'homme de son caleçon seulement quelques instants plus tôt, il n'y avait rien sous ce denim usé et excitant.

— Hé, mon grand.

149

Rick s'installa à côté de Ian et passa une main le long d'un très beau biceps et sur un pectoral plutôt agréable. Ian n'était pas démesurément musclé mais il était svelte, en forme et tellement sensuel.

Ian attrapa sa main avant qu'elle puisse l'explorer plus au sud.

— Salut, toi. Rien de tout ça pour l'instant.

Il se pencha et embrassa Rick pour apaiser la piqûre de ce qui sonnait comme un rejet.

— Pourquoi pas ?

— Parce que je ne veux pas que tu meures de faim. La nourriture d'abord, ensuite…

Ian fit un geste obscène absolument magnifique que Rick n'eut aucun mal à interpréter comme un anulingus. Le sang se précipita dans son aine et il ne fut pas tout à fait certain de pouvoir manger alors qu'il tremblait d'un pur désir refoulé.

— Euh. Ne pouvons-nous pas sauter le petit-déjeuner ?

— Non. Tu as besoin de garder ton taux de sucre élevé, mon cœur. Pas de malaise pendant l'acte sexuel.

Ian remua les œufs dans la poêle.

Rick allait protester quand l'odeur des légumes sautés et des épices frappa son nez et que son estomac gronda à nouveau, plus fort qu'avant.

— D'accord. D'accord, nous pouvons manger d'abord, je suppose.

Ce ne serait pas un si grand sacrifice. Pas si ces œufs étaient aussi bons que leur fumet le laissait présager.

Ian sourit.

— Assieds-toi avant de maigrir à vue d'œil.

Comme si ça pouvait arriver. Il devrait faire encore plus d'exercice pendant la semaine pour avoir manqué sa séance de sport du jour.

— Qu'est-ce que tu veux faire aujourd'hui ? demanda Ian alors qu'il servait les œufs dans deux assiettes. Le marché fermier, les films…

En temps normal, supposer qu'ils allaient passer la journée ensemble l'aurait poussé à chercher des excuses, mais Rick lui sourit simplement en retour.

— Je ne sais pas. Je… ne pense pas que je suis prêt à sortir quelque part.

Même s'il appréciait énormément la nouveauté de cette première relation sentimentale, il n'était pas prêt à la partager avec le monde.

— Que penses-tu de simplement rester ici ? Nous pourrions regarder des DVD, proposa Ian.

Oui, il pouvait faire ça. Simple, amusant et profiter simplement de la compagnie de l'autre d'une façon qui leur – que *Rick* – leur avait empêché de faire avant ce jour-là avec ses règles.

— Bien sûr. J'ai un tas de films.

Ils mangèrent en silence pendant quelques minutes, Rick bien trop affamé pour faire plus que complimenter Ian et le remercier d'avoir cuisiné. Cependant, avant qu'il ait fini, Ian posa sa fourchette et l'observa pensivement.

— Quoi ?

— Accompagne-moi au mariage de mon frère ? Viens rencontrer ma famille ?

Les doigts de Rick tremblèrent suffisamment fort pour que lui aussi repose sa fourchette.

— Je ne sais pas, chéri.

— S'il te plaît. C'est un petit début. Tu n'as pas besoin d'y être présenté comme mon *petit* ami. Nous pouvons dire que tu es juste un ami. Mais je veux au moins que tout le monde sache que tu es aussi *mon* ami, pas seulement celui de Kurt. Je ne veux pas te pousser mais je déteste ne pas pouvoir parler de toi aux personnes que je connais. Je déteste que Kurt puisse te revendiquer comme un ami et pas moi. Je veux pouvoir dire aux gens à quel point tu es formidable et combien nous nous amusons ensemble. Un jour, je veux pouvoir dire à tout le monde ce que tu représentes pour moi, et c'est un petit pas vers ce jour.

Ce jour mythique, loin dans le futur, semblait ensoleillé et rempli d'arcs-en-ciel et Rick ne pouvait s'empêcher de le vouloir aussi. S'il se mettait en couple avec Ian, il devrait apprendre à interagir avec sa famille. Un mariage pouvait être l'occasion idéale pour commencer. Tout le monde serait trop occupé pour lui accorder trop d'attention.

— D'accord. Très bien. Nous allons essayer. Mais assure-toi de n'utiliser que le mot 'amis'. Je ne suis pas prêt à admettre plus que ça.

Ian lui adressa un grand sourire heureux et recommença à manger. Étrangement, Rick avait conservé son propre appétit, même après avoir accepté de se rendre à un événement familial effrayant. Lui aussi reprit sa fourchette pour finir les œufs délicieux de Ian.

À la seconde où son assiette fut vide, Ian la récupéra ainsi que la sienne et les déposa dans l'évier.

— Prêt ?

— Je suppose, oui. Tu veux choisir le premier film ?

Ian leva les yeux au ciel.

— Nous ferons ça plus tard. Nous avons un autre engagement.

La confusion dura jusqu'à ce que Ian fasse son geste obscène pour représenter l'anulingus et Rick se retrouva au point où il en était avant le petit-déjeuner – si excité qu'il pouvait à peine le supporter.

IAN NE pouvait s'arrêter de sourire. Le film était un policier excessivement dramatique en noir et blanc. Il n'était pas trop mauvais mais ne lui donnait certainement aucune raison de sourire. C'était l'homme recroquevillé à côté de lui, aux légers ronflements attestant de son épuisement, qui en était la raison.

Son pauvre homme adorable. Ian avait mis toute son expérience dans le programme qui avait suivi le petit-déjeuner et il avait usé Rick de la plus sexy des façons. Sa mâchoire brûlait un peu et Rick avait été déterminé à suivre leur plan de paresser et de regarder des films.

Ian avait passé des semaines à travailler pour se trouver exactement là où il était maintenant, et il voulait hurler au monde qu'il avait convaincu Rick qu'ils pouvaient être bien ensemble. Et ils l'étaient.

La chose encore plus incroyable était que Rick s'était confié à lui. Maintenant qu'il savait ce par quoi il était passé, il comprenait pourquoi il avait été aussi méfiant toutes ces années. Mais la méfiance n'était pas une raison pour être seul et Ian allait le lui prouver.

Toute l'angoisse que Ian avait connue en cachant sa sexualité toutes ces années… eh bien, ce n'était pas rien. Cela avait été émotionnellement dommageable à sa façon, mais Rick traversant ces épreuves pour devenir aussi fort et autonome qu'il l'était… Ian admirait le courage de son nouveau petit ami plus que jamais. S'il y avait une chose qu'il voulait montrer à Rick, c'était qu'il pouvait compter sur lui. Parce qu'il ne voulait pas qu'une part de pizza, il la voulait en entier. Il voulait tout avec Rick et, plus que jamais, il croyait qu'ils pouvaient l'avoir.

Maintenant, s'il pouvait juste convaincre Rick de participer à l'une de ses réunions de famille – et ne pas s'enfuir d'effroi devant sa mère – il pourrait lui montrer que toutes les familles n'étaient pas si mauvaises. Après tout, il avait passé sa vie entière avec la sienne et elle était plutôt géniale.

Il caressa le bras de Rick et essaya de se concentrer sur le film, mais c'était trop tard. Il n'avait plus aucune idée de ce qui se passait sur l'écran et était plus attiré par le corps chaud de Rick qu'il ne l'était par le polar.

152

Ce qu'il voulait vraiment savoir, c'était si Rick le laisserait rester encore une nuit après qu'il avait récupéré un costume chez lui pour se rendre au travail le lendemain matin. D'ici ce soir, ils devraient tous les deux avoir suffisamment récupéré pour s'amuser à nouveau.

Des lèvres déposèrent de doux baisers sur sa peau ; il baissa les yeux.

— Salut, toi.

— Salut.

Rick lui rendit son sourire sous un désordre sauvage de cheveux blonds. Quel homme stupéfiant.

— La sieste était agréable ?

Légèrement déconcerté, Rick hocha la tête.

— Désolé, j'ai manqué une partie du film.

— Hé. Tu n'as pas manqué grand-chose.

— Maintenant, je suis encore plus désolé. Tu aurais dû changer de film.

Ian haussa les épaules.

— Il n'était pas déplaisant et je ne voulais pas te réveiller. Est-ce que je t'ai dit que tu avais une maison superbe ?

— Non, mais merci.

L'étage supérieur de la maison était peut-être un peu grand pour une personne seule mais Rick en avait fait un espace confortable. Transformer le rez-de-chaussée en un bureau pour ses consultations était une bonne idée et il pouvait à peine croire que Rick ait réussi tout ça par lui-même.

— Je parie que la cheminée rend cette pièce vraiment douillette en hiver.

— Effectivement.

— Elle a juste besoin d'une œuvre d'art sur le manteau.

Les planches de bois nues appelaient à hauts cris un portrait ou un tableau abstrait.

— Est-ce qu'il y a également une cheminée en bas dans ton bureau ?

— Oui, mais pas dans la salle où je rencontre mes patients. J'ai vraiment eu de la chance de trouver un endroit qui possédait encore une cheminée, et encore plus une au premier étage. La plupart sont démolies quand ces endroits se transforment en appartements.

— C'était un appartement ?

— À l'origine, il s'agissait de deux maisons à étage mitoyennes. Ensuite, l'étage supérieur de chaque maison a été transformé pour en faire quatre appartements. J'ai d'abord acheté l'une d'elles et, quelques années plus tard, la seconde. J'ai seulement ajouté une porte entre les deux au rez-de-chaussée, mais j'ai détruit les murs qui séparaient les appartements au premier étage et rénové l'intérieur.

— Incroyable. Tu as fait un travail fantastique.

Mais il n'avait pas eu l'intention d'entamer une discussion sur l'architecture. Il prit une inspiration. Mis à part quelques plaisants souvenirs, il avait eu beaucoup de temps pour réfléchir.

— Est-ce que je peux te poser une ou deux questions ?

Le sourire endormi de Rick se dissipa alors qu'il se raidissait. Déjà, Ian pleurait la perte de cette chaude étreinte.

— Oui, chéri, je suppose que tu peux.

Ian grinça des dents. Il commençait à détester ces petits noms, parce qu'il avait appris qu'ils étaient un mécanisme de défense que Rick portait comme un bouclier. Chaque fois que Rick les utilisait avec lui, il savait qu'il devait avancer prudemment. Non pas qu'il blâmait Rick pour sa réticence. Il entremêla ses doigts aux siens.

— Qu'est-il arrivé après que tu es parti de chez toi ? Je sais que tu t'es construit une carrière formidable. Tu possèdes une superbe maison. Comment as-tu fait ? Ne te méprends pas, je suis émerveillé, impressionné et en admiration totale. Je suis juste curieux.

Rick détourna la tête. Pendant un instant, Ian s'attendit à ce qu'il s'éloigne complètement de lui, mais il se contenta de lui serrer la main plus fort.

— Ma situation n'était pas aussi sordide que tu l'imagines. J'ai contracté des prêts gouvernementaux pour payer mes années universitaires et j'ai subvenu à mes besoins en étant barman dans un club de strip-tease.

Ian cligna des yeux pendant un moment. Il ressentit un tiraillement viscéral dans le creux de son estomac en imaginant Rick sur scène, un chapeau de cowboy sur la tête, arrachant une paire de jambières amovibles.

— Oh.

— Je ne te mens pas. Le propriétaire a essayé de me faire me déshabiller plusieurs fois mais cela ne m'intéressait pas. Je me faisais assez d'argent en étant barman.

— Non, ce n'est pas ça, j'étais juste en train, hum… de t'imaginer en train de te déshabiller.

Rick jeta un coup d'œil vers lui et dut lire ses pensées sur son visage.

— Oh. J'ai bien sûr appris beaucoup en observant. Et j'ai dépanné Jon avec quelques-uns de ses numéros.

— Jon ?

— Oh, oui. C'est comme ça que je l'ai rencontré. Il se déshabillait dans le même club où j'ai été engagé en tant que barman.

Ian hocha la tête. Cela ne le surprenait pas. Jon était un mec attirant, bien qu'il ne le soit pas autant que Rick.

— Est-ce que tu as un chapeau de cowboy, à tout hasard ?

— Mmmh. Tu n'es qu'un petit pervers, n'est-ce pas ? Je devrais être capable d'en dénicher un. Si tu es gentil.

Le sourire malicieux de Rick réveilla sa queue encore plus.

— Plus sérieusement, continua Ian en inclinant la tête de Rick vers lui pour pouvoir le regarder droit dans les yeux. Tu sais que cela ne me poserait pas de problème si tu avais été strip-teaseur, n'est-ce pas ? Je suis tellement impressionné par ce que tu as accompli.

— C'est simplement que je n'aime pas en parler. Si ça venait à se savoir, cela pourrait ternir ma réputation et nuire à ma carrière, tu sais. Même si la plupart du temps, je n'étais qu'un simple barman. À peu près tout ce que j'ai fait durant mes jeunes années pourrait porter préjudice à ma carrière.

— Il n'y a aucun préjudice, pour moi.

Le sourire malicieux de Rick revint, accompagné d'un regard suspicieusement brillant. Ian choisit de ne pas faire de commentaire, principalement parce que Rick le poussa et l'embrassa et que Ian eut mieux à faire que parler.

VII

Ian se sécha et enroula la serviette autour de sa taille. Des bras glissèrent autour de sa taille par-derrière, des lèvres se pressant contre sa colonne vertébrale.

Il se retourna et embrassa Rick. C'était exactement ce dont il avait rêvé dès qu'il avait envisagé sortir du placard. Il ne s'était pas attendu à ce que Rick accepte une deuxième nuit d'affilée, en particulier parce qu'il avait dû faire éclater la petite bulle dans laquelle ils se trouvaient pour rentrer chez lui et revenir avec un costume pour le travail. Mais au moment où Rick avait accepté, il avait filé avant qu'il puisse changer d'avis et était revenu en un temps record.

Puis ils avaient passé une autre nuit athlétique au lit et Ian n'avait jamais été plus heureux. Il était trop tôt pour penser à emménager ensemble, mais ce petit goût de vie commune était suffisant – Ian allait l'adorer. Cela faisait une énorme différence d'avoir à manœuvrer autour de quelqu'un pour être prêt le matin, une petite danse de couple que Ian appréciait bien plus que le vide de se préparer seul.

Ian passa un doigt sur son menton. Il pouvait partir sans se raser, ce matin-là. Ce qui était une bonne chose parce que, même si le réveil s'était déclenché bien assez tôt pour lui permettre d'aller travailler dans les temps, ils avaient comme qui dirait traîné au lit pendant presque une heure.

— Allons. Je dois me préparer ou je vais finir par être en retard.

Il ne résista pas à l'envie de donner à Rick un autre baiser.

— Je sais. Moi aussi. J'ai un client qui arrive tôt ce matin.

Côte à côte, ils enfilèrent leurs tenues de travail.

Comme s'il s'agissait d'un déguisement, Rick, son clubbeur super sexy, devint Richard Haviland, la version porno soft de Clark Kent. Hyper professionnel et pondéré. Contre toute attente, connaître le corps qui se cachait sous ce fade polo blanc de golfeur et ce pantalon à pinces beige ainsi que les bruits qu'il faisait quand Ian lui léchait les fesses rendaient attirants ces vêtements insipides. Un secret qu'il partageait avec Rick, un secret qu'une grande partie du reste du monde ne connaissait pas.

— Bonjour, M. Richard Haviland. Mon orthophoniste sexy.

Ian poussa Rick contre le mur pour voir s'il pouvait mettre un peu de désordre dans son apparence soignée mais Rick leva une main.

— Oh mon Dieu, Ian. Est-ce que tu portes ça pour travailler ?

Ian baissa les yeux sur le costume vert sombre, le chemise et la cravate noires qu'il portait. Il ne voyait rien qui clochait – pas de taches, pas de plis et tout était bien associé.

— Ça m'arrive, oui, pourquoi ?

— Je pensais que tu travaillais pour *Errant*.

— C'est le cas.

— Mais c'est un site de potins sur les célébrités. Et de paranormal-ou-presque. Je m'attendais à ce que tu portes un jean. Ou un baggy ou un truc dans le même genre. Des tee-shirts de rock.

Ian rit.

— Tu viens de décrire à peu près tous mes collègues. Mais mon département s'occupe de récolter les fonds qui financent le site et paient le personnel. Je n'aurais aucune chance d'amasser la somme d'argent que je récolte actuellement via le revenu publicitaire si je n'enfilais pas la tenue de l'homme d'affaires brillant, au moins les jours où j'ai des rendez-vous avec des clients.

Un regard sombre et pétillant détailla la silhouette de Ian, faisant fléchir son sexe en réponse.

— Ce costume est vraiment très sexy.

La voix de Rick chuta dans un registre plus bas et Ian voulut désespérément ignorer l'heure pour le jeter à nouveau sur le lit. Mais ce n'était pas une possibilité.

— Pareil pour toi, Richard Haviland.

Rick secoua la tête.

— Ne sois pas ridicule. Ce n'est pas sexy.

Ian s'avança plus près.

— Mais je sais ce qu'il y a en dessous et ça rend la chose vraiment très sexy. Je reviens ce soir après le travail et je vais remettre un peu de désordre dans cette perfection artificielle. Te déshabiller jusqu'au string indécent et aguicheur de clubbeur que tu portes et te baiser jusqu'à ce que tu explodes.

Il avait remarqué exactement quel type de sous-vêtements Rick avait mis ce matin-là et il ne correspondait pas du tout à son aspect extérieur.

— Assure-toi de garder ta cravate.

La poitrine de Rick se souleva, ses respirations rapides et lourdes. Il enroula la cravate de Ian dans son poing et l'attira plus près de lui.

Un gémissement plaintif à peine audible lui échappa alors qu'il pensait à tout ce qu'ils pouvaient faire avec la cravate de soie noire nouée à sa gorge. Il s'avança vers Rick, les rapprochant davantage. Il pouvait arriver un peu en retard au travail.

Une sonnerie puissante interrompit ses intentions charnelles.

— Merde. Ian, c'est mon premier rendez-vous.

Le sexe de Ian fit part de son déplaisir mais il s'obligea à s'écarter de Rick.

— Partie remise, M. Haviland ? Après le travail ce soir ?

— Absolument, M. O'Donnell.

Rick lui sourit avant de le contourner.

RICK SIFFLOTAIT pendant qu'il mettait de l'ordre dans ses dossiers. Sa réceptionniste était en congé cette semaine-là, ce qui voulait dire qu'il avait pas mal de travail supplémentaire, mais aussi qu'il n'avait pas besoin de répondre à des questions inquisitrices qui le mettraient mal à l'aise à propos de sa si bonne humeur. Cependant, il n'avait pas menti à Ian. Il n'était pas prêt à ce que tout un chacun sache. Une idée s'était enracinée dans son cerveau : si quelqu'un venait à apprendre qu'ils étaient ensemble, sa nouvelle relation brillante et lumineuse lui exploserait en pleine figure.

Après avoir arrangé les dossiers sur le bureau de Jenny afin qu'elle s'en occupe à son retour, Rick se rendit vers la porte d'entrée pour ramasser son courrier.

Il passa les enveloppes en revue mais rien d'urgent ne lui sauta aux yeux. Au bas de la pile, il y avait une enveloppe opaque en papier Kraft sans adresse. Elle avait dû être poussée directement dans la fente par l'expéditeur mais il n'avait aucune idée de ce qu'elle pouvait contenir.

La curiosité s'emparant de lui, il déchira le rabat de l'enveloppe via le système d'ouverture rapide et en sortit quelques feuilles de papier. Les images couleur emplissaient presque toute la surface des feuilles A4 avec une légende au-dessous écrite à la main qui disait 'je te vois' en lettres rouges majuscules.

Il lui fallut quelques minutes, les yeux fixés sur les images imprimées, avant de comprendre ce qu'il était en train de regarder. Ian et lui, sur le lit, en train de baiser. La nuit précédente. Son cœur palpita dans sa poitrine et il laissa les feuilles s'éparpiller sur le sol. Ses pensées se mirent à cavaler dans toutes les directions alors qu'il essayait de décider ce qu'il devait faire.

Peu importait combien il tentait de réfléchir à d'autres options, la seule chose qui lui venait à l'esprit était d'appeler Ian. Ils formaient un couple depuis moins de quarante-huit heures. Était-ce le genre de choses qu'il pouvait lâcher sur son nouveau petit ami ? Il n'en avait absolument aucune idée mais il avait très envie du type de réconfort que pouvait lui apporter Ian.

Il fixa les images par terre. Il ne pouvait pas les laisser là. Avec des doigts tremblants et gelés, il s'accroupit et rassembla les feuilles pour ensuite les remettre dans l'enveloppe.

Après avoir jeté un coup d'œil à la porte, il s'assit derrière le bureau d'accueil et annula rapidement les deux sessions qu'il était supposé avoir plus tard dans l'après-midi. Ensuite, il prit son téléphone et appela Ian.

— Rick ?

— Euh, salut, est-ce que je tombe mal ?

— Non, pas du tout. Je viens juste de sortir d'un rendez-vous. Qu'y a-t-il ?

— Peux-tu… peux-tu…

Comment Rick pouvait-il lui demander ça ? Il avait passé toute sa vie à tracer son chemin seul. Mis à part quelques fois où ses amis l'avaient aidé, il s'en était sorti par lui-même. Il devrait être capable de gérer cela seul mais, en une très courte période de temps, il avait développé une dépendance envers Ian.

— Rick ? Est-ce que ça va ? De quoi as-tu besoin ?

— Peux-tu venir à la maison ? J'ai reçu un drôle de courrier et… ça me fait un peu flipper. S'il te plaît.

— Bien sûr. J'arrive tout de suite.

Ian mit fin à l'appel et Rick ne put retenir un sanglot de soulagement de ne pas avoir à gérer cela tout seul.

Il éteignit les lumières de son bureau et déverrouilla la porte pour que Ian puisse entrer sans aucun effort de sa part. L'enveloppe serrée dans un poing, Rick se traîna péniblement jusqu'à l'étage et se recroquevilla sur le canapé.

Les minutes s'égrenèrent – il ne savait pas combien de temps mettrait Ian pour arriver ici depuis son bureau ou même s'il avait été capable de partir immédiatement.

Après un temps indéterminé, des bruits de pas résonnèrent dans les escaliers. Ian débaroula par la porte.

— Qu'est-ce qui ne va pas ?

Rick ne bougea pas ; il ouvrit juste la main, laissant l'enveloppe glisser par terre.

Contournant le canapé, Ian ramassa l'enveloppe.

— Qu'est-ce que c'est que ça, bordel ?

— Je ne sais pas. Enfin si, je le sais. Ce sont des photos de nous. En train de nous embrasser. De baiser. Nus. La nuit dernière.

Il ne savait pas ce qui se passait mais ces photos pouvaient ruiner sa carrière. La ruiner. Il travaillait avec beaucoup d'enfants. Leurs parents ne s'étaient jamais souciés de son orientation sexuelle, mais être gay était largement différent de photos de nus. De photos de lui, nu, en train de baiser, pour l'amour du ciel.

— D'où est-ce que ça vient ?

Rick haussa les épaules.

— Je ne sais pas. Je n'ai même pas réalisé que quelqu'un était en train de nous observer.

Ian frissonna.

— L'exhibitionnisme est une chose mais ceci est complètement différent. À ton avis, qui aurait pu prendre ces photos ? Cet Oscar ?

— Honnêtement, je ne sais pas. Il s'en préoccupe certainement plus que je l'avais imaginé mais il ne m'a jamais semblé obsessionnel.

— Nous devrions appeler Kurt.

Une poussée de panique chassa un peu de la léthargie dépressive provoquée par les photos.

— Non. Non, nous ne pouvons pas. Personne n'a besoin de savoir.

Si Kurt était mis au courant, tout le monde saurait. Les photos avaient déjà jeté une ombre sur ce qui avait été l'un des jours les plus heureux de sa vie. Il n'avait pas besoin que des commérages sur Ian et lui se répandent dans leur groupe d'amis et la famille de Ian.

— Rick, je t'en prie, réfléchis-y. Cela pourrait être dangereux.

— Je suis sûr que ce n'est rien. Juste une erreur ou un malentendu. Je vais parler à Oscar.

— Je n'en suis pas si sûr. C'est… une forme de harcèlement. Même si nous n'appelons pas Kurt, avoir un rapport de police archivé pourrait être utile. En particulier vu les choses qui te sont arrivées dernièrement. Il se peut qu'elles soient liées.

Quoi ? Aucune chance qu'Oscar soit un harceleur. Aucune chance.

— Non. Je suis sûr que c'est un simple malentendu.

Il devait simplement faire en sorte qu'Oscar efface toutes les copies de ces photos. Il ne pouvait pas permettre qu'elles soient dévoilées publiquement ou sur Internet. Il devrait changer de putain de nom encore une fois alors qu'il s'était vraiment attaché à Rick Haviland.

Ian s'assit à côté de lui.

— D'accord, mais je t'en supplie, ne va pas le voir seul. J'aimerais être présent si tu es d'accord. Je pense toujours qu'un rapport de police serait sage.

— Oscar était un bon gars. Il ne mérite pas un casier judiciaire si c'est une simple erreur.

— Ça ne pourrait être personne d'autre, si ?

La pensée que n'importe qui ayant couché avec lui puisse faire cela le rendait malade. Il ne voyait pas d'objection aux photos sexuelles, bien qu'étant donnée sa profession, il n'ait jamais fait suffisamment confiance à quelqu'un pour en prendre. Il ne voyait même pas d'objection à un peu de voyeurisme contrôlé, mais il y avait quelque chose de sordide dans ces photos qui le faisaient se sentir violé. Leur ressemblance avec des photos-chantage, comme celles dans ce film de la veille au soir, lui faisait se demander s'il en recevrait d'autres. Il avait passé des années à évaluer des hommes pour son répertoire, à s'assurer qu'il pouvait suffisamment leur faire confiance. Oscar n'était pas le premier homme dont il avait mal évalué la possibilité qu'il attendrait plus de leur relation mais, exceptées quelques paroles déplaisantes, il n'avait jamais rencontré de réels problèmes avec lui.

— Non. Je ne pense pas. Je ne vois personne qui ferait une telle chose.

Une pensée soudaine le frappa.

— Cela ne te concernerait pas, si ?

Un rouge sombre se répandit sur le visage de Ian.

— Euh. Non. Je n'arrive pas à imaginer que ça puisse être le cas.

Un soupçon d'hilarité lutta avec sa dépression.

— Oh, c'est vrai. Comment pourraient-ils même te trouver, *Steve*, chéri ?

Il supprima la tonalité traînante de sa voix.

— Je suis désolé de t'avoir appelé au travail. Ce n'était pas exactement urgent même si ça m'a fait flipper. Dois-tu y retourner ?

— Ne sois pas ridicule. J'ai beaucoup de flexibilité dans mon travail alors, non, je n'ai pas besoin d'y retourner.

Ian saisit sa main et le tira pour qu'il se lève avant de l'étreindre fermement.

— Je suis vraiment, vraiment content que tu m'aies appelé.

S'agrippant à cette chaleur dont il avait eu besoin depuis l'ouverture de cette enveloppe, Rick ne put rien faire d'autre que hocher la tête. Il était peut-être un gay haut en couleur, mais ceci réveillait des émotions bien trop identiques à celles qu'il avait éprouvées avant ses dix-huit ans. Être le centre d'attention de quelqu'un, sans qu'il l'ait décidé ou y ait consenti, n'était pas une situation bienvenue. La pointe de jalousie malveillante qui transparaissait réveilla également bien trop de souvenirs de la dissolution violente du mariage de ses parents et de la fin de son enfance.

— Peut-être que tu devrais venir vivre chez moi pendant quelques jours.

— Non. Ça va aller. Je vais parler à Oscar et arranger tout ça.

Rick avait investi beaucoup de temps et d'argent pour transformer cet endroit en un lieu parfait pour sa maison et son bureau, et il n'était pas prêt à l'abandonner. Il aimait sa maison et il aimait que Ian soit ici avec lui. Cependant, il était heureux d'avoir réparé la fenêtre du sous-sol.

— Dans ce cas, laisse-moi au moins rester ici ce soir.

Rick n'était pas certain que cela le dérangerait si Ian décidait de ne plus jamais partir mais le seul fait de penser à une étape si importante fit battre son cœur plus vite. En particulier parce qu'il ne pourrait le cacher à personne. Il n'était pas prêt pour ça. Ce ne serait pas pour bientôt.

— Ce soir. D'accord.

Une nuit de plus et ensuite ils devraient discuter de la fréquence à laquelle cela arriverait dans le futur.

— Promets-moi que tu m'appelleras – ou Kurt – si tu remarques quoi que ce soit d'inhabituel, d'accord ?

Ça, il pouvait le promettre. Il était debout à l'orée d'une vie qu'il n'avait jamais rêvé pouvoir avoir : une carrière qui le comblait, de bons amis qui acceptaient sa nature excentrique, et un petit ami qui… peut-être ne l'aimait pas, mais qui sans aucun doute tenait à lui. Il ne laisserait personne lui prendre cela.

Ajustant sa cravate autour de sa gorge, Ian sortit à grands pas de l'ascenseur avec seulement quelques minutes de retard, bien qu'il arrive au bureau depuis la maison de Rick. Son propre appartement était à un jet de pierre du bâtiment où il travaillait mais Ian était certain qu'il pourrait s'habituer à faire le trajet depuis chez Rick. Non pas que ce soit loin en banlieue. La maison de Rick était toujours à l'intérieur des confins de ce que Ian considérait comme le centre-ville de Toronto et il ne fallait qu'une vingtaine de minutes supplémentaires pour arriver au bureau. Ian espérait passer assez de temps chez Rick pour que ce plus long trajet devienne une chose régulière.

Ian n'avait pas du tout été surpris que Rick ait refusé de venir chez lui, même pour quelques nuits. Dans la meilleure des situations, Rick se sentait plus à l'aise dans son propre environnement, et avoir un harceleur qui prenait des photos d'eux pouvait difficilement être considéré comme la meilleure des situations.

Alors qu'il remontait le couloir vers son bureau, il pensa brièvement à appeler Kurt pour avoir son opinion. Rick semblait convaincu – après sa peur initiale – que les photos compromettantes étaient un problème mineur qui pouvait être résolu facilement.

Ian n'en était pas si sûr. Le harcèlement faisait partie de ces crimes qui étaient rarement aussi simples – son frère l'avait dit plus d'une fois après avoir enquêté sur des homicides de victimes harcelées. Le problème était que la confiance que lui accordait Rick était très fragile, et si Ian faisait la moindre erreur, il pouvait la faire éclater en un million de morceaux et ne jamais être capable de les recoller comme il le fallait. Il avait failli tout perdre sur un simple malentendu et n'avait pas l'intention de perdre Rick au profit d'un ex obsessionnel. En particulier s'il s'agissait d'un ex ayant déjà révélé de sérieux problèmes de gestion de la colère. Pour l'instant, cependant, il attendrait de voir la suite des événements.

Perdu dans ses pensées, il trébucha presque sur Leon.

— Hé, comment ça va ? Tout s'est bien terminé ?

Ian fronça les sourcils, essayant de ne plus penser au harceleur de Rick. Il n'était pas très sûr de savoir à quoi Leon faisait référence.

— Bien terminé ? Oui, bien sûr, je suppose.

— Ta mère a dit que tu avais un ami qui avait besoin d'aide samedi soir ?

Oh bon Dieu.

— Oh, oui, désolé. Je suis vraiment désolé de t'avoir lâché.

Leon lui adressa un grand sourire.

— Il n'y a pas de souci. J'avais des personnes avec qui discuter et Parker m'a proposé de rencontrer quelques-uns de ses amis d'université.

C'était logique. Leon était une personne avec laquelle il était étonnamment facile de discuter, mais Parker était plus près de lui en âge que l'était Ian. Les amis de Parker seraient probablement plus enclin à faire ce que Leon désirait faire.

— J'en suis ravi.

— Donc tout s'est bien terminé pour ton ami ?

Ian était très conscient de la confiance immense que Rick avait placée en lui. Il n'était pas près de violer ses confidences, et surtout pas avec Leon. Rick ne lui pardonnerait jamais.

— Plus ou moins. Il y a toujours quelques problèmes à régler mais, pour l'instant, tout est sous contrôle.

— Bien, bien. Nous déjeunos ensemble aujourd'hui ?

— Absolument. Je t'invite, d'accord ?

C'était le moins qu'il pouvait faire pour l'avoir abandonné avec tout le clan O'Donnell. Et, étant donné que Leon venait juste de sortir de l'école et qu'il ne vivait pas à Toronto depuis très longtemps, il n'avait probablement pas beaucoup d'argent de toute façon.

— Merci, dit Leon en souriant à nouveau. Je te retrouve dans ton bureau à midi ?

Ian acquiesça et lui donna une tape amicale sur l'épaule.

Rick tapota du doigt sur l'enveloppe qu'il avait posée sur la table. Il ne voulait pas commander à manger parce qu'il y avait de grandes chances qu'il ne reste pas. Quand Oscar travaillait, il y avait toujours une possibilité qu'il soit appelé pour une urgence et annule à la dernière minute, mais Rick n'avait pas voulu attendre jusqu'au prochain jour de repos d'Oscar pour en finir avec cette histoire. Même si Oscar venait et n'apportait pas de réponse satisfaisante concernant ces photos, Rick ne resterait pas. Cette sandwicherie n'était pas géniale mais elle était proche de l'hôpital, ce qui était pratique pour Oscar.

Son téléphone bipa et il le sortit de sa poche.

Mais le message n'était pas Oscar qui annulait, c'était Ian.

Fais-moi savoir comment ça se passe. Il se peut que je sois un peu en retard ce soir – tu veux que je ramène le dîner ?

Rick sourit légèrement et toucha l'écran. Sans savoir comment, il avait trouvé un homme sérieux qui le réchauffait et l'attendrissait de l'intérieur, qu'il ne voyait pas d'inconvénient à voir tous les jours, et qui lui manquait quand il était seul. Ian s'était en quelque sorte glissé discrètement dans sa vie et dans son cœur. C'était exactement comme c'était supposé être.

164

Thaï ou italien serait super :)

Un éclair de tissu bleu, alors que quelqu'un se glissait sur le siège en face de lui, lui fit ranger son téléphone dans sa poche arrière et lever les yeux.

— Oscar.

La blouse bleue n'entrait pas vraiment dans sa liste de fétichisme pour les uniformes mais il approuvait quand même. Il pourrait aussi être en train de développer un fétichisme pour les costumes de bureau, en particulier quand Ian les portait.

— Rick.

Oscar semblait avoir des problèmes pour le regarder en face.

Comment quelqu'un amenait-il cela sur le tapis ?

— Je suis tellement désolé.

Oh. Peut-être n'avait-il pas à amener le sujet du tout. Le soulagement qu'Oscar ait abordé le problème était toujours assombri par la déception qu'il soit l'auteur de ces photos. Il n'aimait pas se rendre compte qu'il s'était à ce point trompé à son sujet. Il ne savait toujours pas vraiment comment répondre.

— J'étais saoul et je t'ai vu avec ce mec, et bon…

Oscar soupira.

— Tu as été très franc et très clair quand nous nous sommes rencontrés. Nous avons passé de bons moments ensemble et vouloir te faire changer d'avis ne m'autorisait pas à être contrarié quand ce n'est pas arrivé. Lorsque je t'ai vu avec ce mec, j'ai tout de suite vu que tu l'aimais bien. Beaucoup même. Et je me suis mis en colère. Je suis vraiment désolé.

Rick fronça les sourcils. Une personne pouvait-elle être prise de voyeurisme au point de prendre des photos et de les livrer dans une enveloppe Kraft, tout cela n'étant qu'une erreur d'ivrogne sur un coup de tête ?

— Hum, eh bien.

— Et t'attraper comme ça – j'ai complètement dépassé les bornes. J'aurais dû te contacter plus tôt et m'excuser. Je pourrais me faire expulser de mon internat en médecine avec une connerie pareille, et j'apprécie vraiment que tu n'en aies pas fait toute une histoire.

Cet homme logique et raisonnable était celui qu'il avait jugé au départ et trouvé assez acceptable pour figurer dans son petit carnet. Mais il était en train de s'excuser pour l'avoir agressé, ce qui voulait dire qu'Oscar était en train de parler de la nuit chez *Lettie*, pas des photos du week-end ou même du vandalisme insignifiant.

Il sortit les feuilles de l'enveloppe.

— Et ça ?

Oscar regarda la première et ses sourcils se haussèrent d'une surprise évidente.

— D'accord, donc tu aimes vraiment ce gars. Pourquoi est-ce que tu me montres ça ?

— Tu ne les as pas prises ?

Rick réalisa qu'il préférait être déçu par Oscar plutôt qu'avoir un inconnu sans nom et sans visage qui l'espionnait dans la nature.

— Non, bien sûr que non. Pourquoi est-ce que tu penserais ça ?

Oscar repoussa les feuilles vers lui.

— Je... j'aime vraiment cet homme. Elles sont arrivées chez moi hier et après ton accès de colère chez *Lettie*, j'ai pensé... enfin non, je ne pensais pas que tu sois ce genre de personne, mais tu es le seul qui ait été aussi émotif quand nous avons arrêté de nous voir.

Oscar eut un rire triste.

— Je suppose que nous ne nous connaissons pas vraiment aussi bien que ça. Mon travail est la chose la plus importante au monde pour moi.

Rick hocha la tête. Ça avait été l'une des raisons pour laquelle il avait pensé qu'Oscar aurait été heureux avec leur arrangement.

— Quand je t'ai vu chez *Lettie*, je venais juste de terminer une garde de trente-six heures, j'avais passé douze heures sans manger et j'ai stupidement descendu deux bières avant que la nourriture arrive. C'était un écart de conduite et je reconnais que c'était incroyablement idiot. Mais pour l'amour de Dieu, jamais je n'aurais poursuivi l'affaire en te harcelant et en prenant des photos.

Non, il était impossible qu'Oscar ait mis sa carrière en danger de cette manière. Rick ne s'était pas trompé sur son caractère, pas du tout, et la vérité était transparaissait dans chacun de ses mots.

— Je suis désolé d'avoir pensé que tu puisses en être l'auteur.

Oscar lui tapota la main.

— Je suis désolé de t'avoir donné une raison de penser ça de moi. J'espère juste que tu seras heureux avec cet homme. Si tu ne l'es pas, appelle-moi.

166

Rick acquiesça mais il n'y avait qu'un seul homme sérieux qui l'intéressait. Si ça ne fonctionnait pas, il n'allait pas chercher à remplacer ce qu'il avait découvert avec Ian.

Oscar se leva.

— Sois prudent, cependant. La personne qui a pris ces photos peut être dangereuse.

Il ne pouvait pas penser à cela maintenant, même si Oscar était du même avis que Ian. Fourrant les photos dans l'enveloppe, il était lui aussi prêt à partir. Il allait aller se trouver un putain de cheesecake pour déjeuner. Peut-être que s'il prenait du poids, ce foutu cinglé les laisserait –Ian et lui – tranquille.

Il laisserait Ian le calmer ce soir-là ; peut-être qu'il lui donnerait même quelques tuyaux sur l'effeuillage. Après s'être assuré que tous les rideaux étaient tirés, bien sûr.

IAN ENTRA dans le bar à vin et avisa ses collègues. Il aurait préféré ne pas venir mais Avery était une super collaboratrice et elle était très drôle. Elle était l'une des éditrices qui avaient fait partie de l'équipe depuis quasiment les débuts de *Errant*, en commençant comme freelance. C'était les efforts de Ian pour amasser les dollars publicitaires qui lui garantissaient une position à temps plein, un des rares postes éditoriaux non indépendants au *Errant*, et ils étaient devenus proches trois ans plus tôt quand elle avait obtenu le job. Elle ne lui pardonnerait jamais s'il manquait le Happy Hour de son anniversaire.

Quoi qu'il en soit, il avait voulu se faire une idée de cet endroit. Rick buvait principalement du vin et, bien que Ian boive davantage de bière, si l'ambiance était bonne, il y amènerait Rick.

Aujourd'hui, cependant, il se contenterait de grignoter et de prendre rapidement un verre ou deux avant de partir. Pour la première fois, il avait envie de rentrer chez lui. Chez lui, pour prendre des vêtements de rechange et se rendre chez Rick. Étrangement, Rick s'était suffisamment détendu pour le laisser rester dormir – quatre nuits d'affilée. Cela pouvait être une conséquence du harcèlement mais son amant ne semblait pas s'en inquiéter outre mesure. En fait, cet célébration d'anniversaire tombait à pic. Ian ne voulait pas trop envahir son espace personnel de crainte que celui-ci regrette ce pas en avant dans leur relation.

Mais Rick l'avait invité à venir après la fête d'Avery, il n'allait pas laisser passer cette occasion.

— Ian ! Te voilà enfin !

Avery leva un verre de vin et l'étreignit d'un seul bras. Quand elle le relâcha, elle s'écarta un peu, mais pas très loin.

— Bon anniversaire, Avery.

Quelqu'un saisit son cul à pleine main et il sursauta. Leon se glissa à ses côtés, un grand sourire sur le visage.

Leon avait l'air un peu insolite, vêtu de son tee-shirt moulant et de son habituel pantalon cargo alors qu'il tenait un grand verre ballon rempli d'un liquide pourpre profond. À en juger par la manière dont il avait attrapé ses fesses et son regard flou, le verre dans sa main n'était pas son premier. Il pouvait même ne pas être son second.

— Ian ! Je pensais que tu ne viendrais pas.

— Leon, je n'avais pas réalisé que tu serais là.

— Ouais, Avery et moi sommes devenus proches. Et pas seulement parce que nos bureaux le sont.

Leon et Avery se firent une grimace et se laissèrent tomber contre Ian, riant comme des fous.

— Combien de verres avez-vous bus, dites-moi ? Je pensais n'avoir qu'une heure de retard.

Un haussement d'épaules exagéré fit valser un peu de vin hors de l'énorme ballon du verre de Leon, manquant de peu la chemise de Ian. Il n'avait pas porté une chemise habillée ce jour-là, mais cela ne voulait pas dire qu'il voulait qu'elle soit irrémédiablement tachée.

— Ce truc est grandiose ! Et c'est « un acheté, un demi offert ». Une affaire !

Leon avala une longue gorgée et le vin sombre laissa une petite trace sur sa lèvre supérieure, rappelant une moustache de lait, mais rouge.

Ian secoua la tête.

— Vas-y doucement avec ça. Prendre une cuite au vin rouge, ça peut être vraiment éprouvant.

Dylan avait volé la moitié d'une caisse de vin rouge chez *Finn's* quand ils étaient adolescents. Ni Ian ni Kurt n'avaient assez apprécié le goût pour être plus que légèrement éméchés, mais Dylan avait adoré ça. Pendant quelques heures. Après avoir vomi rouge absolument partout et géré une gueule de bois comme Ian n'en avait jamais vue depuis ce jour, Dylan n'avait plus jamais touché une goutte de vin rouge.

— Pfff, je t'en prie. Je sais tenir la boisson.

Leon se frotta contre lui comme un chiot.

L'attention d'Avery se détourna d'eux – rien de plus naturel puisque c'était son anniversaire – et Ian héla une serveuse. Même dans un bar à vins, il savait qu'il pouvait avoir une bière. Ce serait plus amusant d'essayer une variété de différents vins avec Rick et il voulait préserver cette expérience pour une autre nuit avec lui.

— Leon, je suis vraiment heureux que tu te fasses de nouveaux amis et que tu t'intègres. J'aime travailler avec toi et je suis ravi que tu te plaises ici.

— Merci, Ian. C'est un super endroit pour bosser. Et j'aime travailler avec toi aussi.

Il s'était senti un peu coupable de ne pas inviter Leon à davantage d'événements, mais son amitié avec lui avait commencé juste au moment où sa relation avec Rick s'était intensifiée. Même si Rick voulait que leur relation reste secrète pour l'instant, il était certain que Leon comprendrait s'il savait. Être pardonné d'absentéisme en amitié pendant les prémices d'une nouvelle relation amoureuse était plutôt commun. Leon pouvait faire pire que de cultiver une amitié avec Avery. C'était quelqu'un de très amusant avec qui passer du temps, en particulier après qu'elle avait réalisé que Ian n'était pas intéressé.

Avery appela Leon, qui pinça son cul une nouvelle fois avant de partir. Ian rigola. Il était certain que Leon en serait embarrassé le lendemain.

VIII

— Salut, Ian, tu as une minute ?

Ian leva les yeux de son ordinateur.

— Bien sûr, Leon. Qu'y a-t-il ?

Leon serrait une tablette contre sa poitrine. La garde-robe entière du gamin consistait en des tee-shirts, ce qui pouvait tout aussi bien être dû à son style vestimentaire qu'à un manque de finances, bien que Ian se souvienne d'un temps où les tee-shirts étaient tout ce que ses frères et lui acceptaient de porter. Mais Leon était un homme attirant et bien bâti. Les tee-shirts moulants pouvaient être une partie intégrante de la parade de séduction du geek gay dans la vingtaine. Sa pâleur et les cernes noirs sous ses yeux, cependant, n'étaient pas séduisantes et avertissaient tout le monde qu'il avait bu trop de vin la nuit précédente et certainement passé une longue nuit à se tenir au-dessus d'une cuvette en porcelaine.

— Pourrais-tu me donner ton avis d'expert sur ces pages ? C'est la première fois que je fais une maquette complète et j'aimerais avoir quelques avis avant de la remettre à Avery.

— Bien sûr.

Ian tendit la main pour qu'il lui donne la tablette.

Ils allaient apparemment sortir une autre de ces vieilles histoires sur le thème 'que sont-ils devenus ?'. Tous les deux mois environ, les éditeurs ressortaient une de ces histoires absurdes pour un vendredi tranquille. Ils les appelaient les *Oubliés du Vendredi*. Habituellement, ça n'avait aucune importance que l'histoire n'ait ni queue ni tête. Les éditeurs feraient en sorte de provoquer des clics et d'attirer des annonceurs, quelle que soit la manière. Dans un cas comme dans l'autre, Ian ne se souciait pas vraiment des histoires qui apparaissaient sur le site, qu'elles soient bonnes ou mauvaises, mais celles-ci étaient particulièrement déprimantes. Une starlette qui avait été prometteuse était désormais sans-abri ou toxicomane, ou bien un inconnu qui avait brièvement frôlé la notoriété était dépeint en mal, de la pire des façons. Et si un cas ne pouvait être taillé pour en faire un meurtre, alors les éditeurs essaieraient de convaincre les lecteurs que des preuves existaient que ces pauvres crétins étaient des extraterrestres, des

170

vampires ou des loups-garous. Ridicule. La plupart des personnes dépeintes n'avaient même pas le pouvoir de se défendre, quoique le site soit excellent pour s'abstenir de rédiger de véritables diffamations.

Le sensationnalisme de ces articles était inouï et Ian s'inquiétait souvent de savoir combien de lecteurs prenaient ces histoires pour la réalité.

Leon avait choisi une police de caractère accrocheuse pour le gros titre. Il avait évité le cliché des lettres dégoulinantes de sang, mais des entailles acérées faisaient penser à des graffitis creusés dans le bois avec un couteau.

— Telle mère, tel fils ?

Ian ne pensait pas grand-chose du titre mais, de toute manière, ils trompaient généralement le lecteur sur le contenu de l'article. Ignorant le reste de la copie, étant donné que ce n'était pas Leon qui l'avait écrit, Ian s'intéressa à l'esthétisme de la police, des espacements, du positionnement des images et des encarts publicitaires.

— Puis-je te le laisser un moment ? Revenir le chercher plus tard ?

Levant les yeux, il nota la pâleur maintenant verdâtre de Leon.

— Bien sûr.

Leon sortit en courant du bureau de Ian. Il considéra un moment le fait de le suivre pour s'assurer qu'il allait bien mais Leon était un grand garçon qui avait réussi à se traîner au travail, malgré la copieuse quantité de vin qu'il avait consommée la nuit précédente. Leon irait bien – au final.

Quand il pencha à nouveau la tête sur la maquette, la photo d'un adolescent blond attira son regard. Le jeune homme ressemblait beaucoup à Rick. Étrange.

C'est alors que le gros titre raviva quelque chose dans sa mémoire. Ils n'avaient sûrement pas…

En un éclair, Ian se leva, ferma la porte de son bureau et revint s'asseoir derrière sa table de travail pour lire.

Telle mère, tel fils ?
Il y a vingt ans, Maria Svenson poignardait son mari infidèle à mort, ébranlant la paix d'une ville paisible du nord de l'Ontario…

L'article se poursuivait, racontant l'histoire de Rick de la façon la plus sensationnelle qui soit. Chaque détail était comme une nouvelle piqûre glacée dans son cœur mais celui qui le secoua le plus était le nom du fils que Maria avait laissé derrière elle. Sandor Svenson, dont la véritable identité ainsi que d'autres 'nouvelles choquantes' seraient révélées la semaine suivante. Sandor et Rick étaient-ils la même personne ? Tout menait à croire que oui mais pourquoi Rick n'avait-il pas mentionné qu'il n'était pas Rick ?

Il était écœuré. Complètement écœuré. Et il n'avait aucune idée de ce qu'il devait faire à propos de ça. Entre les détails et les photos, Ian présumait que son petit ami, Rick Haviland, n'était autre que Sandor Svenson. Il était partagé entre l'envie de courir jusqu'au bureau d'Avery pour lui demander à lire les révélations de la semaine suivante, celle de traquer le petit merdeux de pigiste indépendant responsable de cette parodie et de lui donner une leçon, ou bien celle d'appeler Stephanie, sa future belle-sœur, pour qu'elle menace de détruire *Errant* avec une action en justice.

Mais il n'avait rien vu qui ne soit pas la vérité. Même si l'article laissait supposer que Rick s'était déshabillé et probablement prostitué pour joindre les deux bouts, la vérité était que Rick avait travaillé dans un club de strip-tease. Et, alors que l'histoire avait été intelligemment tournée pour sous-entendre que Rick avait fait bien plus que jouer les barmen, cela n'était pas directement affirmé. Merde, même s'il y avait des photos datant de l'époque où Rick travaillait au club, qu'Avery devait certainement garder pour la conclusion de la semaine suivante, elles pouvaient très bien être de Jon. Tous les deux se ressemblaient assez pour qu'une mauvaise photo d'il y a quinze ans puisse facilement être mal attribuée. Bordel.

Le changement de nom le contrariait comme jamais. En fait, pas le changement de nom en lui-même, mais le fait que Rick ne le lui ait pas dit. En connaissant toute l'histoire, il n'était pas surpris que Rick l'ait fait, mais il aurait beaucoup aimé qu'il lui explique pourquoi il avait laissé ce petit détail de côté. Mais le pire dans tout cela était la manière dont le public allait interpréter cette histoire. Qui que soit le gratte-papier d'Avery qui avait déterré cela, il avait réussi à présenter sous un mauvais jour chacune des actions de Rick, et Ian voulait effacer chaque octet de données des ordinateurs du *Errant* jusqu'au dernier.

Seigneur. L'histoire dépeignait Rick comme un pervers aliéné qui pouvait présenter un danger envers les enfants qu'il aidait. Quelles que soient les inquiétudes de Rick sur le fait d'hériter de l'instabilité de sa mère, il n'était pas dangereux. Il n'y avait aucun doute là-dessus dans l'esprit de Ian. Mais cette histoire le tuerait. Il pourrait même en blâmer Ian. Et Ian ne savait pas comment l'empêcher d'être publié.

— AVERY, MERDE, tu ne peux pas le mettre en ligne ! s'écria Ian en entrant en trombe dans le bureau de l'éditrice.

Elle grimaça à son arrivée et appuya sur ses tempes.

— O'Donnell, qu'est-ce qui se passe, bordel ? Arrête de hurler, nom d'un chien !

Il n'avait jamais vu personne mettre autant de venin dans un murmure, mais Avery avait réussi.

— Cette histoire.

Il brandit la tablette de Leon devant Avery et elle déglutit péniblement tout en essayant de se concentrer sur sa main qui s'agitait.

— Qu'est-ce qui ne va pas ? C'est une histoire standard des *Oubliés du Vendredi*.

— Tu dois la retirer.

— Non, je ne le ferai pas. C'est une super histoire. Tu connais la politique sur les histoires. Les principaux intéressés se foutent en rogne lorsqu'ils les lisent. Tant que l'éditeur en chef approuve, rien n'est retiré. Celle-ci pousse la ligne de la diffamation, mais elle ne la franchit pas.

— Mais je connais cet homme.

Avery rit mais s'arrêta d'elle-même au milieu de son gloussement et ferma les yeux. Elle resta immobile pendant si longtemps que Ian jeta presque la tablette contre le mur pour la réveiller.

Elle ouvrit les yeux.

— Qu'est-ce que tu fais encore ici ?

— Avery, bordel de merde. Retire cette histoire.

— Non. C'est une bonne histoire.

— Je connais cet homme, Avery. Je t'en supplie. Ça va le tuer.

— Oh, je sais que tu connais cet homme. Ça va rendre la grande révélation de la semaine prochaine encore plus juteuse.

— Quoi ?

L'estomac de Ian commença à s'agiter comme s'il s'était pris une cuite la nuit précédente, ne s'était pas arrêté après deux bières, et n'était pas rentré pour vertueusement baiser son petit ami jusqu'à l'épuisement.

— J'ai toujours su que tu serais magnifique une fois nu.

Le regard concupiscent d'Avery fut ruiné par une autre grimace.

— Tu aurais dû me dire que tu étais gay. J'aurais arrêté de te faire du rentre-dedans. Ou je t'aurais proposé un plan à trois avec un autre mec…

— Bon Dieu…

Il se laissa tomber sur une chaise, la tablette glissant de ses doigts dépourvus de force, le craquement métallique faisant à peine écho dans sa conscience. Bien, alors il allait être sorti du placard en ligne de la façon la plus graphique possible. Sa mère serait sans aucun doute déçue, même s'il ne pensait pas que sa famille prêtait une attention particulière au site. Ils étaient, pour la plupart, trop pragmatiques pour s'intéresser à la propagation de commérages malintentionnés.

— Avery, je t'en prie. Nous sommes amis. Comment as-tu osé envoyer un photographe jusque chez Rick pour obtenir des photos compromettantes ?

— Ne sois pas ridicule. Elles viennent d'une source anonyme.

Ce putain de harceleur. Ian allait le tuer. Ou lâcher sa famille sur cette petite fouine. Rick n'était pas convaincu qu'il s'agisse d'Oscar mais Ian si. Après ce nouveau rebondissement, Rick n'aurait pas d'autre choix que d'appeler les flics et le découvrir de manière certaine.

— Ne fais pas ça, Avery. Retire cette histoire.

Elle haussa les épaules et, tout à coup, il vit le cœur d'un requin qui battait à l'intérieur de la poitrine d'un éditeur impitoyable.

— Ce sont les affaires. Tu devrais savoir ça mieux que quiconque. C'est une excellente histoire.

— Non, ça ne l'est pas. Ce n'est pas comme s'il avait tué quelqu'un. Tout ce qu'il a fait, c'est essayer de reconstruire sa vie et tu vas la lui arracher.

— C'est la politique de la maison. Sutton l'a approuvée. Nous ne retirons pas d'histoires. Cela détruirait notre intégrité journalistique. Maintenant, fous le camp de mon bureau avant que je te gerbe dessus.

Comme il n'était pas impossible que cela arrive réellement, Ian ramassa la tablette et s'en alla.

Intégrité journalistique. Comment diable Avery avait-elle été capable d'appliquer ces mots au produit qu'ils fabriquaient et ne pas s'étrangler de rire ?

Il tituba jusqu'à son bureau et ferma la porte derrière lui. Le seul problème était qu'Avery avait raison. Hector, le propriétaire du *Errant*, était inflexible sur le fait de ne pas retirer d'histoires, parce que plus d'un agent de célébrité leur avait proposé de l'argent pour faire retirer des histoires. C'est pour cela que, des années plus tôt, ils avaient décidé d'une loi : si son éditeur en chef, Randall Sutton, approuvait, les histoires avaient le feu vert. Même la menace d'actions en justice ne le faisaient pas vaciller. Il n'avait perdu aucun de ses procès. Les avocats du *Errant* étaient une bande à laquelle il ne valait mieux pas se frotter.

Ian devait mettre Rick au courant de ce qui se passait, mais comment ? Rick serait dévasté. *Ian* était dévasté. Bien sûr, il n'avait pas lu l'article de la semaine suivante et n'était pas certain que la grande révélation soit de dire que Sandor était Rick, mais les histoires se ressemblaient tellement qu'il n'avait aucun doute sur son contenu. Cependant, Rick n'avait pas pris la peine de lui dire que Rick n'était pas son vrai nom.

Qu'est-ce que cela disait de leur toute nouvelle relation ? Qu'en était-il de la percée que Ian pensait avoir faite ? Il n'avait aucune idée de son importance dans la vie de Rick et de la manière dont ce dernier allait réagir.

IAN ARPENTAIT le séjour de Rick au lieu de s'asseoir sur le canapé à côté de lui. Il était trop agité pour rester assis. Ils avaient reprogrammé leur soirée cinéma à ce soir-là puisque le dîner de répétition de Dylan tombait un jeudi. Avant de quitter le travail, Ian avait appelé Rick pour lui demander s'ils pouvaient se faire une soirée télé à la maison à la place. Il ne s'attendait pas vraiment à ce qu'ils regardent des films mais il n'avait pas non plus voulu prononcer ces mots fatidiques 'il faut qu'on parle'.

— Qu'est-ce qui ne va pas ?

Oh, Seigneur. Les mots s'échappèrent avant qu'il ait pu les arrêter :

— Il faut qu'on parle.

Rick se figea telle une statue. Oui, relation ou pas, ces mots-là détenaient beaucoup de pouvoir.

— *Errant* écrit une histoire sur toi. La première partie sera postée vendredi, et la seconde sera postée dans une semaine, vendredi prochain. Et le harceleur leur a envoyé ces photos.

Un jour, Ian avait vu un film dans lequel un archéologue trouvait un ancien parchemin, et à la minute où il le touchait, le bout de papier se désagrégeait en poussière, détruisant le travail de sa vie. Regarder Rick tomber en morceaux aux paroles de Ian lui évoquait bien trop cette scène.

Puis la rage amalgama toutes ces mottes de poussière pour en faire un animal déchaîné.

Rick laissa échapper un hurlement inarticulé et balaya une lampe sur le bout de la table. Il jeta les papiers, les dessous de verres et les verres de la table basse par terre avec un second balayage du bras avant de s'effondrer dans le canapé et se mettre à sangloter.

Ian enjamba le verre brisé et les morceaux de céramiques pour s'asseoir à côté de Rick et le tenir serré dans ses bras.

— Hé. Ça va aller, je te le promets.

— Tu ne peux pas promettre ça.

Il n'avait jamais entendu Rick aussi abattu ; il espérait juste que c'était parce que le son de sa voix était étouffé par sa chemise.

— Si, je le peux. Nous pouvons parler à la fiancée de Dylan. Elle est avocate.

Ian déglutit péniblement. C'était là qu'il s'attendait à ce que Rick le jette dehors.

— Je ne sais pas s'il y a un moyen de retirer l'histoire. Stephanie est compétente mais je ne pense pas que nous aurons suffisamment de temps pour l'impliquer, en particulier avec le mariage, et personne n'a réussi à leur faire retirer une histoire par le passé. Mais nous pouvons lui parler. Il doit y avoir un moyen de contourner cela, ou de te protéger, même si l'histoire sort. Et s'il n'y en a pas… nous y ferons face ensemble, je te le promets.

— Je ne veux le dire à personne d'autre. Je veux juste oublier.

— Chh, chh, je sais.

Ian se balança légèrement, se demandant s'il l'aidait vraiment.

— Je vais devoir changer mon nom encore une fois, déménager.

La panique le submergea. Il ne pouvait laisser cela arriver.

— Non, non, tu n'as pas à faire ça. Tout se calmera avec le temps. Personne ne prend ces histoires au sérieux.

Le site avait tout un tas de lecteurs mais ces personnes devraient se faire interner en asile psychiatrique si elles prenaient ces mots comme paroles d'évangile. Il se rassurait en se disant que ces personnes lisaient *Errant* dans le pur esprit du site : le divertissement.

Rick leva des yeux mouillés de larmes.

— Tu es sûr ?

— Oui. Persuadé. L'article de vendredi dernier traitait de la façon de découvrir si oui ou non ton amant était un extraterrestre. Comment pourraient-ils être pris au sérieux ? Même si quelques-uns de tes patients lisent *Errant*, peu d'entre eux croiront cette histoire, du moins pas sans t'avoir donné la chance de réfuter. Alors, réfléchis à l'idée d'en discuter avec Stephanie ou à un autre avocat si cela te met plus à l'aise.

Rick prit une profonde inspiration et se passa les mains sur les yeux.

— J'aime ce que je fais, Ian. Je ne veux pas abandonner mon boulot.

— Tu n'as pas à le faire, je te le promets.

D'une manière ou d'une autre, Ian ferait en sorte de tenir cette promesse.

— Je suppose que tu as raison. Il est impossible que tous mes patients lisent ou croient cette histoire et si j'en perds quelques-uns, je suis certain qu'il ne s'agira pas de mes habitués de longue date.

— Voilà, c'est la bonne façon de voir les choses. Et tu pourrais même gagner quelques patients. Les chercheurs de notoriété.

Rick fit une drôle de tête.

— Beurk. Vraiment ? Enfin bon, il se peut que je ne puisse plus faire le difficile.

Ian respira profondément. Si Rick ne se décidait pas à aller voir un avocat maintenant, il n'y avait aucune raison de spéculer sur la façon dont l'article affecterait son cabinet. Pas avant qu'ils soient sûrs de savoir si cela aurait un quelconque effet.

— Pourquoi ne m'as-tu pas parlé du changement de nom ? C'est une partie vraiment importante de ton passé que tu as juste… omise. Une partie que tu ne peux pas me convaincre d'avoir oubliée.

Ce n'était pas un changement de sujet, mais c'était une partie du puzzle qui inquiétait Ian, en particulier depuis qu'ils étaient supposés être un couple.

— Non, je n'ai pas oublié, pas exactement. Je m'appelle Rick Havilland. C'est l'homme que je suis. Sandor Svenson a traversé un tas d'épreuves mais quand je suis devenu Rick, je me suis battu pour laisser Sandor derrière moi. En tant que Rick, j'ai terminé ma scolarité, j'ai subvenu à mes besoins, j'ai ouvert mon cabinet, j'ai acheté une maison, je me suis fait des amis. Sandor a été rejeté par sa famille et ses amis parce que sa mère était une meurtrière folle. Je ne suis pas Sandor. Je n'ai pas été Sandor depuis plus de quinze ans et j'en suis foutrement heureux.

— Je ne comprends même pas que quelqu'un l'ait découvert. Je pensais que changer de nom aurait empêché quiconque d'apprendre qui tu avais été.

Rick haussa les épaules.

— Ce n'est pas comme si j'étais un témoin sous protection ou que j'avais essayé de couvrir mon identité. N'importe qui peut changer de nom et si une personne est suffisamment déterminée, elle peut retrouver le dossier attestant de mon changement d'identité. Je ne voulais simplement pas avoir à porter le poids de la tragédie des Svenson pour le reste de ma vie. Déménager dans une nouvelle ville et changer d'identité semblait être la meilleure façon de prendre un nouveau départ.

— Alors, d'où vient Rick Haviland ? Pourquoi avoir choisi ce nom ?

— Quand j'étais gamin, mon film préféré était *La folle histoire de l'espace*...

— *La folle histoire de l'espace*.

Ian s'interrompit et y réfléchit un moment.

— Attends. Tu portes le prénom de l'acteur qui jouait Lord Casque Noir ? Sérieusement ?

Rick rigola et Ian crut s'évanouir de soulagement. Il détestait voir Rick malheureux.

— Oui, je le trouvais drôle. Je me suis appelé Richard parce que j'aimais l'idée qu'on puisse raccourcir mon prénom. Il n'y a pas de bonne façon de raccourcir Sandor.

— Lord Casque Noir. Tu es vraiment aussi geek que les autres. Pas étonnant que tu t'entendes si bien avec ces gars ! Et pour Haviland ?

— Honnêtement, je n'avais pas vraiment décidé d'un nom de famille jusqu'à ce que je sorte de la bouche de métro menant au bureau du gouvernement où je me rendais pour remplir les documents administratifs. Il y avait un distributeur de journaux avec un article à propos d'un avion de la compagnie 'de Havilland'. J'ai enlevé le préfixe et changé la façon de l'écrire. Je pensais que ça faisait plutôt pompeux.

— Eh bien, tu es assurément Rick pour moi.

Ian avait en quelque sorte esquivé une putain de balle parce que Rick aurait pu le blâmer d'au moins une partie de ce drame. Ils avaient toujours une montagne de stress à gérer à cause de cette histoire mais ils sortiraient de cette pagaille d'une façon ou d'une autre, aussi longtemps qu'ils seraient ensemble.

RICK S'ASSIT sur le bord du lit, regardant Ian enfiler un costume avant de se rendre au dîner de répétition. Ian avait dormi chez Rick toutes les nuits cette semaine-là et il ne savait pas quoi en penser. Non, il savait parfaitement ce qu'il en pensait. Il aimait bien trop ça. Est-ce que cela s'était passé de la même manière au tout début de la relation de ses parents ? Voulaient-ils passer tout leur temps ensemble ? Aurait-il jamais pensé que Ian dans un costume serait tellement sexy que tout ce qu'il pouvait imaginer était de le déshabiller sur le champ ?

Il n'était pas particulièrement heureux que le dîner de répétition ait lieu un jeudi, leur faisant manquer leur soirée cinéma. Ian avait dit que le prix était plus raisonnable si les mariés faisaient la répétition le jeudi plutôt que le vendredi précédent le mariage, mais cela importait peu à Rick.

Chaque minute qu'il passait loin de Ian était une minute qu'il passait à se languir de lui. Ce n'était pas normal, si ? La maladie mentale de sa mère qui avait tiré vers l'obsession et la jalousie prenait-elle finalement racine dans son propre esprit ?

Il craignait aussi de devenir un fardeau. Il était complètement effrayé par les possibles conséquences de cet article. Il était partagé entre le fait de se dire que cela n'aurait aucune incidence et celui de se dire que s'il avait réussi à changer d'identité et de vie une première fois, il pouvait recommencer. Le plus grand obstacle pour recommencer à zéro était qu'il ne pourrait pas emmener Ian avec lui.

Cependant, Ian avait été un soutien incroyable, essayant de faire abandonner l'histoire à son employeur, restant avec lui, lui réaffirmant que personne ne prenait les articles du *Errant* au sérieux. Avant que ce chamboulement n'arrive, il avait sérieusement envisagé de se rendre au mariage de Dylan en tant qu'ami de Ian. Peut-être même effacer l'étiquette secrète de leur relation. Avec tous les yeux de la famille tournés vers l'heureux couple, sa présence aux côtés de Ian pouvait largement passer inaperçue. Ses deux seuls autres amis présents seraient Kurt et Davy. Aucun d'eux n'était susceptible de l'engueuler parce qu'il était là avec Ian, bien que Kurt aurait pu taquiner Ian.

Mais avec cet article qui était supposé sortir le jour précédant le mariage, il ne pouvait penser qu'à une église pleine de femmes à chapeau, désapprobatrices, murmurant derrière leurs mains gantées avant de lui jeter des regards noirs comme si son passe-temps favori était de frapper des bébés chiens. Il imaginait la mère de Ian le montrant du doigt, escortant ses petits-enfants loin de lui et se levant en plein milieu de la cérémonie pour le faire jeter hors de l'église. Dans tous ces scénarios, il était seul. Douloureusement seul. Même en tant qu'invité de Ian, il y aurait tellement de choses qu'il devrait faire seul. S'asseoir dans l'église pendant que Ian se tiendrait aux côtés de son frère. Se mêler aux invités pendant que Ian se placerait dans la ligne pour recevoir les félicitations. Expliquer aux invités qui il était et comment il connaissait les mariés pendant que Ian serait en train de poser pour le photographe. Bon sang, il était même fort possible qu'il ne soit pas capable de dîner avec son petit ami si le frère de Ian décidait d'avoir une de ces énormes tables d'honneur comme il en avait vu dans les films.

La pression d'avoir à endurer tous ces murmures et ces regards sans savoir si c'était parce que les invités ignoraient que Ian était gay ou parce qu'ils avaient lu ce putain d'article sur sa mère serait intenable.

Il était certainement redevable à Ian d'être présent au mariage comme son compagnon. Dieu savait que son amant avait supporté beaucoup des sautes d'humeur de Rick et tout ce qu'il avait demandé en retour était de pouvoir dire la vérité à sa famille. Pour quelque étrange raison, Ian voulait que tout le monde soit au courant de leur relation. Mais Rick ne pouvait pas y faire face. Pas encore.

— Je ne peux pas le faire.

Levant les yeux après avoir mis la touche finale à sa cravate, Ian croisa son regard dans le miroir.

— Tu ne peux pas faire quoi ?

— Je ne peux pas aller au mariage.

Le visage de Ian se décomposa sous le choc et il se retourna.

— Bien sûr que tu peux. Tu as dit que tu viendrais.

— Ian, c'est juste trop de choses d'un coup. Tu sais que je ne fais pas dans les trucs de famille. Et cet événement est un concentré de famille et de pression.

— Ils vont t'adorer. Tout ira bien. Nous y allons juste en tant qu'amis.

— Je t'en prie. Comment cela pourrait-il bien se passer ? Ils vont tous supposer que nous couchons ensemble et d'ici samedi, ils connaîtront tous mon secret.

Sans se soucier des plis bien repassés de son pantalon, Ian s'agenouilla par terre et lui frotta les genoux.

— D'accord, premièrement, nous… couchons ensemble, donc cela ne devrait pas te déranger qu'ils le croient, même si je vais passer ma soirée à mentir à ce sujet. Et je te promets qu'ils n'auront pas le temps de lire cette histoire, ils seront trop occupés avec les préparatifs du mariage.

Rick s'apprêta à parler mais Ian leva une main pour l'en empêcher.

— En plus, même s'ils la lisaient, ils s'en ficheraient. Je connais ma famille.

— Mais moi, je ne les connais pas.

Une minuscule pointe d'exaspération s'insinua dans le ton de Ian et il se balança sur ses talons.

— Parce que tu ne veux pas les rencontrer, dit-il avant de se lever et de commencer à faire les cent pas. Ma famille tient une place énorme dans ma vie. Je ne vais pas cesser de les voir ; je ne cesserai pas de les voir parce qu'ils ne sont pas l'ennemi dans cette histoire.

— Oh, parce que moi, je le suis ?

Comme s'il était spectateur, Rick pouvait s'observer en train de tout gâcher, petit à petit, mais il ne pouvait s'en empêcher. Pas lorsque la peur et la contrariété annihilaient toute pensée logique et autres sentiments.

— Non, bien sûr que non. Mais je veux…

— Et que fais-tu de mes volontés ? Pourquoi cela ne semble-t-il pas compter ?

— Bien sûr que ça compte, mais…

— Mais rien. Tu n'as cessé de me pousser encore et encore depuis que nous nous sommes rencontrés. Je n'ai même pas eu le temps de reprendre mon souffle que tu étais déjà dans mon appartement, à dormir ici, à laisser ta brosse à dents, à vouloir que je rencontre ta famille, à ignorer le fait que je ne veuille pas de cela. C'est trop d'un coup, trop tôt.

Toute expression quitta le visage de Ian.

— Et quand le voudras-tu ? Quand est-ce que ce ne sera plus trop d'un coup, trop tôt ?

— Je ne sais pas. Je ne le saurais peut-être pas avant que ça arrive, si ça arrive un jour.

— Tu ne peux pas attendre la perfection pour commencer à vivre. La vie n'est jamais *parfaite*, Boucles d'Or. Mais fais-moi signe quand tout sera assez parfait pour toi.

— Si je voulais la perfection, tout ce que j'aurais à faire est de ne jamais quitter la maison, chéri.

Sa réponse joviale n'était pas très appropriée pour une discussion sérieuse mais Ian avait un peu dramatisé la situation.

Les narines de Ian s'évasèrent.

— Je t'interdis de m'appeler *chéri*. Je ne fais pas partie des gigolos de ton cortège.

Aïe. Celui-là le toucha droit dans l'estomac. Un coup inattendu à l'âme.

Ian se rendit dans la salle de bain. Rick ne s'inquiéta pas de le suivre jusqu'à ce qu'il l'entende s'éloigner dans le couloir, loin de la chambre.

— Ian ? Ché…

Il s'interrompit juste à temps pour ne pas dire 'chéri', bien qu'il ne comprenne pas pourquoi Ian s'était soudain offensé de ce mot. Il l'utilisait tout le temps.

Sa porte d'entrée claqua et Rick courut.

— Ian ?

Il ouvrit la porte à la volée et se précipita dehors mais le rugissement de la voiture de Ian alors qu'elle s'éloignait en dérapant lui indiqua que c'était trop tard.

Il cligna des yeux. Ian était habituellement si calme et composé. Qu'avait sa famille de si génial pour qu'il veuille la lui imposer ? Qu'est-ce qui l'avait rendu si émotif et en colère ? Cela n'était pas vraiment surprenant que Rick ne veuille pas se rendre au mariage, mais il ne comprenait pas pourquoi c'était si important pour Ian.

Quand ils se seraient tous les deux calmés, il pourrait peut-être amener Ian à voir les choses de son point de vue. Il pouvait s'agir de sa limite d'implication dans une relation de couple et il ne pourrait peut-être pas lui offrir plus que cela.

Mais il n'aimait pas la façon dont Ian était parti. Il n'aimait pas laisser les choses en suspens, savoir que Ian était en colère contre lui. Malgré ce qui était arrivé avec ses parents, il n'était pas du tout inquiet pour sa sécurité, mais il s'était progressivement habitué à la compagnie tranquille et compréhensive de Ian, et surmonter un tel revirement de situation le laissait avec une boule froide de regret au creux de l'estomac.

Sans aucune envie de regarder un film, de lire ou de faire à manger – toutes les choses qu'il avait eu l'intention de faire pendant que Ian se trouvait au dîner de répétition – il ne savait pas quoi faire.

Retournant dans sa chambre, il rassembla les vêtements dont Ian s'était débarrassé avant de se préparer, puis les plia et les empila sur la chaise qu'il considérait comme celle de Ian.

Peut-être que Jon voudrait de la compagnie ce soir-là. Quoi qu'il en soit, il ne pouvait rester ici. La maison était trop vide et calme. Même s'il ne faisait qu'aller au club et danser, ça tuerait le temps jusqu'à ce que Ian revienne.

Rick se traîna jusqu'à la salle de bain pour se brosser les cheveux et les dents.

La vue d'une seule brosse à dents dans le verre, solitaire, fut comme un autre coup, plus violent, porté à son estomac. La boule froide de regret envahit tout son corps, l'engloutissant, le faisant frissonner.

Savoir que Ian n'allait pas revenir chez lui le fit glisser jusqu'au sol. En dehors du balbutiant et boitillant battement brisé de son cœur, la seule autre chose qu'il sentait, c'était les larmes se déversant comme de la lave le long de son visage.

IX

C'ÉTAIT UNE bonne chose que Dylan ait demandé à Mike, l'aîné de la famille, d'être son témoin, parce qu'il était le seul qui prêtait attention à la répétition. Kurt et Ian s'étaient fait rappeler à l'ordre plusieurs fois, ils devaient faire attention et s'avancer ici ou marcher là. Ian était trop plongé dans sa propre détresse pour demander à Kurt ce qui le distrayait tant, et il était tout aussi content que Kurt ne lui ait pas posé la question non plus. Parce qu'il ne voulait pas mentir à son petit frère – encore – mais il ne pouvait pas parler de Rick. Pas lorsqu'il avait envie de frapper violemment quelque chose en pensant à lui.

Sa mère ne lui pardonnerait jamais s'il finissait par se quereller avec l'un de ses frères deux soirs avant le mariage de Dylan mais il était si troublé, agacé et blessé qu'il s'inquiétait de ne pas pouvoir garder son calme si quelqu'un cherchait à savoir ce qui le distrayait tant.

Merde, il ne pouvait pas croire que Rick l'ait laissé tomber. Il ne le pouvait pas. Rick était inquiet au sujet de la sortie imminente de l'article sur *Errant* et Ian pouvait tout à fait le comprendre. Ce qui ne changeait rien au fait que Rick ne lui faisait pas confiance. D'une quelconque manière, il s'en sortit plus ou moins bien durant la répétition à l'église et trouva son chemin jusqu'au restaurant où devait se tenir le dîner de répétition, mais il ne se souvenait pas comment il était arrivé ici.

Son père se leva et frappa dans ses mains pour obtenir l'attention de tout le monde.

— Deirdre a quelque chose à dire, alors écoutez.

De derrière sa chaise, il tira trois grands cadres et les plaça sur la table devant eux. De l'angle où il se trouvait, il ne pouvait pas voir ce qui était encadré, mis à part qu'il semblait s'agir de trois photos.

Sa mère se mit debout.

— J'ai toujours été bénie avec ma famille. Mes enfants se sont toujours aimés les uns les autres et bien entendus les uns avec les autres… en tout cas ils ont fini par le faire.

Toute la famille, que ce soit du côté de Dylan comme du côté de Stephanie, rit consciencieusement.

— Mais mes trois plus jeunes garçons, Dylan, Ian et Kurt, ont toujours été particulièrement proches. Dylan est le premier des trois à se marier et, alors que mon Sean et moi essayions de nous creuser les méninges pour trouver un petit cadeau pour lui, comme ceux que nous avons trouvés pour ses quatre autres frères et sœurs aînés, une seule chose nous est venue à l'esprit. Pour ceux d'entre vous qui ne le savent peut-être pas…

Sa mère hocha la tête en direction des parents de Stephanie et de ses deux sœurs et sourit.

— Nous avons toujours vécu dans la même ferme en banlieue depuis que nous avons emménagé à Toronto. Nous y avons élevé tous nos enfants et dehors, dans le jardin, il y avait un énorme tronc d'arbre mort que Sean a transformé en banc. Bien évidemment, le plus souvent, mes trois petits fauteurs de troubles couraient, criant comme des fous, sur et autour de ce banc. Ils ne s'asseyaient jamais à moins d'être complètement épuisés. À moins que l'un d'eux soit troublé par quelque chose.

Ian fut soudain conscient des regards curieux d'un certain nombre de personnes dans la pièce. À en juger par le léger froncement de sourcils sur les visages de Kurt et Dylan, ils ne savaient pas plus que lui où le discours de leur mère allait mener.

— Quand l'un d'eux était bouleversé ou contrarié, les deux autres le conduisaient dehors jusqu'au banc et ils l'asseyaient entre eux pour discuter de ce qui n'allait pas. Je n'ai pas toujours su ce qui provoquait ces petites réunions mais j'ai toujours su que mes garçons reviendraient heureux et apaisés. Tout comme mon Sean qui a fait de son mieux pour s'assurer que la nature ne réclame pas ce banc de bois. Penser à cet arbre m'a donné la parfaite idée de cadeau, un souvenir de notre famille. Mais j'ai également réalisé qu'un tel souvenir devait aussi être un cadeau pour mes deux autres garçons, et c'est pourquoi il y en a un pour chacun d'eux.

Sa mère leva un des cadres et le retourna.

Il s'agissait de trois photos, les montrant dos à l'objectif, alors qu'ils étaient assis sur l'arbre dans le jardin de ses parents. Celle du haut avait été prise quand ils avaient environ huit ans. Kurt, avec sa tête tirant sur le roux, était assis au milieu. La seconde photo datait de leur adolescence. Les cheveux blond sable de Dylan ressortaient en un point central. La dernière photo… eh bien, elle avait été prise le jour où Ian avait révélé son homosexualité à sa famille ; sa chevelure noire se trouvait entre ses deux frères. Sans sa mère pour le leur faire remarquer, il aurait pu ne jamais réaliser le nombre de fois où ses frères et lui s'étaient mutuellement aidés durant les temps difficiles.

Ian renifla. Il souhaita que Rick ait pu avoir la chance de connaître un tel soutien toute sa vie. Alors, il aurait pu comprendre la position de Ian, il aurait pu accepter que sa famille faisait partie intégrante de sa vie… avant qu'il soit trop tard, avant que Ian ait fait cet ultime pas ce soir-là.

Il y eut quelques toasts supplémentaires avant que le dîner soit servi. Si on le lui avait demandé, Ian aurait pu dire qu'il avait mangé de la viande et des légumes, mais tout avait eu un goût de carton.

UNE FOIS le repas terminé, les invités se déplacèrent et se mêlèrent dans la pièce. Dylan quitta sa future épouse pour rameuter Ian et Kurt.

Dylan scruta le visage de Kurt.

— Bon, tu as l'air d'aller bien. Je ne sais pas pourquoi tu es si distrait. Il doit simplement s'agir d'un truc sexuel bizarre.

Dylan lui adressa une grimace dégoûtée qui fit rire Kurt.

— Davy est plutôt doué côté sexe.

Dylan agrippa sa poitrine comme s'il avait été mortellement blessé.

— Seigneur, ne me raconte surtout rien à ce sujet. Je ne veux rien savoir de la vie sexuelle de mes frères. Mais, une chose est claire, tu es distrait mais pas malheureux. C'est mon putain de mariage. Je pars en lune de miel dans exactement cinquante-six heures et jusqu'au moment de mon départ, tu m'appartiens, alors suis le programme et pense à tes actes sexuels torrides quand je ne suis pas là. Compris, Minus ?

Kurt rit à nouveau.

— J'ai compris.

— Et toi, dit Dylan en plantant un doigt devant la figure de Ian. Si je pouvais te ramener sur ce banc dans le jardin et te faire asseoir entre nous, je découvrirais exactement ce qui te met dans un tel état.

Kurt tourna la tête vers lui et l'étudia attentivement.

— Merde. Tu as raison. Bordel, Ian. Qu'est-ce qui ne va pas ?

— Je ne veux pas en parler.

Bien qu'il puisse se laisser convaincre de le faire s'il y avait une bûche géante sur laquelle il pouvait s'asseoir entre ses deux frères.

— Maman m'a dit que tu amenais quelqu'un. Est-ce que c'est ce qui ne va pas ?

— Kurt, s'il te plait, n'insiste pas. Je ne peux pas en parler.

Parce que maintenant, il n'aurait pas d'invité pour l'accompagner et il ne devrait pas être aussi misérable. Dylan avait raison ; c'était son mariage. Ian devrait être capable de laisser son drame personnel de côté. Le problème était qu'il venait juste de rompre avec un homme qu'il… Merde. L'homme qu'il voulait dans sa vie comme Kurt avait Davy. Mais il ne pouvait être heureux s'il ne pouvait pas le dire à sa famille. Il avait passé trop de temps à vivre caché et il savait combien c'était difficile.

Sa mère passa près d'eux, interrompant leur discussion 'fraternelle'.

— Ian, mon cœur. Tu amènes ton adorable ami au mariage ?

— Non, maman. Je n'ai pas d'adorable ami.

Leurs questions ne cessaient pas. Ceci n'était-il pas une nouvelle sorte de punition cruelle et originale ?

— D'accord, mon cœur, répondit-elle en tapotant sa joue.

Seigneur. Il refusait d'entendre à nouveau cette question ce soir-là. Ce serait pire au mariage quand il devrait expliquer à tout le monde que son ami s'était désisté et qu'il devait assister au mariage de son frère seul. Le seul membre de sa famille qui n'avait personne. Un perdant qui ne pouvait même pas garder un petit ami secret.

— Excusez-moi, je dois aller aux toilettes.

Il échappa à sa famille aimante et au restaurant bondé pour quelques moments de paix et sortit son téléphone pour appeler Leon.

— Hé, je sais que je te préviens à la dernière minute, mais serais-tu libre samedi ? Mon ami Rick était supposé venir au mariage de mon frère mais il a un empêchement. Ça te dirait de tenir compagnie à un homme en smoking ?

— Ian, bien sûr que j'adorerais venir. Hum… Je ne suis pas obligé de porter un smoking, n'est-ce pas ?

Ian laissa échapper un petit rire involontaire.

— Non, bien sûr que non.

Mais, en se rappelant des vêtements que portait généralement Leon et des quelques commentaires qu'il avait faits au sujet de ses difficultés financières, il réalisa que Leon pouvait ne pas posséder de costume.

— Est-ce que tu as un costume ?

Un silence accueillit sa question.

— Ce n'est pas grave. Je peux t'en prêter un.

Il prit une profonde inspiration avant de retourner à l'intérieur pour endurer la fin de soirée, du mieux qu'il put.

Et puis merde. En l'espace d'une soirée entière, chacun de ses foutus frères et sœurs ainsi que leurs conjoints lui avaient demandé qui allait l'accompagner au mariage et il n'avait pas voulu répondre qu'il s'agirait de Leon. Il avait stupidement perdu l'homme dont il était en train de tomber amoureux… *était* tombé amoureux… à cause de ses propres paroles stupides. Il pouvait aussi bien rendre cette semaine mémorable. Ian sortit du bâtiment à grandes enjambées. Il ne voulait pas que sa famille le surprenne en plein appel.

Faisant défiler sa liste de contacts, son doigt survola le nom d'Hector. Tout le monde n'avait pas le numéro personnel du grand patron, et Ian ne l'avait jamais utilisé avant. Si ce foutu article à la con n'avait pas existé, il aurait toujours Rick. Il avait été si près du but quand Rick avait accepté de l'accompagner au mariage. Une fois qu'il aurait vu que sa famille l'acceptait, ils auraient pu annoncer à tout le monde qu'ils formaient un couple et finalement avoir ce que son frère – ainsi que toute sa famille – avait.

Il appuya d'un doigt rageur sur son téléphone et, en quelques secondes, il fut connecté à la ligne privée d'Hector.

— Ian ? Que puis-je faire pour toi ?

Le ton raisonnable et calme d'Hector, celui de quelqu'un qui n'était pas en train de voir sa vie dégringoler autour de lui, ne le rendit que plus furieux.

— Je démissionne.

— Quoi ? Ian, tu es saoul ? Tu es mon meilleur gestionnaire de compte. Tu as reçu une meilleure offre ailleurs ? N'agis pas sans réfléchir. Nous pouvons parler de cela dans la matinée. Je vais me libérer pour te rencontrer.

— Je ne suis pas saoul, Hector. Je refuse simplement de rester dans une boîte qui va non seulement détruire la source de revenu d'un brave homme mais aussi s'abaisser à perturber la vie privée d'un employé.

— De quoi est-ce que tu parles ?

La panique dans la voix de son patron était certainement gratifiante mais Ian ne se faisait pas d'illusions. Le grand patron avait des visions précises sur la façon de gérer *Errant* et, peu importait le temps qu'il dégageait dans son agenda, il ne ferait jamais ce que Ian était sur le point de demander. Cela ne lui laissait pas d'autre choix.

— L'histoire Sandor Svenson. Si vous la publiez, je m'en vais.

Waouh. Deux ultimatums en un jour. Il était vraiment en veine.

— Je ne sais même pas ce que c'est.

— C'est une histoire des *Oubliés du Vendredi*. Elle va non seulement mettre en danger la carrière d'un homme bien, mais elle va aussi révéler mon homosexualité au monde entier, sans que je le veuille.

Il se retint de dire qu'il allait également faire un procès pour diffamation. Il avait vu quantité de gens essayer et échouer, mais il avait toujours l'intention de parler à Stephanie et de découvrir quelles étaient ses options. À l'évidence, une action en justice n'arriverait pas à temps pour empêcher le préjudice subi par Rick, mais il y avait peut-être une chance que les poursuites aident à soulager la douleur.

— Vous savez ce qu'est une bonne histoire ? C'est celle de Sandor qui s'en est sorti alors que c'était loin d'être gagné, la manière dont il a surmonté d'importantes épreuves pour devenir non seulement un membre de la société avec des responsabilités mais aussi un homme bon. C'est une putain de bonne histoire, au contraire de ce récit sordide, dégoulinant de saletés falsifiées.

Il n'y avait plus de retour en arrière possible maintenant, mais Ian s'énervait de plus en plus à chaque mot qu'il prononçait. Comment avait-il pu ne pas se rendre compte qu'il travaillait pour une société si méprisable ?

— Je viendrai la semaine prochaine récupérer mes affaires.

Il n'irait certainement pas au bureau demain, en plus il avait déjà posé un congé pour aider avec les préparatifs du mariage. Ian mit fin à l'appel et éteignit son téléphone. De cette façon, il pouvait ignorer tous les appels d'Hector, et ignorer aussi le fait de ne recevoir aucun appel de la part de Rick.

Il avait rompu avec son petit ami, il avait perdu son travail, il allait voir son cul nu placardé partout sur Internet, il allait devoir faire bonne figure pendant qu'un autre de ses frères offrait sa vie et son âme à une autre personne et il devrait continuer de sourire jusqu'à ce qu'il pousse Dylan dans cet avion pour Hawaii. Il retourna à l'intérieur se trouver une bière ou quatre.

La pire semaine de sa vie.

LES MINUTES qu'il passait seul chez lui s'égrenaient, chacune plus longue que la précédente. Même s'ils ne s'étaient pas disputés, Ian ne reviendrait pas, à cause du mariage. Mais Rick découvrait qu'il y avait une différence de taille, et douloureuse, entre un Ian au travail ou en train de faire les courses et un Ian ne revenant jamais.

Au lieu de sortir jeudi soir, il avait passé une bonne partie de la nuit recroquevillé sur le sol de la salle de bain et, une fois dans son lit, il avait été incapable de dormir et avait fixé le plafond. Il avait essayé d'appeler Ian plusieurs fois mais tous ses appels avaient fini sur messagerie. Ce qui pouvait signifier, ou pas, que Ian filtrait ses appels. Rick n'avait pas pris la peine de laisser un message ; il ne savait pas quoi dire.

Filtrage ou pas, leur dispute avait été bien plus violente qu'il l'avait cru sur le moment, et il ne savait pas comment réparer cela. Le plus drôle, c'était qu'il avait cette folle envie de demander à Ian ce qu'il en pensait. Non que Ian ait plus d'expérience que lui en matière de relations sentimentales, mais il avait beaucoup de relations avec des personnes qu'il aimait. Il savait probablement ce que Rick devait faire pour régler cela mais il n'était pas là pour qu'il le lui demande.

Ce jour-là, Rick eut juste assez d'énergie pour appeler ses patients et annuler leurs rendez-vous. Rien de plus qu'une mesure préventive. Même s'il avait eu l'énergie d'accueillir ses patients, ils annuleraient tous dès qu'*Errant* publierait cette putain d'histoire.

Il n'avait même pas allumé son ordinateur pour jeter un coup d'œil au site. Il était simplement resté allongé comme un poisson mort attendant de pourrir. Aucun client ne l'appela et, plus important encore, Ian n'appela pas non plus.

Ce jour-là, c'était samedi. Quelque part, Ian revêtait un smoking et se préparait à voir sa grande et turbulente famille. À boire un peu, à danser un peu... et peut-être même à rencontrer quelqu'un. Son âme s'étiola légèrement alors qu'il imaginait quelqu'un d'autre admirant la puissance et la beauté de Ian en smoking, et quand il imaginait Ian retourner cette appréciation, il avait envie de vomir.

Ce qui ne lui laissait qu'une seule option.

CHEZ *LETTIE*, Rick s'assura d'avoir une table hors de vue de celle qu'il avait partagée avec Ian. Ce n'était pas difficile. Il était un peu trop tôt pour le rush du dîner rassemblant les personnes qui prévoyaient de sortir en boîte ou d'aller au cinéma du centre-ville.

Jon ne le fit pas attendre longtemps et, haletant, il se glissa en hâte dans le siège en face de lui.

— Rick, mon doux, j'ai l'impression que ça fait une éternité qu'on n'a pas fait ça. J'ai été complètement débordé avec la boîte de nuit et je suppose que tu as aussi été occupé.

Sa mâchoire se serra douloureusement. Il avait été occupé mais pas de la façon dont Jon le pensait.

— Oui, eh bien, c'est en quelque sorte la raison pour laquelle je voulais te voir. Pouvons-nous commander d'abord, avant que je me lance ?

L'estomac retourné, il ne pensait pas pouvoir manger, mais un verre de vin descendrait vraiment bien. Il aurait préféré prendre une margarita mais il ne voulait pas risquer d'irriter davantage son estomac. Il commanda une bouteille à partager, sachant que Jon boirait à peu près n'importe quoi.

Avec un restaurant à moitié vide mais tout un personnel à disposition anticipant le rush du dîner tardif, ils eurent leurs boissons et leurs repas en un temps record.

Malgré l'arôme qui lui mettait l'eau à la bouche, Rick repoussa son assiette. Sa gorge était si serrée qu'il ne serait jamais capable d'avaler de la nourriture solide. À la place, il sirota le Chardonnay doucereux et se demanda par où il devrait commencer.

Jon prit une bouchée, puis posa sa fourchette et l'observa en travers de la table.

— Qu'est-ce qui ne va pas ? Tu as une tête à faire peur.

— Merci, chéri. Voilà de quoi complexer une fille.

Rick cilla. Le sarcasme n'installait pas l'ambiance appropriée.

— Je suis désolé. Je n'aurais pas dû dire ça.

John fronça les sourcils.

— Pourquoi pas ? C'est du Rick classique, exactement comme je m'y attendais. Mais maintenant, tu m'inquiètes vraiment.

Rick prit une profonde inspiration et la laissa ressortir lentement. Il n'y avait pas à tergiverser. Son plus vieil et meilleur ami ne le permettrait pas. En fait, sans son nouvel investissement à l'Anaconda, Jon aurait découvert la liaison secrète de Rick bien avant cela.

— Je suis sorti avec Ian.

— Ian ? Un dénommé Ian… Attends. Ian O'Donnell ? Le frère de Kurt avec qui tu as couché deux fois, et puis… quoi ?

— Il voulait que nous devenions amis alors nous avons commencé à passer du temps ensemble.

191

— Et pourtant, tu ne l'as jamais mentionné une seule fois ? Nous ne sommes jamais sortis avec vous deux ensemble ? Ça ne sonne pas comme une amitié pour moi, on dirait plutôt une liaison. Pourquoi donc voudrait-il que tu caches une amitié ?

Rick passa ses doigts dans ses cheveux.

— Il ne voulait pas la cacher. C'est moi.

— Pourquoi ? Enfin, je sais que tu n'as jamais eu ou voulu de petit ami, mais si tu as commencé à fréquenter Ian, pourquoi garder cela secret ?

Il pressa un poing contre son estomac et raconta tout à Jon. Absolument tout. Son enfance, son changement d'identité, tout ce qu'il avait seulement dit à une seule personne – Ian.

Quand il eut fini, leur nourriture était froide et il ne restait plus de leur vin que quelques gouttes dans le fond de leurs verres.

— Jésus Christ sur une échasse à ressort. Rick, pourquoi diable ne m'as-tu jamais raconté tout ça ?

Rick se mordit la lèvre et haussa les épaules. Bien que le raconter une deuxième fois ait été plus facile que la première, sa dispute avec Ian le faisait se sentir inexplicablement larmoyant.

— D'accord, d'accord. C'était assez énorme. Tu étais probablement inquiet que je te déteste ou que je ne veuille plus être ton ami, quelque chose de ce genre. J'ai compris. Mais tu sais que ça ne change rien entre nous, pas vrai ? Tu es toujours le premier ami que je me suis fait après que mes parents m'ont jeté dehors. Mon premier colocataire. Tu as toujours été là pour moi, et je suis toujours là pour toi. Toujours, tu saisis ?

Rick renifla et ne put contenir les larmes qui avaient menacé de couler pendant qu'il parlait.

— Oh, Rick. Écoute-moi. Entre toi et moi, tout va bien. Et nous allons faire en sorte que tout aille bien entre Ian et toi.

Jon se glissa hors de son siège et rejoignit Rick sur sa banquette pour enrouler un bras autour de lui. Enfouissant son visage dans le cou de Jon, il se laissa sangloter. Il se demanda si quelqu'un le reconnaîtrait et ajouterait cette séquence-rupture de dernière minute à son histoire pour le *Errant*. Jusqu'à maintenant, sa triste notoriété n'avait pas fait autant de vagues qu'il s'y était attendu.

Quand il eut fini de pleurer toutes les larmes de son corps, Jon lui tendit une serviette en papier. Il s'essuya le visage et se moucha pendant que Jon retournait s'asseoir en face de lui. À un certain moment pendant sa crise, le personnel de salle leur avait apporté des *latte*. Il n'était pas sûr de savoir si c'était une demande de Jon ou si les serveurs s'étaient figurés qu'il était l'une de ces personnes qui devenaient larmoyantes et sentimentales quand elle buvait, et essayaient de le dessaouler. Dans un cas comme dans l'autre, le breuvage chaud et fumant était le bienvenu.

— Je sais qui tu es, déclara Jon. Qui tu es vraiment, que tu te fasses appeler Sandor ou Rick.

Son ami l'observa attentivement, le forçant à garder ses yeux brûlants gonflés de larmes dirigés vers lui.

— Tu as passé ta vie entière à te battre. À chaque fois qu'une personne a suggéré que tu ne pouvais pas faire quelque chose, tu as foncé tête baissée et tu lui as prouvé le contraire. À chaque fois que tu as eu peur d'échouer, tu as trouvé un regain de détermination et persévéré. C'est la raison pour laquelle tu possèdes cette fabuleuse maison et un cabinet prospère. Pourquoi n'utilises-tu pas cette détermination dans ta vie personnelle ? Je sais que tu désires être avec Ian ou tu n'aurais jamais commencé à sortir avec lui. Je sais que tu tiens à lui, peut-être même que tu l'aimes, parce que dans le cas contraire, tu te tournerais vers la prochaine queue disponible sans un regret, comme tu l'as fait toute ta vie. Tu dois te battre pour lui, même si cela signifie que tu doives affronter ton propre caractère et tes peurs.

— C'est bien joli mais s'il ne veut pas de moi ?

Jon leva les yeux au ciel.

— Mon cœur, tu aurais dû avoir un petit ami ou deux avant ça. Tout ce que tu m'as raconté, ce sont des actions prises par un homme faisant son possible pour que tu t'engages. Il faisait tout ce qu'il pouvait pour te mettre à l'aise avec cette idée. Tu l'as juste poussé à bout et mis en colère.

— Et s'il me trompe ? Et si je ressemble trop à ma mère et que je le blesse ?

— Il n'y a aucune garantie dans la vie mais que ressens-tu à la perspective d'avoir des relations sexuelles seulement·avec Ian et personne d'autre ?

Rick y réfléchit pendant un moment. Cela avait été étrangement facile de laisser ses autres conquêtes partir et la pensée d'essayer de nouvelles choses avec un homme en qui il pouvait avoir confiance était comme se voir accorder un fantasme auquel il n'avait jamais osé rêver.

— Je me sens bien. Heureux.

— Très bien. Pourquoi serait-ce différent pour lui ?

Il avait raison. Si lui était désireux d'être fidèle, alors il n'y avait aucune raison de supposer que Ian ne l'était pas aussi.

Mais Jon n'avait pas fini.

—Imaginons une seconde que ce soit le cas. Mets-toi dans l'ambiance. Imagine que tu vis avec lui depuis des années. Que vous avez un chien ensemble, une maison, une vie.

Si seulement cela pouvait arriver. Encore plus de choses qu'il n'avait pas cru vouloir.

— Et un jour, tu rentres à la maison et tu découvres qu'il te trompe. Ou qu'il te quitte pour un autre homme. Comment te sens-tu ?

À l'opposé de son fantasme, c'était douloureux à considérer, mais pour Jon, il le fit.

— Blessé. Triste. En colère.

— Et que ferais-tu ?

— Je le jetterais probablement dehors à coups de pied. Et je garderais le chien.

Jon attrapa un couteau à steak sur la table et le brandit vers lui.

— Pas de désir brûlant de le poignarder dans les tripes avec un couteau ?

Rick haleta et se rejeta en arrière.

— Non !

— Je n'ai rien à ajouter. Je ne dis pas que tu ne devrais pas aller parler à quelqu'un qui pourrait t'aider à l'accepter, à gérer tes peurs. Ian avait raison là-dessus. Mais si le pire devait arriver, tu le surmonteras et tu avanceras, avec moi à tes côtés. Tu as compris ?

Il sourit, se sentant plein d'espoir pour la première fois depuis que Ian avait franchi le seuil de sa maison.

—Alors, que suis-je supposé faire ? Et dîtes-moi, monsieur le savant, pourquoi ne puis-je plus l'appeler 'chéri' ?

Jon agita ses doigts comme un oracle à une foire de rue.

— Tout d'abord, *chéri*, tu appelles tout simplement tout le monde *chéri*. Ou 'mon cœur' ou 'mon grand' ou 'mon doux'. Cela représente probablement l'intimité pour lui, une intimité que tu partages avec tout le monde, les rendant tous… insignifiants. Si tu veux l'appeler par un nom qui ne soit pas le sien, trouve quelque chose d'unique. Il veut savoir qu'il est spécial à tes yeux.

Il n'y eut pas de lumière dorée jaillissant du ciel, ni de chants sacrés, mais l'interprétation de Jon était une révélation, complètement juste. Rick pensait peut-être avoir le surnom idéal. Il avait menacé de jaillir de sa bouche depuis des jours et c'était un petit nom qu'il n'avait jamais utilisé avec personne avant.

— Et comment j'arrange cette situation lorsqu'il ne répond pas à mes appels ?

— Eh bien, c'est simple. Va le voir. Maintenant.

— Maintenant ? Il est au mariage de son frère !

— Pas la peine de laisser pourrir la situation. Ils doivent être en train de finir le dîner en ce moment. Ils effectueront leurs discours pendant que tu seras en route, puis ensuite ils ne feront que danser. Il sera plus à même de t'écouter parce qu'il ne voudra pas faire une scène devant sa famille.

Une raison d'être reconnaissant envers la famille. Qui l'aurait cru ? Mais il allait devoir dépasser ses a priori. Ian avait raison. Lui demander d'abandonner six frères et sœurs et deux parents aimants parce qu'ils rendaient son petit ami nerveux était ridicule et il n'avait aucun droit ou même raison de lui demander une telle chose. En particulier s'il s'apprêtait à se battre pour vivre le rêve d'un couple, heureux et adulte.

DU HAUT de son perchoir sur l'estrade à la table d'honneur des mariés, Ian observa les tables de 'parents, conjoints et invités' déployées devant eux. Leon était beau, bien que le costume de Ian soit un peu trop grand pour lui. Il semblait très bien s'entendre avec sa famille. Étant donné qu'il avait à peine eu le temps de dire bonjour à Leon, de le présenter brièvement aux invités, et de lui jeter un costume pour qu'il se change, Ian était heureux que son invité ne semble pas mal à l'aise. Sa famille – celle qui ne faisait pas partie de la noce – était gentille et ils n'auraient pas laissé Leon tout seul, mais une petite pointe de rancœur lui tournait l'estomac, parce que ça aurait dû être Rick assit là, apprenant à les connaître. Si seulement Rick avait eu les tripes de surmonter cette histoire stupide…

Le seul bon point de la journée était que Ian ne célébrait finalement pas le mariage de Dylan avec des photos de lui, nu, en train de s'envoyer en l'air avec son ex petit ami, postées sur l'un des sites de commérages les plus populaires du Canada. Non, il avait la chance de pouvoir sauvegarder ce petit bijou pour le divertissement de la semaine suivante.

Cela allait certainement beaucoup plaire à Leon. Les jeunes ne semblaient pas avoir les mêmes problèmes avec l'intimité que lui. C'était peut-être parce qu'il avait passé la majorité de sa vie adulte dans le placard mais il était d'avis qu'il s'agissait davantage d'un gouffre générationnel. Il n'avait pas grandi en utilisant Internet et il était impressionné, d'une façon dont ne l'étaient pas les jeunes, du pouvoir de destruction que cela avait sur des vies.

Aucun d'eux ne semblait inquiet de ce qu'ils mettaient en ligne ou de qui pouvait le voir ou de comment cela pouvait affecter leur chance de trouver un emploi ou même des problèmes psychologiques causés à ceux dont les photos étaient postées sans leur consentement. C'était une mentalité complètement différente dont il n'avait pas réalisé la portée dans son travail jusqu'à maintenant. Combien d'autres personnes avaient vu leur vie déracinée ou détruite par une des histoires à sensation du *Errant* ? Ça le rendait malade d'y penser, encore plus parce qu'il *n'y avait pas* pensé jusqu'à ce que ça l'affecte personnellement.

Ensuite, il y avait la crainte d'expliquer sa nudité en ligne à ses parents. Oui, ça devait être la pire semaine de sa vie. Il jeta un coup d'œil à son frère qui remuait les doigts à l'attention de Davy comme un gamin frivole avec son premier amour. Bâtard.

Mais peu importait à quel point la semaine était démoralisante pour lui, elle n'était pas la pire. La pire avait été quand Kurt s'était fait tirer dessus et qu'ils n'avaient pas été sûrs qu'il s'en sortirait. Cette semaine arrivait en bonne seconde place, cependant.

Le serveur lui adressa un drôle de regard quand il rassembla les assiettes et trouva celle de Ian toujours bien remplie. Il n'avait pas réussi à manger de repas complet depuis avant le dîner de répétition et n'était pas près de commencer ce soir-là.

Quand les discours commencèrent, Ian s'adossa à sa chaise, faisant semblant d'écouter, laissant les réactions de la foule lui dicter s'il devait plutôt rire ou applaudir. Ne pas avoir de discours à faire était une minuscule bénédiction.

La cérémonie catholique entière avait pris une éternité. Le trajet jusqu'à Casa Loma avait été encore plus long, un accident causant un méchant embouteillage sur l'autoroute Gardiner. La séance photo elle-même avait été interminable et le dîner s'était allongé à n'en plus finir. Il ne voulait rien d'autre que se recroqueviller dans son lit solitaire et froid et se demander quand il aurait l'énergie de chercher un nouvel emploi.

Il resta sur sa chaise alors que le couple de mariés entamait leur danse parentale de rigueur. Après ça, il s'était attendu à ce que le DJ joue quelque chose d'un peu plus énergique pour lever la salle qui avait été gavée d'un copieux menu à onze plats. C'était seulement quatre plats, mais prétendre manger ces quatre plats revenait à en manger onze pour lui. Le DJ le surprit, cependant, en enchaînant encore avec un rythme lent. Sa mère se dirigea tout droit vers son siège et il grogna tout bas.

— Allez, mon garçon, tu m'as assez évitée aujourd'hui.

Pourquoi ne pouvait-elle pas être la typique mère du marié et s'inquiéter seulement de ce qui se passait avec Dylan, pour l'amour du ciel ?

— Salut, maman.

Ian la conduisit sur la piste de danse.

— Charmante cérémonie, n'est-ce pas ? Stephanie était magnifique.

— Oh, tu ne vas pas t'en sortir aussi facilement, mon fils. Ce Leon semble être un assez gentil garçon, mais ce n'est pas cet adorable blond infatigable, et son nom n'est pas Rick. Tu as l'air d'avoir reçu un coup sous la ceinture de la part d'un de tes frères, qu'est-ce qui t'arrive ? Parce que ce petit Leon est aux anges d'avoir été invité par toi et je ne t'ai pas vu l'approcher une seule fois.

Juste comme ça, sa gorge se comprima et ses yeux commencèrent à brûler. Mais le temps où les larmes pouvaient être expliquées par la joie de cette journée était depuis longtemps dépassé.

— Leon est mon invité, maman. Pas Rick.

Jamais Rick.

— Rick est juste l'ami de Kurt et Davy. C'est tout.

Et il devrait se le rappeler.

— Oh, toi, petit menteur. Nous en avons parlé à l'anniversaire d'Erin. J'ai vu comment tu le regardais et, s'il y a une chose que je sais à propos des hommes O'Donnell, c'est quand ils ont trouvé le bon.

— Je ne savais pas que Rick était le bon lors de cet anniversaire.

Sa mère sourit d'un air narquois et ses joues s'échauffèrent quand il réalisa qu'il avait admis croire que Rick était le bon. Damné soit le romantisme excessif de sa mère.

— Oh, mon chéri. Ta tête pouvait ne pas le savoir, mais ton cœur et tes attributs le savaient.

— Maman !

Il ne pouvait pas croire que sa mère ait déjà fait référence à ses parties deux fois au mariage de son frère.

— Tu aurais dû amener Rick. Le laisser s'habituer à nous est la seule façon pour lui de se poser. Comme tous les petits amis et les petites amies le doivent.

— Nous avons rompu. Je crois.

197

Ça lui avait semblé sacrément définitif quand il était parti en trombe de chez Rick mais il n'avait pas vraiment voulu que ça le soit. Comme Rick l'en avait accusé, cependant, peut-être s'était-il senti coupable de ne pas prendre les désirs et les besoins de celui-ci en considération.

— Alors tu dois réparer cela.

— Comment ? S'il désire avoir ce que je lui propose, ne devrait-il pas simplement me le dire ?

Sa mère secoua la tête tristement.

— Mon cœur, je peux voir à un kilomètre que cet homme est comme un chien battu. Il veut tellement rendre quelqu'un heureux mais il est effrayé et ne sait pas du tout comment faire pour que ça arrive.

— Je ne sais pas non plus. Je n'ai jamais eu de relation avant.

— Vraiment ? Pas de relations ? Même avec tes frères, tes sœurs et tes parents ? Tu sais comment régler les disputes et les chagrins avec ceux que tu aimes. Il ne sait pas. Arrange ça.

Ian se demanda si Kurt ou Davy lui avaient parlé de quelques-uns des traumatismes de Rick parce que, sinon, comment le saurait-elle ? Mais bon, il avait toujours dit qu'elle avait un sixième sens – quand il était question de ses enfants, du moins.

— Je le ferai, maman.

— Et tu vas devoir lui présenter tes excuses pour avoir invité Leon.

— Vraiment ?

— Oui. Tu sais au fond de toi que c'est Rick qui aurait dû être ici et tu n'aurais pas dû essayer de le substituer.

Elle avait raison et c'était pour cela qu'il n'avait pas été capable de parler à Leon de toute la soirée. Sa famille allait se faire des idées sur l'homme qu'il avait amené avec lui et elles seraient toutes mauvaises. Il aurait dû venir seul.

La chanson prit fin et elle lui tapota les joues avant de s'en retourner parmi la foule des invités. Un nouveau groupe de personnes déboula sur la piste de danse alors que le tempo s'accélérait et Ian décida de trouver Leon.

LA MUSIQUE changea à nouveau pour un rythme plus lent juste quand il réussit à trouver Leon sur le bord de la piste de danse.

— Te voilà ! Je t'ai cherché partout, dit Leon, les yeux brillants et le sourire large.

— Leon.

198

Qu'était-il supposé dire ? Qu'il devait le ramener chez lui parce qu'il n'était pas Rick ? Les dégâts étaient déjà faits et ce n'était pas comme si c'était un rendez-vous amoureux. Ils étaient amis et il pouvait aussi bien essayer de s'amuser. Même s'il avait la permission de sa mère – ce qu'il n'était pas très sûr d'obtenir – Dylan le tuerait s'il partait tôt et Kurt l'aiderait.

Bien sûr, il avait vu Kurt et Davy se faufiler vers le jardin clos hors de la véranda environ dix minutes plus tôt. Il n'y avait pas non plus beaucoup de doutes sur la raison pour laquelle ils s'étaient éclipsés discrètement. Connards.

— Est-ce que tu veux danser ?

Leon enroula ses mains autour du cou de Ian et leva les yeux vers lui. Le simple contact le paralysa pendant un instant. Puis Leon l'embrassa et sa perception du monde s'altéra. Leon était intéressé par plus qu'une simple amitié ou même un coup d'un soir. Il n'y avait qu'une seule raison pour embrasser un homme devant sa famille et ce n'était pas pour demander une fellation dans les toilettes.

Il s'écarta. Oh merde, merde, merde.

— Leon, nous ne pouvons pas faire ça.

— Pourquoi pas ?

Leon s'avança, essayant d'enrouler ses bras autour de Ian à nouveau. Cette fois, Ian attrapa Leon par l'épaule et le tira vers une table vide près de la porte.

— Assieds-toi.

— Je ne comprends pas.

— Leon, je suis vraiment désolé. Je ne savais pas... que tu étais intéressé par moi de cette manière. Je suis amoureux de quelqu'un d'autre.

Il avait essayé si fort de ne pas le dire, de ne pas le penser jusqu'à ce que Rick soit prêt à l'entendre. Et maintenant il le laissait sortir sans faire attention devant un gars quelconque. Sa mère avait raison. Rick était le bon et il devait faire tout ce qu'il fallait pour arranger la situation.

Le visage de Leon se tordit et des larmes lui montèrent aux yeux.

Kurt et Davy approchèrent de la table, donnant à Ian un peu d'espace pour respirer face à l'attachement émotionnel soudain et inopportun de Leon.

— Hé, est-ce que tu as invité Rick ?

Ian fronça les sourcils. D'où venait donc cette question ?

— Pourquoi ?

— Il nous semble l'avoir vu partir juste au moment où nous revenions du jardin mais il était trop loin et bougeait trop vite. Nous ne l'avons pas invité et Dylan ne le connaît pas assez bien pour l'avoir fait, alors nous avons pensé que tu saurais peut-être ce qu'il faisait là.

Son cœur battit plus vite alors que l'adrénaline se ruait dans ses veines. Il n'y avait qu'une seule raison pour que Rick soit venu le chercher au mariage et il y avait une raison bien plus énorme pour que Rick soit parti avant de lui avoir parlé.

— Leon, je dois aller le trouver. Kurt et Davy vont s'assurer que tu rentres chez toi en toute sécurité.

— Mais, mais moi aussi je peux faire tout ce qu'il y a sur ces photos. Je peux te rendre heureux.

Non.

Par l'enfer, non.

Leon ne venait pas juste de dire ça.

— Quelles photos ? demanda Kurt comme s'il était passé en mode interrogatoire.

Ian arrêta Kurt d'un revers de la main et, incroyablement, il se tut.

— Avery t'a laissé voir ces photos ?

Une suspicion terrible titilla les bords de sa conscience, confirmée par l'intense rougissement qui s'épanouit sur ses joues fines.

— C'est moi qui les ai prises, murmura-t-il.

— Pourquoi ? Pourquoi ferais-tu cela ? Et le vandalisme ?

Leon gesticula sur sa chaise, le costume trop grand contribuant à son apparence incroyablement jeune.

— Je l'ai suivi chez lui. La nuit où je vous ai vus ensemble à l'Anaconda. J'étais tellement en colère. Je n'avais pas l'intention de faire quoi que ce soit mais alors j'ai trouvé un écureuil mort. Après ça, j'ai eu l'impression de vous voir ensemble partout et tu ne m'as jamais, jamais regardé comme tu le regardes, lui. Finalement, quand tu m'as invité à cette fête, j'ai pensé que tu avais recouvré tes esprits, mais tu es parti avec lui. Encore. Je vous ai suivis et j'ai pris ces photos. Je ne comprends pas ce qu'il a de plus que moi. Nous avons des tas de choses en commun et nous travaillons au même endroit et, je sais que je suis plus souple que lui, et, et…

Il s'arrêta pour renifler et Ian se refréna à peine de secouer le gamin.

— Donc tu les as données à Avery ?

— Pas exactement.

— Tu sais que mon frère ici présent est flic, n'est-ce pas ? Beaucoup de choses que tu as faites sont illégales. Je veux des réponses ou je lui demande de t'arrêter. Raconte-moi tout.

Il ignora le regard anxieux de Kurt qui hésitait, ne se souciant pas qu'il puisse être en train de mentir et que Kurt ne soit pas capable de faire la moindre chose à ce gosse.

— J'étais si en colère. Alors je suis allé voir Avery pour savoir si elle pouvait m'aider à trouver quelque chose qui pourrait... te faire changer d'avis à son sujet. À nous deux, nous avons découvert le changement d'identité, et le reste était facile.

— Changement d'identité ?

Cette fois, Ian ne prêta pas attention à la question de Davy. C'était sans importance jusqu'à ce qu'il sache de quoi il retournait.

— Et elle a décidé que ça ferait une grande histoire pour les *Oubliés du Vendredi*.

Avoir une histoire de choix telle que celle-ci lui tombant toute cuite dans le bec... impossible qu'Avery ait laissé passer ça.

— Oui. Je n'aurais sans doute pas dû lui parler des photos de Rick et toi.

Ian laissa presque sa tête tomber sur la table.

— D'accord, maintenant j'ai besoin de quelques réponses.

La voix de Kurt passa en mode flic en colère, ce qui n'intimida pas Ian le moins du monde, mais il était prêt à écouter parce qu'il espérait vraiment convaincre son frère d'arrêter Leon, voire même de lui donner un petit aperçu de la brutalité policière en passant.

Kurt tira une chaise pour lui et pour Davy, et la paire s'assit. Ian se demanda combien de temps ils pouvaient rester là avant qu'un ami ou un membre de la famille s'aventure par ici.

— Il y a des photos de Rick et toi ? demanda son frère en soulevant un sourcil brun. Le même Rick qui a décampé d'ici il y a quelques minutes ? Est-ce pour cette raison que tu es tout retourné ?

Ian prit une profonde inspiration.

— Écoute, Rick et moi sommes sortis ensemble.

— C'est vrai ? s'exclama Davy, visiblement choqué. En secret ?

— C'est ce qu'il voulait.

Et la vérité ayant presque entièrement éclaté au grand jour, grâce à Leon, il ne causerait pas plus de dommages en racontant au moins une partie de l'histoire.

— Plus ou moins depuis le jour où nous nous sommes rencontrés à la partie de peinture.

Cette fois, ce furent à la fois les yeux de Kurt et de Davy qui s'écarquillèrent.

— Il ne voulait le dire à personne. Il a une aversion féroce pour les relations romantiques et les familles, les mères en particulier, et vous savez bien comment est maman. Elle l'a complètement fait paniquer à ta pendaison de crémaillère.

Mais cela ne les rapprochait pas plus du cœur du sujet.

— Quoi qu'il en soit, nous en étions juste arrivés au point où il avait accepté que nous soyons un couple exclusif et il avait accepté de venir au mariage avec moi, même si nous n'allions dire à personne que nous nous fréquentions.

— Puis-je partir, s'il vous plaît ? demanda Leon plaintivement.

Kurt lui lança l'un de ses regards les plus mauvais.

— Tu restes assis jusqu'à ce que j'aie tout entendu. Je pourrais bien t'arrêter.

Leon se calma, une transpiration nerveuse se formant sur son visage.

— Continue.

Kurt tourna à nouveau le regard vers Ian.

— Au début, ce n'était qu'un peu de vandalisme. Des pneus dégonflés, des trucs dans la boîte aux lettres. Je voulais que Rick le signale mais il pensait que ce n'était que des gamins et qu'ils finiraient par arrêter. Mais ensuite, Rick a trouvé un jeu de photos. Il s'agissait de photos imprimées sur papier, de nous deux. Des photos explicites. Nous pensions que c'était peut-être le mec avec qui Rick couchait avant moi. Il était devenu un peu agressif lorsque Rick avait mis un terme à leur relation.

— Tu es en train de me dire que tu as des photos qui auraient pu provenir d'un harceleur ou d'un maître chanteur et que tu ne m'as jamais appelé ?

D'accord, maintenant il était un peu intimidé par la voix de flic en colère de Kurt.

— J'ai dit à Rick que nous devrions appeler la police mais il refusait de le faire. Probablement parce qu'il ne voulait pas expliquer l'histoire du changement de nom.

— Je veux absolument tout savoir à propos du changement d'identité.

Étrangement, Davy était beaucoup plus déterminé que Ian l'aurait supposé.

— Ce n'est pas à moi de te le raconter mais tu peux lire la majeure partie de l'histoire sur le *Errant*. Il était mis en avant dans l'histoire des *Oubliés du Vendredi* de cette semaine. La deuxième partie, vendredi prochain, inclura également les photos de nous au lit.

— Non, il n'y était pas, déclara Davy en secouant la tête.

— Si, il y était. Regarde l'histoire de Sandor Svenson.

— Il n'y avait pas d'histoire à propos d'un Sandor Svenson.

Ian dévisagea Davy.

— Ne me dis pas que tu lis l'*Errant* ?

Une rougeur adorable colora le bout des oreilles de Davy et le haut de ses pommettes.

— Plaisir coupable. Et d'après le Quid de la semaine dernière, Kurt pourrait en fait être un loup-garou.

Kurt pivota la tête pour jeter un regard incrédule à Davy avant de reporter son attention sur Leon.

Eh bien. Tous les goûts étaient vraiment dans la nature.

— Tu as dû la manquer. J'ai vu la maquette qu'il a montée, dit Ian en pointant un pouce en direction de Leon.

— Je te le dis, il n'y avait rien à propos de Rick. Ou de ce Sandor.

Davy commença à pianoter sur son téléphone.

Ian tira également le sien de sa poche et l'alluma. La quantité de messages vocaux qu'il avait reçus était remarquable. Aucun de Rick, bien qu'il ait manqué quelques appels de sa part. Hector avait appelé trois fois et envoyé un message texte.

La curiosité l'emportant sur tout le reste, il vérifia le message.

Histoire retirée avec mes excuses. Ton poste t'attend si tu le souhaites mais je comprendrais que tu veuilles toujours démissionner.

Ian prit une inspiration profonde et purifiante. Hector et *Errant* avaient eu bien plus de considération qu'il avait espéré. Mais il ne pouvait compromettre son intégrité davantage en travaillant pour eux.

— Ils ont retiré l'histoire.

— Mais, mais…, balbutia Leon. Je pensais qu'une fois l'histoire révélée, tu ne voudrais plus de lui.

— Leon, cette histoire pouvait complètement détruire la vie d'un homme, sa carrière.

— Quelle histoire ?

Davy tapa du poing sur la table. Kurt n'avait plus l'air patient, lui non plus.

— Les gars, ce n'est pas vraiment à moi de vous raconter cette histoire. Mais tout ce que je peux dire, c'est que Rick est un homme étonnant et fort. Et Leon, même si Rick me quitte après la pagaille que tu as causée, tu ne prendras jamais sa place. En fait, après ce soir, je doute fort que nous nous revoyions à nouveau.

— Mais, et pour le travail ?

— Je démissionne.

Cette simple déclaration déclencha trois vives inspirations mais seul Leon tenta de protester.

— Je m'en vais trouver Rick, essayer d'arranger les choses.

Dylan pouvait bien le tuer ; il ne pouvait attendre plus longtemps.

— Mais, Ian, je ne voulais pas que tout cela arrive, attends…

Leon se leva mais Kurt le repoussa fermement sur la chaise.

— Non, tu restes assis. Nous allons avoir une longue conversation à propos de la vie privée et du harcèlement. En supposant que tu ne veuilles pas avoir une discussion similaire au poste de police.

La dernière fois que Ian vit Leon, il était assis comme un garçon effrayé se faisant discipliner par son père. Et il méritait au moins bien ça, dans la mesure où il était bien assez vieux pour comprendre que toute action avait une conséquence. Au moins, il était apaisé de savoir que le coupable était un jeune homme qui n'avait pas pleinement réfléchi aux résultats de ses décisions, et non un dangereux harceleur qui en avait eu après Rick.

X

RICK SE gara dans l'allée et observa sa maison. Il l'aimait, mais n'avait pas pu y mettre les pieds la nuit précédente après avoir vu Ian embrasser ce… ce… gamin canon de vingt et quelques années. Ian avait-il même attendu une heure avant de chercher du réconfort dans le lit de ce mec ? Voir Leon dans l'un des costumes de Ian avait été le coup de grâce. Sa maison était tellement empreinte du souvenir de Ian qu'il était allé directement chez Jon, qui par chance n'était pas sorti pour la nuit.

Mais bon, comme Jon l'avait si pertinemment fait remarquer, ses propres actions avaient difficilement été au-dessus de tout reproche et s'il laissait sa peur repousser un homme auquel il tenait… un homme qu'il aimait, eh bien, il ne pouvait s'en prendre qu'à lui-même. S'il y avait un quelconque moyen de sauver cette relation, il allait devoir prendre sur lui et parler à Ian.

Jon était resté avec lui aussi longtemps qu'il avait pu avant de devoir s'en aller pour voir si tout se passait bien à l'Anaconda, laissant Rick se tourner et se retourner dans le lit d'amis de Jon toute la nuit. Le seul point positif de cette nuit de déferlement d'événements merdiques était que Jon avait dit vrai : perdre Ian avait fait mal et l'avait fait pleurer comme rien d'autre depuis la nuit où ses parents étaient morts mais il n'avait pas eu la moindre envie de le blesser physiquement ou de le tuer. Une chose de moins sur laquelle stresser.

Maintenant, il avait besoin d'une douche, d'un chargeur pour son téléphone, et de nourriture autre que de la crème glacée. Ce foutu Ian allait détruire sa silhouette, surtout s'il n'était plus là pour lui faire perdre le surplus avec une partie de jambes en l'air.

Il balança ses jambes hors de la voiture et s'étira, le bas de son dos protestant contre la mollesse du lit d'amis de Jon. Le soleil du petit matin soulignait seulement son état de déprime et il marcha péniblement vers l'entrée de chez lui, planifiant de passer la journée à se cacher dans sa propre chambre d'amis, où Ian n'avait jamais mis les pieds. Peut-être qu'il se reposerait assez pour trouver le courage de se lancer à la poursuite de Ian et de jeter ce Leon dehors.

Presque à sa porte, il ne remarqua pas le corps sur le banc sous son porche jusqu'à ce qu'il bouge, et il sursauta en criant.

— Rick ?

Les yeux de Ian étaient soulignés de rouge et fatigués.

— Ian ? Qu'est-ce que tu fais là ?

Avait-il vraiment passé toute la nuit ici ? Le déjà-vu était troublant, même s'il était bien plus heureux de voir Ian qu'Oscar.

— Je t'attendais.

Ils parlaient bas tous les deux, comme s'ils avaient peur de s'effrayer l'un l'autre.

— Hum, j'ai passé la nuit chez Jon. Je, euh, je suis allé au mariage, et euh…

— Je sais. Je sais ce que tu as vu et, crois-moi, ce n'est pas du tout ce que tu crois. J'ai essayé de t'appeler.

Ian secoua doucement son téléphone.

— J'ai oublié mon chargeur.

Il prit une profonde inspiration. C'était maintenant ou jamais, alors il repoussa à nouveau ses peurs, plongeant la tête la première dans ce qu'il désirait le plus.

— Tu veux entrer ?

— Avec plaisir.

Rick les conduisit à l'intérieur et ils s'assirent à la table de la cuisine.

— Je suis tellement désolé de tout ce qui s'est passé.

Ian avait parlé avant que lui le puisse, même si Rick pensait que c'était à lui de s'excuser. Puis il poursuivit en lui racontant un récit à peine croyable à propos de ce gamin, Leon, qui paraissait si inoffensif.

— Je ne pense pas qu'il ait réellement cherché à causer du tort, intervint Rick. Je pense qu'il a seulement agi par égoïsme. Si j'étais jeune et impulsif, j'aurais pu faire la même chose pour essayer de te garder.

Rick lui adressa un sourire tremblotant, pas vraiment sûr de savoir si Ian était venu pour se réconcilier ou mettre fin à leur histoire.

— Vraiment ? demanda Ian en se levant et en le tirant jusqu'à ce qu'il fasse de même. J'ai été tellement con. Je n'aurais pas dû partir comme je l'ai fait. Je sais que cela n'a duré que… quelques heures, tout au plus, mais tu m'as tant manqué.

— Moi aussi, je suis désolé. Je n'aurais pas dû laisser mes peurs gâcher ce que nous avions ensemble.

— Ce n'est pas gâché et ce n'est pas à conjuguer au passé. À moins que tu le veuilles.

Le regard bleu et sérieux de Ian plongea dans le sien.

— Non. Ce n'est pas ce que je veux.

Ian prit son visage en coupe et rapprocha leurs visages, ses lèvres aussi nécessaires à son bonheur que l'oxygène l'était à son existence. Le baiser fut doux et chaud, la langue de Ian glissant doucement entre leurs lèvres pour amadouer l'ouverture de leurs bouches.

Une alarme résonna et Rick recula.

— Qu'est-ce que c'est ?

— Oh, j'ai réglé mon alarme au cas où je m'endormirais dehors. Je dois me préparer pour le petit-déjeuner du 'lendemain matin' avec la famille, expliqua Ian en grimaçant. Je pourrais ne pas y aller.

Rick se devait d'être fort. Ian avait une famille comme lui avait les bagages émotionnels d'un mondain des années vingt sur une croisière transatlantique.

— Non. Je ne veux pas que tu te désistes. Y aurait-il de la place pour une personne de plus ?

À en juger par l'énorme sourire et l'étreinte d'ours, cela avait été exactement la bonne chose à dire. Les papillons de crainte dans son ventre n'étaient rien comparé au marasme de désespoir qui l'avait déchiré quand il pensait avoir perdu Ian.

— Vraiment, tu viendrais avec moi ? demanda-t-il, la puissance de son sourire s'atténuant. Cependant, il faudrait que nous y allions maintenant. Ce qui signifie qu'il n'y aura pas de séance de réconciliation sur l'oreiller.

— Ne pense même pas y échapper…, commença Rick avant de prendre une autre inspiration.

Il était temps de se jeter à l'eau. 'Chéri' était exclu.

— … mon amour.

Les lèvres de Ian tremblèrent et il s'agrippa à la taille de Rick.

— Je… je t'aime, balbutia-t-il.

Rick n'avait jamais été si heureux et pourtant si proche de pleurer de toute sa vie.

— Je t'aime aussi.

— Bon sang. Maintenant, je veux vraiment faire l'impasse sur ce petit-déjeuner.

Riant et sanglotant à la fois, Rick embrassa Ian.

— Ne t'en fais pas. Tu pourras te rattraper plus tard, mon amour.

— Est-ce que je peux me préparer ici ? J'ai probablement des vêtements convenables à me mettre là-haut.

— Et partager une douche ?

— Ce n'est pas toi qui viens de dire que nous devrions nous rendre à ce petit-déjeuner ?

Rick leva les yeux au ciel.

— Très bien. Vas-y, je vais voir si je peux trouver un peu de café.

— Oh mon Dieu, du café. Je t'aime encore plus.

Rick éclata de rire, son âme illuminée par la présence de Ian.

IAN EN chemise et pantalon treillis était presque aussi sexy que Ian en costume. Mais bon, Rick trouvait Ian sexy absolument tout le temps.

— Serais-tu d'accord pour y aller dans une seule voiture avec moi ? J'adorerais que nous y allions ensemble.

Une autre règle tomba en poussière. Cela allait être un soulagement de ne plus adhérer à ces règles.

— Bien sûr.

Alors que Rick grimpait dans la voiture, un large cadre emballé dans du papier brun attira son attention. Principalement parce qu'il prenait tout le siège arrière.

— Qu'est-ce que c'est ?

— Oh, mince. Nous devons nous arrêter à mon appartement et le déposer. Maman a dit que j'allais devoir rapporter des affaires de l'hôtel où s'est déroulé la noce et que j'aurais besoin de place sur la banquette arrière.

— Oh, je vois pourquoi tu voulais que je vienne avec toi. Je suis les muscles.

Rick fléchit son biceps et fut étonné de voir de la chaleur dans les yeux de Ian plutôt que de l'amusement.

— Mais sérieusement, qu'est-ce que c'est ?

Ian lui raconta alors une histoire incroyable et touchante à propos d'une famille qui ne traiterait jamais quelqu'un comme une personne indésirable et, pour la première fois depuis des années, un véritable espoir pour le futur s'épanouit dans sa poitrine. Il pouvait faire ce que les familles faisaient avec une famille comme les O'Donnell.

— Je veux le voir.

— Bien sûr, quand nous l'aurons monté jusqu'à mon appartement, je le déballerai. Nous aurons quelques minutes devant nous avant d'être totalement et irrémédiablement en retard.

DANS L'APPARTEMENT de Ian, Rick déchira le papier et posa le cadre contre un mur pour en avoir un meilleur aperçu. La photo était encore plus adorable qu'il l'avait imaginée.

— Celle-là, avec toi au milieu. C'est récent.

Ian avait dit que celui du milieu était le frère concerné par un problème pesant mais il n'avait pas pris la peine de mentionner de quels genres étaient les problèmes. Rick n'avait pas réalisé que ces images couvraient un tel nombre d'années.

— Oui, en effet. Maman l'a prise le jour où j'ai fait mon coming out devant ma famille.

Rick passa les doigts dessus, en espérant que Ian n'aurait plus jamais de raison d'être le frère du milieu.

— Où vas-tu l'accrocher ?

Il ne semblait pas y avoir d'endroit parfait pour l'accrocher dans l'appartement de Ian

Ian haussa les épaules.

— Je ne sais pas si je le ferai. Puisque je n'ai plus de travail, je pourrais ne pas être capable de garder l'appartement, de toute façon.

— Tu n'as plus de travail ? Ils ne t'ont pas viré à cause de cette histoire, n'est-ce pas ?

Ian avait dit qu'il était parvenu à faire retirer l'histoire mais il n'était pas entré dans les détails.

— Non, j'ai démissionné. Je ne peux plus travailler pour eux. Je n'avais pas réalisé à quel point ces histoires pouvaient être dévastatrices et combien ils déformaient la réalité en les rédigeant.

— Mais nous allons probablement nous retrouver tous les deux sans travail. Ce n'est pas bien.

— Comment ça ?

Rick haussa les épaules.

— L'histoire est à la disposition de tous les internautes. Nous n'avons probablement fait que repousser l'inévitable. Sans travail, nous serons tous les deux à la rue.

Il sourit pour faire savoir à Ian qu'il le taquinait. Il avait longtemps réfléchi à cela et, même si cet article nuisait à la réputation de son cabinet à court terme, il était sacrément compétent dans son domaine et il tiendrait bon.

Ian lui adressa un clin d'œil.

— Nous devrons emménager chez mes parents pour avoir un toit sur la tête.

— Ne sois pas stupide, répliqua Rick en donnant un léger coup de poing dans l'épaule de Ian. Ma maison est payée. Tu peux emménager chez moi.

La tension s'installa dans la pièce et ils se figèrent en réalisant ce que Rick avait dit.

— Pas tout de suite, cependant, hein ? déclara Ian, sa voix tremblant juste un peu.

— Non, pas tout de suite, dit Rick avant de toucher le bord du cadre. Il serait parfait au-dessus de ma cheminée.

— Mais tu as dit que tu n'étais pas prêt.

Le désir de Ian pour que cela change, ainsi que son amour, étaient lisibles dans ses yeux.

— Je ne le suis pas, dit-il en déglutissant. Mais considère cela comme une promesse que je le serai, bientôt.

— Merci, dit Ian en l'attirant contre lui et en lui donnant un autre tendre baiser. Je t'aime.

— Moi aussi.

Ian s'éclaircit la gorge.

— Plaisanterie mise à part, je pense que nous parlerons à Stephanie pour voir quelles sont tes options légales mais je serais surpris que cette histoire surgisse encore. Ce n'était que l'angle pris par Avery et le désir de te pourrir de Leon qui ont transformé l'histoire pour ne plus qu'elle reflète ton évolution personnelle et ta force. Ton histoire est remarquable. Et je suis un responsable de clientèle. Je peux travailler dans à peu près n'importe quelle société qui vend de la publicité. Nous nous en sortirons. Et lorsque nous serons prêts, nous pourrons envisager d'emménager ensemble.

Vu la nature raisonnable de Ian et le réconfort qu'éprouvait Rick en ayant son amant près de lui tout le temps, Rick suspectait qu'il serait prêt plus tôt que tard. Il était fatigué d'avoir peur de la vie. Il voulait la vivre, avec Ian.

RICK OBSERVA la salle que l'hôtel-restaurant avait dressée pour le petit-déjeuner du lendemain. La famille de Ian... et celle de la mariée, supposait-il, ressemblaient à une petite armée.

— Hé, tout va bien, murmura Ian. Nous pouvons toujours leur dire que tu n'es qu'un ami.

— Non, dit Rick en secouant la tête. Non. Nous ne sommes pas simplement des amis.

Essayant de calmer son pouls galopant, il entrelaça ses doigts avec ceux de Ian. Avec un sourire et une pression rassurante, Ian le conduisit dans la salle.

— Ian, mon cœur, tu as pu venir.

Deirdre O'Donnell se leva d'un bond pour saluer son fils et Rick dut mentalement se préparer à rester calme.

— Bonjour, Rick, je suis si contente que vous ayez pu venir. Et vous allez commencer à m'appeler Deirdre, d'accord ? Ou Maman.

Tout comme son fils, les yeux de Deirdre étaient très expressifs. Elle était vraiment heureuse qu'il soit présent mais Rick n'était pas prêt à l'appeler 'Maman'.

— Merci, Deirdre.

Rick laissa échapper un profond soupir, plus soulagé qu'il aurait pu l'exprimer d'avoir été capable de parler sans trouble du langage.

Elle introduisit rapidement Rick auprès de tout le monde, prenant l'initiative de dire à chacun qu'il était le petit ami de Ian. Il ignorait si elle l'avait simplement deviné ou si Ian le lui avait dit mais il n'objecta pas. Kurt et Davy lui adressèrent des sourires d'encouragement mais ils n'étaient pas surpris non plus.

Après qu'ils eurent tous été servis, Deirdre tourna ce que Rick ne pouvait qualifier que comme un regard maternel désapprobateur vers ses deux plus jeunes fils.

— Je vous attendrai tous les deux pour le repas dominical avec la famille. Amenez Rick et Davy.

— Maman, ne fais pas peur à Rick. Tout cela est nouveau pour lui.

Ian avait lâché la main de Rick pour qu'ils puissent manger mais, aux mots de sa mère, il la glissa sous la table pour la poser sur la jambe de Rick.

— Je vais faire de mon mieux mais il ne me reste plus que deux enfants à marier.

211

Deirdre haussa les sourcils, adressant des regards pleins d'espoir à Davy et lui. Kurt et Ian piquèrent un fard tous les deux et Rick éclata d'un rire sincère à en perdre le souffle. Il posa une main sur celle de Ian et la pressa.

— Si cela te convient, pouvons-nous commencer à participer aux repas dominicaux ?

KC Burn écrit depuis aussi longtemps qu'elle s'en souvienne et elle craque complètement pour les histoires aux fins heureuses – de toutes sortes.

Après avoir quitté Toronto pour s'installer en Floride où son mari a obtenu le travail de ses rêves, elle se découvre une passion pour les romans d'amour gay et réalise un rêve qui lui est propre – être publiée. Après quelques années passées à éditer des contenus pour le web durant la journée, et à négliger un mari compréhensif qui la soutient, ainsi qu'un chat en manque d'affection la nuit pour écrire des histoires d'hommes qui aiment des hommes, elle s'est de nouveau déracinée et réside maintenant en Californie.

Pour elle, écrire est toujours amusant et gratifiant, mais écrire les histoires de *ses* hommes est le travail le plus amusant qu'elle ait fait depuis longtemps, et elle espère que vous les apprécierez autant qu'elle.

Retrouvez KC sur son site web : www.kcburn.com
Sur Twitter : twitter.com/authorkcburn
Ou sur Facebook: www.facebook.com/kcburn

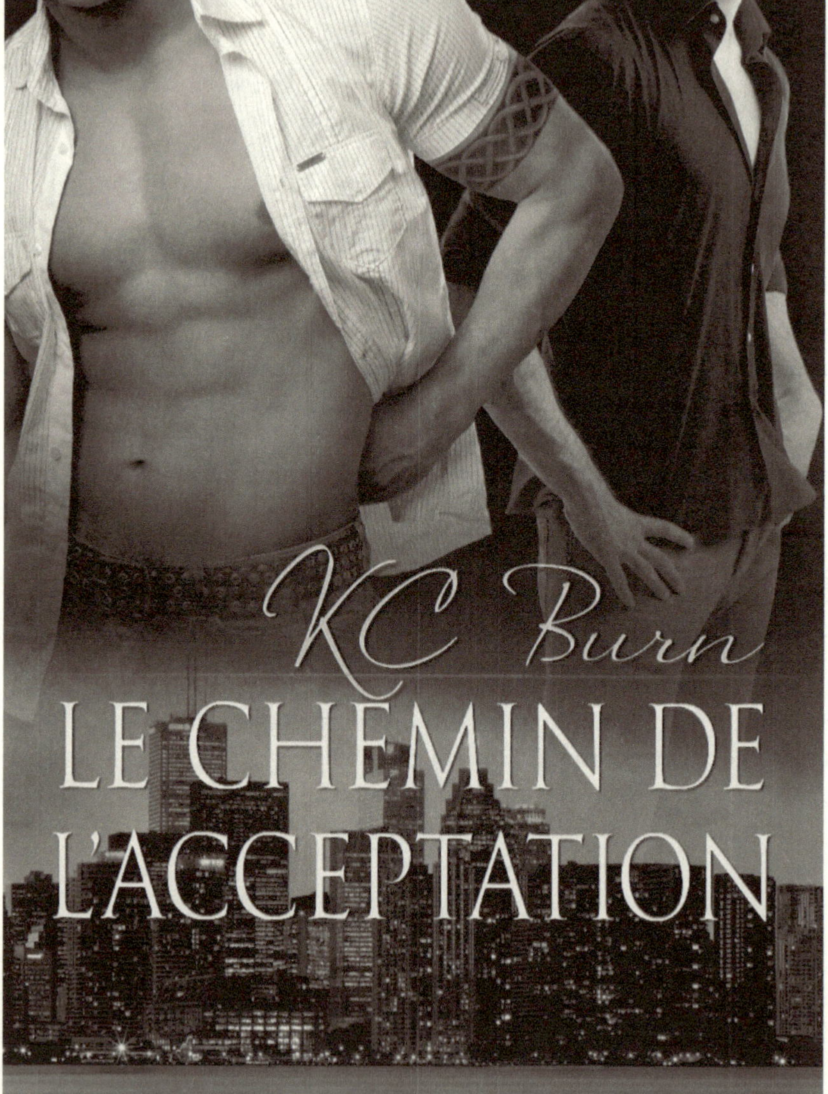
KC Burn
LE CHEMIN DE L'ACCEPTATION

Les contes de Toronto, tome 1

L'inspecteur Kurt O'Donnell a l'habitude de déterrer les secrets des autres, mais quand il découvre que son partenaire décédé était marié à un autre homme, il est secoué. Déterminé à faire les choses comme il se doit, Kurt offre son soutien à Davy, en deuil. Aider Davy à surmonter son chagrin aide Kurt à faire face à la culpabilité dévorante de savoir que son partenaire ne lui faisait pas assez confiance pour lui dire la vérité à son sujet. Mais quelque part en chemin, Davy cesse d'être une obligation et devient un ami, l'ami le plus proche que Kurt ait jamais eu.

Son attirance grandissante pour Davy complique les choses, laissant Kurt face à la difficulté de reconsidérer sa sexualité. Puis, un échange sensuel auquel ni l'un ni l'autre ne s'attendait vient les perturber davantage. Pour être avec Davy, Kurt doit se résoudre à révéler son homosexualité, mais son travail et ses relations avec sa famille catholique le retiennent. Peut-il risquer de tout perdre pour la possibilité de vivre une relation avec un homme récemment devenu veuf ?

www.dreamspinner-fr.com

Les contes de Toronto

FAUX-SEMBLANTS

KC Burn

Les contes de Toronto, tome 2

L'inspecteur Ivan Bekker a touché le fond. Non seulement il se remet d'une mauvaise rupture avec un petit ami qui le trompait, mais il est également impliqué dans une affaire de drogue qui a mal tourné. Ivan a dû tuer un homme, et son ami a reçu une balle et se bat maintenant pour sa vie. Bien qu'Ivan soit sous le coup d'une enquête concernant son rôle dans la fusillade, son patron l'envoie en mission d'infiltration officieuse pour clore l'affaire. Le timing est critique, mais cela pourrait être leur chance de mettre à jour une fuite dans leur département.

Dérouté et sans renfort, Ivan se retrouve à jouer le rôle d'un homme récemment divorcé et devient le colocataire de Parker Wakefield. Il a du mal à croire que le doux Parker puisse être un criminel, et encore moins être lié à une opération de trafic de drogue de la mafia russe et Ivan baisse sa garde. Son affection n'est pas professionnelle, mais Parker est irrésistible.

Quand Ivan tombe sur une preuve évidente de l'implication criminelle de Parker, il doit choisir : protéger leur relation, en dépit des conséquences, ou sauver sa carrière et arrêter l'homme qu'il aime.

www.dreamspinner-fr.com

Par KC Burn

LES CONTES DE TORONTO
Le chemin de l'acceptation
Faux-semblants
La peur du rejet

Publié par Dreamspinner Press
www.dreamspinner-fr.com

Également par Dreamspinner Press

Le mien

MARY CALMES

www.dreamspinner-fr.com

www.ingramcontent.com/pod-product-compliance
Lightning Source LLC
Chambersburg PA
CBHW022139240626
47153CB00007B/2418